半人马座科幻书系
CENTAURUS

寻找特洛伊
SEEK TROY

修新羽 等◎著

航空工业出版社

内 容 提 要

《寻找特洛伊》是北京科协举办的第七届"光年奖"获奖作品精选集，包含11篇优秀科幻故事，作品多涉及太空探索类主题。其中，《特洛伊》描写了一个人工智能与人类之间"相爱相杀"的故事。其中的情节设定包含了"机器人三定律"、深空探索、地球人的危机与救赎等多个科幻经典母题，情节曲折动人、视野开阔深邃，是一部极具个人风格的小说集，也在一定程度上反映了中国科幻创作未来的方向。

图书在版编目（CIP）数据

寻找特洛伊 / 修新羽等著. -- 北京：航空工业出版社，2021.4
（半人马座科幻书系）
ISBN 978-7-5165-2515-9

Ⅰ．①寻… Ⅱ．①修… Ⅲ．①幻想小说－小说集－中国－当代 Ⅳ．① I247.7

中国版本图书馆 CIP 数据核字（2021）第 068947 号

寻找特洛伊
Xunzhao Teluoyi

航空工业出版社出版发行
（北京市朝阳区京顺路5号曙光大厦C座四层　100028）
发行部电话：010-85672688　010-85672689

三河市双升印务有限公司印刷	全国各地新华书店经售
2021年6月第1版	2021年6月第1次印刷
开本：880×1230　1/32	印张：9	字数：184千字
印数：1—7000		定价：45.00元

目 录
Contents

- 001... 星团放逐 ... 文\王宗穆
- 058... 墓志铭 ... 文\杨晚晴
- 109... 上帝之手 ... 文\王 元
- 128... 我们无法恋爱的理由 ... 文\亦落琴
- 162... 分手信 ... 文\铁与锈
- 184... 特洛伊 ... 文\修新羽
- 205... 桥 ... 文\刘 啸
- 220... 蛰 伏 ... 文\修新羽
- 237... 传送机事故报告 ... 文\海 獭
- 252... 疯狂、苦味与蜜糖 ... 文\钟推移
- 266... 明暗之间 ... 文\张 芋

星团放逐

文 \ 王宗穆

一. 第一人

当外星飞船突然出现的新闻传到伦道夫耳中的时候，他刚刚从塞维利亚坐火车回到里斯本，是在出站时，从身旁的一位安保员口中听到的："难以置信！这居然是真的！外星人！外星人！噢上帝啊！"

伦道夫从不看新闻，自从十六岁进入大学以来，他就卸载了所有移动设备中的新闻时事类软件，发誓再也不关心那些无聊的世俗事务，全身心投入到恒星物理的研究中。对这种道听途说的消息，他完全没放在心上。在他看来，这个世界上的大多数人都是容易被阴谋论煽动的乌合之众，宁可相信媒体的满篇胡诌也不愿相信科学家口中的一个词。

伦道夫瘦小的身躯艰难地拖着行李，离开了车站。几小时前，这座城市发生了一场地震，虽然震级不大，但还是让车站停运了两个小时。此时车站外人满为患，挤都挤不动。他叫了一辆出租车，示意司机打开后备厢，好让他放入行李。但司机似乎心不在焉，停下车就原地发起了呆。伦道夫打开前车门，这才发现司机原来是在听广播。

"能请您开一下后备厢吗？"伦道夫没好气地说。

司机眼神无光地点了点头，打开了后备厢。伦道夫摇着头，拖着行李来到后备厢，这时，身边跑过了几个神色慌张的人，他们似乎十分兴奋，却又十分紧张，甚至恐惧——那种眼神是伦道夫从来没有看到过的。他终于感觉到了有什么不对劲，看了那几个人的背影几秒，然后疑惑地坐进了车里。

直到此时，广播中的声音才真正经过他的耳朵进入大脑："这真的太惊人了，老天！哦，朋友们，你们绝对不会相信我看到了什么！那根本就不能叫飞船，简直就是上帝的指挥棒！外星舰队正在以和黄道面成二十度夹角的方向向我们驶来，各位，现在甚至用肉眼就能看到它们了！"

伦道夫看了一下电台频率，发现是那个很有名的新闻电台。此时，他终于从他那闭塞的信息环境中摆脱了出来，重新成了太空时代的一位合格公民。

"发生什么了？"他焦急地问司机。

"你居然不知道？外星人来了！"

伦道夫感到难以置信，一时间大脑陷入了停滞状态。接着，就像上天想挽救他天才的脑袋一般，他的一位好友打来了电话。

"喂，你在哪呢？"电话那头传来一个有些沙哑的男人声音。

"我刚度假回来，正要回家，不过我现在在思考是否还要回去。"

"回什么呀回！赶紧到我们这边来！"

"好……好！"伦道夫被对方凶恶的口气吓蒙了，顺从地答应了下来，"但是你们在哪？"

"还能在哪？你以为你接的是哪里的电话？"

伦道夫这才发现，电话的来源居然是位于月球的行星科学研究中心。

"去你们……那里干什么？"

"干什么？你觉得我们能干什么？"

"难道是去研究外……外星人？但是我是研究恒星物理和疏散星团方向的啊，而且……"

"我说老兄，你不会到现在都没看新闻吧？"电话那头的男人见伦道夫结结巴巴，长叹了一口气，"你真不像是太空时代的人。人类都开始殖民太阳系了，你居然还停留在嬉皮士的时代！"

"我，我是没看……我现在脑袋都要炸了！"伦道夫没有说谎，此时他双手紧攥着头发，满脸通红，看上去马上就要疯了。

"总之，我这里不能没有你这位大科学家帮忙。赶快去最近的电梯，务必在四天之内到达 JRT！离你最近的应该在佛得角，总之，赶紧的！"

电话被挂断了。伦道夫额头布满了汗珠，还没完全从刚才的混乱中缓过来。"那个混球，为什么偏偏是他。"他这么嘟囔了一句。

然后，他用仍然有些发颤的声音对身旁的司机说道："去机场。"

二. 第二人

所谓的电梯，指的是人类建造的六架巨型的太空电梯。自从三十年前，新一代的高强度碳合金以及更高效的物理-化学组合推进器问世以来，一度停滞不前的航天技术又一次迎来了大规模的发展，宇航技术开始了全面民用化。人类社会中再一次出现了冷战时期那样的乐观精神，越来越多的人相信在自己的有生之年可以登上其他行星的表面。尽管完全采用核动力进行推进暂时仍然无法做到，但一切的确在朝好的方向发展。经过了近百年的对太空技术的怀疑之后，人们终于看到了曙光，一切迹象都表明，最困难的时候已经过去了。

仅仅二十年时间，人们便建设了庞大的近地轨道运输系统。并在月球、火星和木卫三上建设了颇具规模的基地群。其中，位于月球和火星的基地群已经具备了大规模承载人口的能力，可以作为旅游景点向地球居民们开放。

月球基地群虽然受制于月球的环境，规模远没有火星基地群大,但作为最早建设的基地群,凭借着其靠近地球的优势,成了常住人口最多的外星居住区。从地球表面出发,最快两天时间即可到达。这里汇集了大量的科学研究机构,例如欧洲月基天文台(ELO)、东亚行星科学与天体物理中心(EPAC),以及各国自己独立的月基实验室。最后,这里还有人类建设的最大口径的射电望远镜——直接依托月球环形山建设的口径达一千一百米的央斯基望远镜(JRT)。

在接到好友电话后,伦道夫立刻乘坐飞机前往位于西非佛得角的三号太空电梯,并在第二天乘坐电梯进入了近地轨道的换乘中心。在这里,挤满了打算前往火星和木卫三看热闹的人们。显然,人们都想更快、更近地看到那些太阳系外的来客。伦道夫成功买到了一张前往月球的票——幸好大多数人想前往的是火星和木星,他才不至于被困在这个狭窄又拥挤的是非之地。他马不停蹄,立刻乘坐时间最近的一艘飞船,前往位于雨海边缘的央斯基望远镜。

经过了一光秒距离的长途跋涉后,憔悴的伦道夫终于来到了目的地。当他晃悠悠地走出飞船后,立刻迎来了一个大大的拥抱。

"哈哈!老伙计,你终于来了!"

一个黄皮肤的彪形大汉从他的背后蹿出来搂住了他,两只粗壮的胳膊像钳子一样狠狠夹住了瘦小的伦道夫,顿时让他呼吸困难起来,他的两脚腾空而起,失去了支撑,脖子几乎承载着全身的重量。在被大汉抱到半空左右甩了甩后,伦道夫才挣扎着挣脱了他的魔爪,狼狈地趴在地上,满脸通红地大口喘着气。

"你还是那么弱,不行啊。"大汉笑嘻嘻地说。

"混蛋！跟你说多少次了，我受不了这个……"伦道夫捂着脖子。

"我这不是高兴嘛。"大汉走上前，一把扶起了他，拍了拍他的肩膀，"你来了，事情就好办了。"

"我不明白，为什么要来这里？你不是研究射电天文方向的吧？而且对太阳系内的东西真的有必要用这么大的家伙吗？"伦道夫咧着嘴说。

"特殊情况。那些飞船发出了很强的射电辐射，而且恰好我们所处的位置正对着舰队的方向，所以我们这帮人就全都跑到这里来观摩学习了。地方不够，我们一来，搞中性氢巡天项目的那拨人就都被挤跑了。"

"这个望远镜最重要的项目不就是中性氢巡天吗？"

"对，但外星人更厉害，所以他们也得让道。时间很紧迫，马上月球正面就不对着那儿了。你知道，月球被地球潮汐锁定，不管面对哪个方向，观测窗口都只有几天。"

两人穿过停机坪，走进望远镜观测基地的大厅，这里极其嘈杂，一些科学家正七嘴八舌地讨论着。大汉没有走向他们，示意伦道夫向左边走。在月球的低重力环境下，两人边走边跳，来到了远离大厅的一间小屋子。密闭门上，写着一行字：陈帆博士行星科学组——这里就是大汉的临时办公室。进屋后，伦道夫环顾了一下四周，发现这里比他想象的要宽阔，一扇巨大的密闭落地窗位于门的对面，可以看到外边灰色而明亮的月球表面。远处，环形山的山峰反射着明亮的阳光，如同剑锋一般。

大汉关上了门，嘈杂声瞬间消失了。

"好了，现在只有我们两个人了。"陈帆笑嘻嘻地说。

伦道夫皱了皱眉，打量着他说："你能不能不要笑得那么猥琐。"

"不开玩笑了。过来，我给你看一些东西。"

陈帆熟练地在 IDL 的命令行模式中输入着指令，不断地调取着服务器中的数据，并进行着各种拟合。不一会儿，各式各样的数据图表一个一个蹦了出来。

"看看这儿，看这个能谱。"陈帆指着一个图说。

"我的上帝！这真的不是仪器故障吗？！"

"不是。这就是真实情况。"陈帆眯着眼道，"说说你都看出什么了吧。"

"好吧。"伦道夫轻抚了一下额头，深呼吸了一口，说，"如果这些数据的置信度足够高，那就说明，整个太阳系，已经完全笼罩在了极强的射电辐射之中，各个方向的强度都超过了常见的点源射电暴的水平。"

"好。你再看看这个。"

陈帆又从电脑桌面点开了一个文件。伦道夫凑上前，发现是外星飞船的光学影像，这是伦道夫第一次看到它们。屏幕里，一簇细长的、粗细不一的黄白色光滑物体平行紧凑在一起，斜着看上去就像输电线的剖面一样。与其说它们是飞船，不如说是一根根竹竿，被用看不到的细线捆在了一块。陈帆放大了一下图像，其中一根较粗的竹竿便占据了整个屏幕。飞船表面的光滑感消失了，取而代之的是如同足球鞋底般密密麻麻的纹理。

"看看这些皱纹，简直就跟老奶奶的皮肤一样。"陈帆说。

"分辨率这么高！"伦道夫惊叹道。

"那当然！这是我偷偷用'大炮'拍的。"

"你们的那台施密特望远镜吗？竟然效果这么好……"

"这图我不打算给外边那些人，就咱们私下看一看。"陈帆神秘兮兮地说。

"为什么？"

"因为那些人的思路已经跑偏了。"

"什么意思？"

陈帆指着门外鼎沸的吵闹声："你觉得他们在嚷嚷什么？讨论飞船的结构细节吗？不，他们是在争论应该如何欢迎我们的外星朋友。"

"这根本不是重点吧！这些难道不应该是政府部门考虑的事情吗？"

"是啊，你看，咱们这种人，一旦聚集起来的数量太多，往往就会变得比普通大众还笨，很容易就忘了自己是干什么的。"

"看来你还知道自己是干什么的。"伦道夫揶揄道。

"当然。"

"行了，别说废话了，为什么要叫我？我都说了，我的研究方向不对路。"

"因为我有一个关于外星飞船的试探性观点，只敢跟你讨论。"

"你当你是爱因斯坦吗[①]？说。"

"我仔细分析了光学波段的数据，"陈帆说道，"这些飞船，体积和质量都非常大，我算了一下，单艘飞船的体积足足有十个地球那么大，舰队的总质量达到了木星的两倍。从光谱数据上看，组成成分似乎是硅酸盐。很奇怪对吧？还有更奇怪的，这些东西，怎么看都没有推进装置，似乎完全是自己滑进太阳系的！好，那我们就假设它的确没有推进装置，这样就可以直接计算它的飞行轨迹，你猜怎么着？还记得你读博士的时候你跟你导师研究的东西吗？"

"当然记得，我们当时研究的是 NGC 2682 星团。"

"M67[②]，"陈帆打断他的话说，"你总喜欢显示自己与众不同，没意思。这个星团被认为可能是太阳系的诞生地，你和你的导师，那个老顽童，花了六年时间搞出了一篇论文，提出了一个数学模型，描述了太阳系从星团里脱离并在银河系里随波逐流的过程。"

"这个跟外星人有什么关系？"

"关系就是，我粗略计算之后得到的飞船轨迹显示，这些飞船，很可能同样来源于 M67 星团！"

伦道夫呆若木鸡地愣了半晌，陈帆等不到他的回应，便接着说："当然，我使用的是非常简化的数学模型进行的计算，不然我就得跪着求超算中心的那些人拨给我计算时间了。具体的工作还需要你来

[①] 爱因斯坦曾经发表过一篇著名的光量子论文《关于光的产生和转化的一个试探性观点》，此为陈帆"试探性观点"一词的来源。

[②] M67 是位于巨蟹座的一个疏散星团。NGC 2682 是 M67 星团在星云和星团新总表（NGC）里的编号，两者是同一个天体。一般 M67 更被人所熟知。此处伦道夫下意识地为了显示自己和普通人不同而故意使用不常用的 NGC 编号。

做，兄弟，你让我说我的思路，我的思路就是，不要去管飞船的结构和细节，也不去管上边有没有外星人，更不要去操心什么欢迎仪式，而是用天体力学的方法，把飞船的来源搞清楚。"

三. 第三人

"先生，您的汤洒了。"服务生和气地提醒道。

此时，在东京千代田区的这家高级寿司店内，一个矮小的戴眼镜男人正在他的桌子旁摆弄着平板电脑。他那扁平的鼻子几乎贴在了屏幕上，随着他那棉签般的手指划过屏幕，一整篇论文在刹那之间就溜了过去。

"先生……"服务生说。

"对！对！这样才对！"男人忽然喊道，他猛地捶了一下桌子，桌子上已经倒了的味增汤罐滚落到了地上。周围的食客吓了一跳，纷纷看向这里，"这样才对！我就知道是这样！"

男人站起身，兴奋地用双手不断按着桌子。就在这时，地震又发生了。

食客们开始几秒都没反应过来，这显然是因为男人的行为干扰了大家的判断，但当地震波横波让整座房屋剧烈抖动起来之后，人们还是意识到了发生了什么，纷纷跑出了店门。服务生们熟练地四处躲藏，寿司师傅则冷静迅速地收起了刀具以防意外。最后，当一切都平静下来之后，屋内的顾客只剩下了戴眼镜男人。

如果有人从监控录像里重温这段情节，会看到啼笑皆非的一幕：一个男人突然在桌子旁大喊大叫，然后屋子中的一切就晃动了起来，人们纷纷惊恐地逃了出去。孩子们八成会觉得这个男人是一个巫师。

男人此时才发现发生了地震，他低下头，发现自己的裤子完全被汤浸湿了。

"可恶的地震。"他一边说一遍用纸擦拭着裤子。

这就是星系天文学家须藤一郎的一顿饭。

"你说谁？！"伦道夫猛地站了起来。

"哎，别紧张啊，至于吗？坐下坐下。"

"等下，你刚才说谁？"

"好吧。须藤，你的老朋友。"陈帆发现搪塞不过。

"你不能叫他！你怎么……你怎么敢叫他！"伦道夫喊道，他满脸通红，说话结巴起来，不知道是气的还是急的。

"这是没办法的事，他是我能找到的最优秀的星系动力学研究者，我们只认识这一个人啊。"

"你……你……"伦道夫伸出手指，颤抖地指着陈帆，想说话却说不出，"我……我……"

"放松，没事的，只是让他帮个忙而已。"

"我不干了！"

"你确定吗？如果你现在退出，须藤就会承担起你的全部工作，你的成果就会完全成为他的。"陈帆说道，这是一记猛击，狠狠打在了伦道夫的痛点之上。后者果然痛得龇牙咧嘴起来。

"你太卑鄙了！卑鄙！无耻！"伦道夫绝望地大喊。

"冷静点，老弟，咱们俩的关系你又不是不知道，我可能向着他吗？不管他以前对你做过什么，他都的确是目前最优秀的星系天文学家，而且他研究的东西正是我们需要的。你肯定看了他在科学杂志发表的那篇文章了，对吧？他对超大质量黑洞在星系并合过程中的作用的研究刷新了所有人的认知。我们需要他，伦道夫。至少现在需要。"

伦道夫喘着气，解开领口的扣子，说："没有那个混蛋，我现在才是最优秀的星系天文学家！他夺走了我的成果，把我挤出了我的课题组，我才被迫换了一个方向，去搞疏散星团！"

"我向你保证，我对任何学术不端的行为都嗤之以鼻。"陈帆说着，用宽大的双手按着伦道夫的肩膀，轻而易举地把他按回了椅子，"但就这一次，伦道夫，就这一次，我们必须选择他。"

第二天，在外星舰队距离海王星轨道只有三十天文单位的时候，须藤一郎来到了月球。

伦道夫不安地坐在陈帆的办公室里，外边的吵闹声几天来丝毫不见减小。他竖起耳朵，仔细分辨着其中的声音。不知过了多久，熟悉的脚步声从这嘈杂声里钻了出来，而仅仅过了几秒，又一种脚步声也出现了。伦道夫觉得这简直就是撒旦的脚步声，绵软而邪恶。他站起身，头脑一片空白，手脚都在运动，却不知道在干些什么。最后，当门"咔"一声打开时，他才发现原来自己藏了起来。

"伦道夫！须藤来了。"陈帆大嗓门地喊道。

须藤一郎身着一身没有领带的西服，走进了房间。两人环视了一下，没有发现伦道夫的身影。

"奇怪，刚才还在呢。"陈帆抬起粗大的胳膊摸了摸头。

"陈，如果实在找不到的话可以先不管他，时间有限，我们先开始吧。"

"呃……也好。"

两个人说着立刻打开电脑忙了起来，伦道夫躲在角落里，看着快速进入工作模式的两个人，苍白的脸慢慢变成蜡黄色，最后又变成了红色。

"哎？原来你在啊！"陈帆看到突然从角落里走出来的伦道夫惊叫道。伦道夫直勾勾地瞪着坐在桌边的须藤，脸上满是扭曲的表情。而须藤连看都没看他一眼。

"那是我的位置。"伦道夫恶狠狠地说。

"我先坐在这儿的。"须藤眼睛不离屏幕。

陈帆尴尬地坐在两人中间，不知如何是好。幸好，他的大块头能把两人分隔得远一些。

伦道夫没好气地拎过来一把椅子，坐到了桌子另一边，打开另一台电脑忙了起来。在接下来的两个小时里，三个人没再说一句话。

四. 合成图

和大多数人设想的不同，外星飞船并不是从黄道面飞过来的，而是从和黄道面呈一定夹角的方向驶来的。其实，这才是合理的情况。我们身处的太阳系是一个盘状的天体系统，但宇宙空间本身是三维的。外星飞船当然可以从他们喜欢的任何方向进入太阳系。

话虽如此，舰队飞行的方向和黄道面的夹角也不算太大。这使得舰队不必做过多的方向调整就可以驶入太阳系，但即便极其细小的方向调整，对于这群质量动辄相当于一两个行星的庞然大物而言，其需要消耗的能量之大，也是令人难以想象的。

事实上，扑朔迷离的远不止这一点。为何它们是棍状的？为何它们粗细不一？为何它们的表面布满皱纹？还有最关键的一点：如此巨大的飞船，已经不能够称为飞船，而应该称作"天体"了，它们的引力足以让它们在距离地球极为遥远的地方暴露自己的行踪，而人类也就理应提前数年甚至数百年得知它们的到来。但人类却完全没有得到任何信息。这一切——不管是光学波段的可怕景象，还是强烈的引力效应，抑或强度高到离谱的射电辐射，都是一夜之间突然出现的。唯一的解释，就是飞船存在某种可以屏蔽一切信息的屏障。

"如果这个假设成立，我们马上就能还原出它们的轨迹了。这样可以省略很多天体摄动带来的棘手问题。"须藤一边吃着鸡腿一边说。他的嘴夸张地咀嚼着，发出"吧嗒吧嗒"的声音。伦道夫在电脑旁皱起了眉，他极其反感吃饭时吧嗒嘴这种行为。

"我们的假设似乎有些多，不知道会不会获得认可。"陈帆说着，在 Python 里输入了"import matplotlib.pyplot as plt"一行代码。

"我打赌没人会在意的。现在大家都一头雾水，但凡有点道理的论文都很容易获得认可。"伦道夫说，"但它们到底来太阳系做什么呢？它们不回复我们发过去的任何形式的信息，也不向我们发送任何有意义的信号，只是单纯往太阳系里闯。"

"消灭我们呗。"陈帆说。

"不，它们是来奴役我们的。"须藤说着，舔了舔手指头，"或者，它们是要把我们作为某个星际生物课题组的研究对象，观察我们的交配行为。"

"你们没有点靠谱的想法吗？"

"外边那些科学家们估计有一些，但那又有什么用呢？我们刚刚开始殖民太阳系，技术水平还很有限，国际公约又严格禁止宇航技术军事化，我们根本没有手段自卫。"陈帆说道。

"你们有没有想过，他们来源于 M67 星团这件事很蹊跷？"

"喂喂，"须藤打断了伦道夫，"你的科学素养呢？我们根本还没证明他们是从哪来的。随便引用未证明的结论，你要是搞数学会被人笑死。"

"我是说假如，"伦道夫没有生气，他此时是真的在认真考虑问题，"假如他们真的来源于 M67，这就意味着他们的来源地，和太阳系的诞生地是相同的。"

"你想说什么？"陈帆抬起了头，本来想输入的一行代码"from scipy.optimize import curve_fit"只输了一半。

"说不定，我们和他们的关系很近呢。"

"你是说，地球生命和那些外星人，有可能是一个娘胎里的？"须藤问。

"对。如果这是巧合，未免太巧了点。我觉得合理的解释就是认为我们和他们是同源的。"

"有趣，但目前我们根本没看见外星人，除非这群竹节虫从那堆竹竿里钻出来，否则我们根本没法确认这一点。"陈帆说着，猛地按下回车，"好了，兄弟们！大功告成了！"

其他两人立刻凑到陈帆面前。屏幕上，出现了一张银河系的全景图。

"这是合成图？"

"当然。你给我拍一个真的来看看？"

"我是说，这未免也太简陋了吧？看起来像从网上找的图一样。"

"它的确是网上找来的图。"陈帆不耐烦道，"我们没时间做美工！"

"好好好，关键是内容。放吧。"

陈帆启动了模型。银河系图像上靠近边缘的地方出现了一个红色圆圈。

"这是55亿年前M67星团的位置。"陈帆解释道。

图像接着发生了改变。一个黄方块从圆圈旁边出现了。"这是太阳，它刚刚被从星团里甩了出去。"太阳和星团的距离越来越远，两者同时开始环绕银河系中心旋转起来，但速度并不一致。"开始绕银心公转了，周期是2.9亿年。可以看到他们同时还在z轴方向来回摆动。"星团和太阳系环绕银心旋转了一圈又一圈，期间发生了人马座矮星系并合事件，两者的运动轨迹发生了一次突变。当时间进行到 10 亿年前时，一个黑点从星团旁出现了。

"这就是舰队？"伦道夫问。

"没错。如果舰队是完全滑行过来的，这就是舰队从星团出发的最晚时间。"

"距今……十亿年前？"

伦道夫说着下意识地看了一眼须藤，但很快就厌恶地躲开了视线。

"对。"

"这太奇怪了。从天体力学上讲做得到吗？"

"只能说有可能。"

"但是，这简直就像从月球开枪击中地球上一辆快速行驶的轿车一样啊！"

"对，可这的确已经是最晚的时间了。如果时间更晚一些，会合周期还会延长数亿年。"

黑点出现之后，沿着一条笔直的直线，朝着银盘的一点飞去。开始时那里空无一物，但随着黑点越来越靠近终点，黄方块也慢慢转向了那里。

"如果这是真的，那这个外星文明的科技水平实在太可怕了。"伦道夫说。

"但他们怎么能忍受在飞船里待上十亿年？"须藤问。

"说不定是无人飞船呢？"陈帆说。

"你信吗？反正我不信。"

说话工夫，太阳系已经移动到了黑点行进的终点，而黑点也恰好到达那里。太阳和舰队会合了。

"这只是直观的模拟，是给那些外行人看的，"陈帆说着关闭了动画，转而点开了一个程序，"这些才是重点。"他指着密密麻麻的代码说。

"你居然还用了哈勃的数据。老掉牙了。"须藤说。

"这是用银道坐标系表述的？"伦道夫问。

"对，我至少得选定一个基点吧。"

"好，看来的确大功告成了，"须藤高兴起来，"下边就是撰写论文。要不先写个简报发出去？"

"简报交给我吧。"伦道夫说。

"我看行。你最擅长的就是总结别人的经验。"须藤笑嘻嘻地说。

伦道夫的脸唰地红了。他厉声说："现在工作做完了，我也该跟你好好算算账了！"

陈帆正打算制止两人，却忽然被电视屏幕吸引了过去。在他们身旁的电视，一直以静音模式播放着各种新闻。

"你是说那个赛弗特星系光谱的项目吗？"须藤用手推了推眼镜，"我说过，我的数据是副组长给我的，不是从你桌子上拿的。"

"你觉得自己聪明是不是？"伦道夫用嘲笑的口吻说，"为了预防类似你这种人，我对我手里的数据的顺序做了微调，故意毫无理由地把其中几个高红移植的星系放到了前边。而你手里的数据顺序，跟我的一模一样！"

须藤皱了皱眉,"那可能是副组长拿了你的数据。"

"胡说!他无缘无故拿我的数据做什么?这对他没有任何好处。他的名字本来就会署在论文前几位!倒是你,借机跑到了第三作者的位置,成了圈里的红人!"

"我根本不在乎什么署名顺序。"须藤急躁地说。

"哦?"伦道夫气急了,"谁当时天天在咖啡店抱怨来着?说什么早知如此就去加州理工或者普林斯顿待着了?还说什么留在东大都比在这强?你的功利心一刻都没消失过!要不是看到这次的研究有大甜头,你会千里迢迢飞过来?"

"你少血口喷人!"须藤怒道,"我老老实实在东京待着,又舒服又自在,脑子进水的人才会来跟你这种人共事!我当时真是疯了,居然会答应陈过来帮你们!你这……"

"都给我闭嘴!"陈帆突然大声吼道。两人愕然,这才发现陈帆脸色惨白地看着电视。伦道夫看了看电视,通红的脸也立刻变了色。须藤走过去调高了电视机的音量。

"德国海德堡马克斯·普朗克天文研究所的天文学家们经过数天的努力,成功还原出了外星舰队的运动轨迹,发现它们可能来源于M67星团。课题组组长安东尼·路德维希日前接受了本台记者的专访,他表示……"

三人面面相觑,感到难以置信,然后便开始歇斯底里起来。"去他的!"陈帆怒吼着,一把把桌子上的键盘和水杯都推到了地上。伦道夫脸色煞白,嘴唇颤抖,一句话都说不出。须藤呼地站起身,狞笑着砸起了桌子。"好极了,好极了,我们刚得出结果,就告诉我这种消息,竟敢如此戏弄我!"他如同发疯似的,嘴里一直喃喃骂着。

陈帆坐在原地,眼神落寞起来。他心里知道,这种事有时是难免的。世界上有那么多优秀的研究者,想到飞船源自M67的很可能并不在少数,关键在于看谁的行动力最充足。

他们仅仅只差了一点而已。

事到如今,说什么都没有用了。模型仍然可以发出去,但轰动性和科学价值肯定要大打折扣。须藤此时蔫了下来,瘫在了椅子上。"没想到最后关头被摆了一道。"

"我们接下来做什么?"伦道夫问。

"不知道,"陈帆没力气地说,"先观察两天吧。哦,还有,你们看。"他指着电视屏幕上的一团黑色简笔画,看上去似乎是手绘的银河系全景图,"我找的银河系图比他们的强多了。"

五. 转机

外星舰队终于驶入了海王星轨道。尽管二十艘飞船仍然不见任何减速的征兆,但人们已经知道它们的目标了。

没错,目标显然是地球。这群不速之客,极有可能和人类拥有共同的祖先,那么他们突然出现在太阳系也就情有可原了。太阳,这颗普通的恒星，最早和如今的 M67 星团内的其他成员星一样，共同形成于一团星云，但在复杂的引力作用下，太阳被甩出了星团，开始了数十亿年的漫长流浪。这一过程很可能使太阳携带走了来自 M67 星团内部的一些原始有机生命，这些生命落脚在地球表面，并最终形成了如今异常复杂的地球生态圈。这些飞船的主人们很可能知道这一点，所以他们的到来，对地球人而言，就如同远方亲戚忽然来串门一般。几十亿年来，分道扬镳的两个世界完全按照自己的轨迹演化着生命，却在如今，在太阳已经步入中年之际，再一次相会于银河深处。

知道这一点之后，人类社会陷入到了狂热之中。媒体、政治人物和科学家都在从自己的观点讨论即将发生的接触，并预测可能的结果。实事求是地说，绝大多数的人都保持着高度的警觉，毕竟已经有无数的科幻影视作品讨论过类似的问题。这些不速之客越和人类相近，也就越危险，更何况如今的整个儿太阳系都有可能是从别人的家里分出来的。许多人担心外星人会以这种理由强行占领地球，控制整个太阳系。或者以开化地球人为名，对人类进行奴役。各国纷纷开始进行战备，已经封存数十年的核弹被从山洞里搬了出来，塞进了导弹里面。

和地球上的热闹相比，我们的三位天文学家在月球过得相当清闲。自从轨迹模型被德国人抢走之后，他们三个最常干的事就是守在屏幕前看新闻。随着研究工作的结束，脆弱的三人同盟立刻出现了危机。伦道夫多次试图把须藤赶走，但须藤的屁股还是没有从椅子上挪走。伦道夫甚至开始绝食（其实只是吃腻了纳豆），陈帆也懒得管他。

三天后，情况出现了变化。随着舰队逐渐接近木星轨道，人类社会终于开始采取行动了。三个人早早就来到办公室，聊了起来。

"登陆？"伦道夫疑惑道。

"对，说是要发射一艘小型飞船降落到外星飞船表面。"陈帆说。

"疯了吧，他们是把飞船当成克拉克笔下的拉玛了吗。"

"不。他们是害怕到极限了。"须藤皱着眉说，"你们想想，质量如此巨大的庞然大物，在太阳系里横冲直撞，会是什么后果？"

"呃……撞上行星？"陈帆问。

"我的天，亏你还是行星科学家。"须藤摇了摇头说，"引力！还用我提醒你吗？"

陈帆和伦道夫瞬间明白了过来，相互对视了一眼。"老天啊。"陈帆喃喃地说。

伦道夫紧蹙着眉头，低声说："难道已经出状况了？咱们这边消息太闭塞了。"

"应该还不至于那么快，至少小行星带还没出问题。"

"关键是柯伊伯带和奥尔特云。"陈帆低头说，他的右手还一边摸着腹肌。

"要不，我们来算一下这个？"伦道夫忽然说。

"不行，计算量太大了，算这玩意需要超级计算机。"

"但我们可以先估算一下哪些小天体会受到扰动，闯进内太阳系，不用给出确定的轨道。"

"即便如此计算量也太大了，我们三个人做不到，这种事还是交给那些计算天文学家去做吧。"

"话说回来，我们为什么要一直在这个破地方待着呢？"须藤说。

"这里对天文学家来说，是目前太阳系最舒服的地方了，而且科研资源很丰富。如果没有外边那群人会更好。"陈帆说。

"哎？外边是不是没声音了？"

三人这才意识到，今天办公室门外显得异常安静，往日的吵闹完全不见了。

"我出去看看。"陈帆站起了身。

陈帆打开门，在低引力下连蹦带跳地走到大厅，发现这里果然没人。他来到考勤站，用电脑打开在站人员名单，上边显示整个月球基地居然只剩下了他们三个人。

"不太妙啊。"陈帆忧虑地自语道。今天他们三个人来得很早，这才没有发现基地的人已经都跑光了。他立刻回到办公室，把情况告诉了另外两人。"什么？那帮人跑了？！"伦道夫惊问道。

"他们可能都返回地球了。"

"为什么没有一个人告诉我们？"

陈帆挠了挠头，"嗯，我跟他们的关系不太好。而且，我们几个人这几天根本就没有和那些人聊过一次。兴许是把我们忘了吧。"

"这太荒谬了！我们三个大活人，就坐在这，怎么会把我们忘了？"伦道夫有些生气地说。

"事已至此，我们也最好赶紧回地球。被抛在这儿的感觉可不好。你们会操纵返回飞船吗？我记得那玩意挺复杂的。"须藤说。

"等一下，等一下，让我想想。"陈帆一只手捂着额头一只手做了个停止的手势，皱着眉说。

"还想什么？赶快走吧！"伦道夫说着站了起来。

"不！"陈帆猛然说道，"我们哪里也不去，就待在这。"

"为什么？"伦道夫和须藤异口同声地问。

"你们想，"陈帆压低了声音，"现在月球上只有我们，这意味着月球上所有的科研资源都可以由我们自由支配，我们想干什么就能干什么！你们看出来了吗？那些人居然忘记了我们，这说明整个月基科研基地，乃至整个人类科研界都已经乱成一锅粥了。我敢打赌，根本不会有人管我们。这可是大好机会啊！"

"但是那些人回地球很可能是要共同参加什么会议之类的吧？我们不去就缺席了。"须藤说。

"你真觉得开个会就能搞清楚那些飞船是什么玩意儿吗？相信我，他们开几百次会都不会有什么用的。现在我们要用事实说话！"

伦道夫点点头，"我听你的。我留在这。至于你，"他转过身对须藤说，"你可以回去了。"

"我哪也不去。"须藤断然说道。

"那就这么定了！来，把电视打开。"陈帆拍了下手。

"干什么？"

"看看他们怎么登陆飞船啊！我们也许可以借机搜集些信息，确定我们的研究方向。"

伦道夫走过去，打开了电视，里边果然正在直播。

六．突破

国际地质科学联合会（IUGS）和国际天文学联合会（IAU）负责此次行动的专业人员支持，具体实施则由国际航天总协会下属的木卫三科学中心（GSC）进行。为了保险起见，人们首先派出了一艘快速无人艇，对外星舰队外侧最粗壮的一艘飞船进行试探性登陆。无人艇成功地降落在了飞船的表面，并释放了一台自动勘探车。

"居然有大气层？"伦道夫看着电视中的画面，吃惊地说。

"很稀薄，可能不是人工的，只是引力作用下吸附的一些气体。"陈帆说。

飞船的表面非常粗糙，布满了大块的结晶。自动勘探车开始在表面行驶，并对飞船表面进行了分析。结果显示，其成分是单斜晶系和四方晶系的硅酸盐。除此之外，没有发现任何有机生命存在的迹象，也没有发现任何洞口、裂缝或是奇怪的凸起。

人们等不及了，决定立刻开始载人探测。无人艇登陆仅仅一个小时之后，一艘轻便型载人登陆飞船从木卫三出发，迅速向舰队靠近过去。当四名科考队员登上飞船表面时，陈帆三人在电视机前清楚地听到了一名科考队员略带恐惧的声音：

"我们为了和平的目的而来……"

科考队迅速完成了采样、勘探等工作，还测量了飞船不同地点的重力水平。一切都十分正常，这似乎真的只是一个圆柱体的行星而已。

"看来，这就是一个实心的石头棒而已啊。"伦道夫说。

"目前看来的确如此。"须藤说。

"但他们没有找到射电信号的源头。"陈帆说。

科考队员当然也知道这一点。他们不断摆弄着仪器，发现射电信号的来源永远是竖直向下的方向，也就是说，是从圆柱体的轴线发射出来的。

"这样优秀的射电源，到底是怎么做出来的。"须藤咧着嘴说。

"轴线，轴线……"陈帆喃喃地说着，他慢慢站起了身，"线……直线……"

"你怎么了？"伦道夫愣愣地望着他。

陈帆似有所悟，他打开电脑，重新调出了他们共同制作的那个模型。"你们过来。"他说。

伦道夫和须藤立刻凑了过去。陈帆说："我刚刚突然想到了舰队飞行的那个轨迹，太阳真的是唯一的终点吗？"

伦道夫和须藤互相对视了一下，这次谁都没有因为厌恶而挪开视线。

"你们想。第一，如此庞然大物，飞行十亿年，难道只为了去一颗普通的黄矮星吗？即便这颗恒星拥有和那些外星人同源的智慧生命，代价未免太大了点。第二，为何要派出二十艘飞船，而不是别的数量？为什么不派一艘，或者一百艘？"

伦道夫："你是说，太阳只是舰队的……"

"其中一个目标？"须藤补充道。

"Bingo！就是这个意思！"陈帆此时已经启动了模型，M67星团和太阳又开始环绕着网上找的银河图片的中心旋转，然后，黑点代表的舰队又出现了。"你们看！"陈帆指着舰队的黑点说。

在十亿年的时间里，舰队先后经过了十六颗恒星，每次都从极其靠近恒星的地方穿了过去。

"如果我的猜想正确，那么太阳就是第十七个目标。"

"这么说，在太阳之后还有三个目标？"伦道夫问，他的双眼开始放光。

"有没有这十六颗恒星的资料？"须藤急忙问。

陈帆立刻狂点鼠标，调出了月球基地服务器中的盖亚星表，"我看一下编号……嗯……HIP 61091，然后是 HIP 60200……"

查完全部 16 颗恒星的数据之后，三个人同时沉默了下来。陈帆抿着嘴，视线扫过了伦道夫和须藤的面庞。他们两个人此时一个满脸冷汗，一个则摘下了眼镜。

"全都是有系外行星的恒星系统。"陈帆说。

事情终于出现了转机。三个人兴奋地互相对望着，他们终于找到了突破口！

"另外三颗呢？让模型的时间再往后推进一下。"

陈帆点击鼠标，模型又开始运动起来。舰队穿过了太阳，继续向前直线运动。"好,这是第一个。"陈帆指着一颗恒星,"然后……第二个。很好,最后……第三个!棒极了,三个。等下……这是啥!?"

令人万分惊愕的事情发生了:M67星团,那个红色的圆圈,居然运动到了舰队轨迹的最末端,而恰在这时,舰队的黑点又一次来到了圆圈的边缘。

"回去了!舰队回去了!"须藤拍着桌子大喊着。

"我的上帝!为什么之前我们没发现这个!明明点几下鼠标就可以看到的!"伦道夫兴奋地喊道。

"也就是说,这支舰队就像穿糖葫芦一样,从M67出发后,一路穿越包含太阳在内的20个恒星系统,最终又回到了恰好运动到银河系另一端的M67星团之内。"陈帆喘息着说,"这一切简直完美。真了不起,难以置信。这需要多么强大的计算力啊!"

"这二十颗恒星会不会都是从M67甩出来的?"伦道夫问。

"我认为很有可能,尽管似乎没有人研究过。"

"哈哈哈,我们终于咸鱼翻身了,一雪前耻啊!"须藤有些手舞足蹈。

"稳住,稳住。"陈帆压着声音说,"查一下所有涉及这十九颗恒星的论文。伦道夫,上 ADS[①] 查查!"

"好……好。"伦道夫颤抖地打开另一台电脑,登上 ADS,查起

---

① ADS,隶属于 SAO 和 NASA 的著名天文及天体物理数据系统。

相关的论文。

"八百万神明啊,我们要一下发现十九个外星文明了。"须藤在一旁小声说。

三个人的进展如此之快,是科学研究的真实情况,一旦找到了突破口,研究人员可能几分钟内就能做出之前几个月甚至几年都做不出的成果。

"找到大概四五十篇,感觉都没什么用处,你看看吗?"伦道夫说。

"都是什么方面的?"

"十多篇是系外行星的论文,但都是很老的数据了,除了说这些恒星存在类地行星以外缺乏更细致的分析。剩下的几十篇都是写微引力透镜、测光、掩星之类的。"

陈帆皱着眉头,"天哪,TESS 和 JWST[①] 就不能靠谱点吗?算了,再上 arXiv[②] 查查!"

"那上边的论文大都是没经过同行评议的……"

"管他的,先看看有没有再说!"

伦道夫登上 arXiv,慢腾腾地检索着。"这有一篇讨论其中一颗恒星前十六颗恒星中的一个异常光变现象的文章,比较有趣。"伦道夫说。

"具体讲的什么?"

"HIP 60311,在最近发生了异常的光度变化,论文里分析认为

---
① TESS,NASA 的凌星系外行星巡天望远镜的缩写。JWST,即詹姆斯·韦伯空间望远镜。
② arXiv,著名自然科学论文预印本数据库。

是非常靠近恒星的一团尘埃云扩散导致的。"

"尘埃云?扩散?让我看看。"陈帆急忙说。

陈帆和须藤都凑了过去。"这是一颗距离为647光年的普通K0型恒星,它拥有四颗已知的系外行星。"伦道夫指着论文中的话说,"经过数值模拟,这个作者提出,尘埃云可能本来位于恒星的宜居带附近。等下,宜居带?"

三个人的神经紧张了起来。"这是什么情况?"须藤问。

"难道说,本来在宜居带内还有一颗类地行星,但是它解体了?"陈帆说。

"这样的话……不太妙啊!"伦道夫眼睛有些发直。

"别着急下结论,即便真的是行星解体形成的尘埃云,也不一定是飞船主动造成的。别忘了,引力扰动的后果是很严重的!"须藤说。

"对,引力扰动会造成重轰炸期再临,甚至会导致行星轨道紊乱,相互碰撞。咱们之前已经分析过了。"

"总之这的确是一个凶兆,不管是飞船自己干的,还是它带来的引力扰动导致的,这个恒星系统的现状都非常糟糕。"须藤说着又戴上了眼镜,"如果数据充足,我真想做一次反演,看看能不能根据尘埃云的形态和位置推算出行星的解体时间。这样就能知道是不是飞船主动干的了。"

"数据不够,这篇文章几乎是连蒙带猜写出来的。"陈帆皱眉道。

"你们怎么能这么冷静地分析问题啊!"伦道夫哆哆嗦嗦地说,"地球可能要遭殃了!"

"还有别的恒星的类似论文吗？"陈帆问。

"目前看没有了。这篇论文的假设有点多，证据比较少，所以估计也没有正式发表吧。"

"那么说线索又中断了。"须藤叹气道。

"没事，我们的进展已经非常大了！下边我们应该换换思路，从别的地方找一些线索。"

"等下，你们快看！看电视！"伦道夫突然说。

电视画面忽然不再是科学考察相关的节目了，而是变成了一个略微肥胖的中年男人。

"……我们相信我们已经破解了外星人传递过来的射电信息的含义。"男人在演播室里说，他的声音十分沉稳，"我们借助 VLA 的观测数据，进行了大量分析，发现这些射电信号并不是完全未经调制的，而是有一些极其细微的波峰和波谷。如果我们把这看作脉冲的话，我们会发现，"他从演播室的桌子上拿起了一块展板，指着上边的文字，"脉冲是长短不一的，而这些长短不一的信息，如果转换成摩尔斯电码，则可以翻译成一个单词：转移。"

七．谬论

"你忘了你儿子也是天文学家了吗？为什么听他们的不听我的？"陈帆对着屏幕前的母亲不爽地说着，"别听他们瞎说，别去凑热闹！还有，不要总买电视购物频道的那些东西，大多数都是骗人的。"

发完牢骚，陈帆站起身，拿起桌上的咖啡杯喝了一口："真是不可理喻，我从没见过这么不负责任的研究者。这会害了多少人，他们心里没数吗？"

"我觉得没有。你没看到吗，整个天文界都陷入了癫狂状态，面对这次史无前例的重大科学事件，科学家们的理性精神已经被狂热搅没了。"须藤坐在一旁说。

"但这也太荒唐了，小孩都知道外星人不可能用摩尔斯电码这种东西，更何况他们的结果置信概率那么低！我觉得说他们的结果完全是误差都可以。"

"哈，你说的很对。我觉得也是，不过是误差罢了。"须藤认同道。

"但这非常符合公众们的幻想，即便后来有那么多其他的专家出来质疑和解释，也没什么大的效果了，反而各种阴谋论开始层出不穷。"伦道夫说，"那个胖子说完那些话之后，整个地球简直都沸腾了，一堆人吵着要顺从外星亲戚的愿望，搭上外星舰队前往异世界。最可恶的是一群科学家冒了出来，早不说晚不说，偏偏这个时候告诉了公众太阳系可能因为引力扰动而解体的事。这下可坏了事了。"

"塔西佗效应，屡见不鲜了。依我看，这的确是科学家们的责任。一边说公众科学素养低下，一边又不愿意去搞科普，嘲讽科普是无能的人才去做的事。更何况还有那个胖子一样的无良研究者经常大放厥词。现在这种情况纯属活该。"陈帆说。

"我们该怎么办？"须藤问。

"尽快得出具体的结论，解释飞船到底要做什么。"

"情况危急，你们看新闻，已经有很多人自己驾驶小艇，携家带口地登陆飞船了！"伦道夫指着电视说。

"看吧，我说过，人类社会都乱成一锅粥了，现在就咱们这里最好。"陈帆说着，走到另外两人身边，"兄弟们，不夸张地说，我们三个人现在是极少数理性的科研人员了。我们的责任很大，能不能挽回局势，不是靠那些政治家和媒体记者，而是靠我们。"

"对，靠我们。我们必须始终保持冷静。"伦道夫站起身说。

"可能还得做点危险的事。"须藤也说。

"那么，我们继续吧。"陈帆说，他的目光几天来第一次放在了办公室的窗户外。在外边，"新月"地球不久前刚刚从月球地平线上升起，投下一丝幽幽的蓝光。

八. 地球

外星舰队驶入了木星轨道，其距离木星最近时有大约八千万公里。这是舰队在到达地球之前，距离太阳系内行星的最近距离。木卫三上的居民们并没有感到明显的异样，但观测显示，木星卫星的轨道已经出现了变化。木星四颗伽利略卫星中的三个：艾奥、欧罗巴、加尼米德。这三颗卫星共动关系固定，且公转周期呈 1：2：4 的关系。但如今在外星舰队的引力干扰下，这种关系被打破了。很有可能，随着时间的推移，四颗卫星会相互碰撞，最终坠入木星。

"我又把 ADS 和 arXiv 翻了个底朝天，还是没什么发现。"伦道夫揉着眼睛说。他的眼睛已经连续三个小时盯着屏幕了。

"IAU也没有靠谱的简报消息。"须藤说,"我一直和东大的同事保持着联系,他们那边的研究都终止了,据说东京发生了骚乱。"

"我家里人告诉我,他们出门避难了。有一群暴徒控制了街区。"陈帆接着说。

"简直是末日景象。"伦道夫说着喝了一口咖啡,"话说回来,我总觉得我们忘记了一些什么东西,感觉我们忽略了什么。"

"人疲劳的时候总会有这种感觉,"须藤说,"你应该休息一会儿了。"

"谢谢您的关心。"伦道夫没好气地说,"我之所以不去混乱的地球找我的家人,就是因为我有一腔热血。我不怕累。"

须藤无奈地像个西方人那样耸了耸肩。

陈帆拿出了一根烟,点燃了它。他已经好久没有抽烟了,而且月球基地里是禁止吸烟的,但此时他思绪极度混乱,已经不想考虑那么多了。他踱步到窗户旁边,望着外边灰白色的月球表面。远处,晨昏线已经推进到了高耸的环形山顶部,相应地,天空中的地球也越来越接近上弦了。陈帆抬起头,望着那个蓝色的世界。那里是数十亿人类的故土,尽管掌握了相当先进的宇航技术,也只有不到一百万人选择长期居住在太阳系的其他地方。人类是恋家的。

"地球。"陈帆说。

另外两个人转过头。"你想回去了吗?"伦道夫问。

"不,我是说地球。"陈帆说着,转过身面对两人,"我们忘记了地球。"

愣了一会后，伦道夫和须藤分别想到了一件事：伦道夫想到了里斯本火车站外混乱的人群，而须藤则想起了身上黏黏的味噌汤。

九. 太平洋中心

夏威夷群岛是一个神奇的地方。对天文学家们而言，这里是地球上最优秀的天文观测地之一。太平洋中心的地理位置，使得夏威夷有效躲避了大部分人类活动带来的消极影响；高耸的莫纳克亚山，则使它有效躲开了大洋带来的浓重水汽。最终，这里成了一个可以保证高视宁度、高透明度、长观测时间的望远镜建设中心。而对于地质学家和地球物理学家来说，夏威夷同样是非常特殊的地方。它并不处于环太平洋地震带，却几乎有着地球上最活跃的火山活动。原因在于，夏威夷群岛在"热点"之上。夏威夷岛链之下存在一个巨大的热岩区，它并不怎么跟随太平洋板块进行移动。于是，热岩区就在太平洋板块上拖出了一条轨迹，结果就形成了如今的夏威夷群岛。

地球物理课题组"Tap Stone"来到夏威夷已经五年，期间他们一直专注于研究夏威夷热岩区和地幔柱的变化情况。课题组组长，杰森·史密斯，是一个精明能干的人。他最大的优点，就是人脉广泛，嘴皮子好，在整个科学共同体内混得风生水起。而他最大的爱好，则是跨界演出。

"陈！居然是你！真是没想到。"杰森高兴地和陈帆通着电话，身旁，他的研究生正在整理课题组最近获得的资料。杰森和陈帆曾经一同参与一个项目,对太阳系内天体表面的常见矿石进行总结。换句话说,他们是老熟人了。"什么?你们在月球上?哈哈,真像你的作风。大多数人现在都在瑞士那边呢。啊,稍等。"他把听筒从耳朵错开,指着研究生手里的表格说,"这儿,对,应该是霞石岩。标记上,卡胡略伊港东部。"他又把耳朵贴在听筒上,"你的选择是对的,在地球上什么都干不好。什么?你想咨询我一些问题?什么问题,问吧。"

"那我问了,希望没打扰你。"陈帆在电话另一头说,"你们最近有没有发现什么异常?比如火山爆发、地震什么的。"

杰森沉默了一会,然后说:"有。但这是我目前课题组的工作。"

陈帆知道这句话的潜台词:我现在正在研究你说的异常,这是课题组的科研任务,我不能透露。但事情发展到这个地步,他必须要让杰森说出来。

"杰森,你听我说。如果我的想法是对的,全人类现在都处在危机之中。我这边掌握了一些情况,似乎可以证明外星飞船具有一定的破坏力……"陈帆迅速用简短的语言概括了一下他们的若干发现。杰森静静听着,眉头逐渐紧锁起来。

"你说的都是真的?确定吗?"陈帆说完后,杰森低声问。

"就我们掌握的情况而言,我刚说的话没有一句骗你的。"

"好吧,如果真的是这样,我们在这做的工作,单独来看,也的确没什么意义了。"

杰森站起了身,研究生们惊讶地发现,他们的导师面如土色。

"我很高兴认识你,陈。你刚刚告诉了我想要的答案,我也会告诉你你想要的答案。"杰森从桌子上翻出一张纸,那是他不久前做的一张表格。"在过去的七天里,全球的地震活跃度急剧增长。"

果然,陈帆想。

"地震几乎是成群结队出现的,我们这边叫地震群。震级都比较小,且大都是深源地震,最浅的也有30千米深。而且,最关键的一点,"杰森抿了抿嘴唇说,"外星舰队越靠近地球,地震活动越频繁。"

"你觉得原因是什么?"

"我本来以为是外星舰队的引力作用。但计算后发现,即便它们的总质量达到了两倍木星质量,在火星轨道外的遥远距离上,对地壳的拉伸作用也是非常小的。之后我联想到了那些飞船放出的无线电辐射。"

"你是说,是无线电辐射导致的地震?"

"我知道这很奇怪,无线电辐射——你们更喜欢叫射电辐射,其能量是非常小的,按理说不足以导致如此大规模的地质运动。但我实在想不到其他可能的解释了。陈,这些东西本来是我们研究的东西,我把这个消息告诉你,你们可一定要研究清楚到底是为什么。"

十. 幻景

随着飞船驶入火星轨道,人类的狂热达到了极点。尽管各国政府拼命阻止事态恶化，但还是出现了严重的社会动荡。恐慌情绪蔓延开来，导致越来越多的人选择逃亡到其他太空基地。地球的近地轨道换乘中心一天之内的起降飞船数量超过了历史极值，世界每个角落的飞船几乎都被运到了这里。从这里，成批的普通人纷纷前往火星和木卫三两大聚居区，而还有一部分狂热分子选择了一条更加冒险的道路——驶向外星舰队。

在电视上那个射电天文学家发表他的研究成果之后，人们就普遍相信，外星舰队的目标是将人类转移到其他星球。大部分人对此感到恐惧，但也有一部分人欣喜若狂。这部分人大都对人类社会感到厌烦，希望过上一种刺激的新生活。他们选择前往外星飞船的表面，并定居在那里。各国政府自然对此持反对态度，他们担心这种行为可能激怒外星人。之前的科学考察行动在此时起到了不好的示范作用，人们普遍相信，除了强烈的射电辐射外，外星飞船表面不存在能够威胁人类生存的东西。甚至在一些人眼里，外星飞船已经成了太阳系内最安全的地方——小行星和彗星即将大规模入侵太阳系的新闻早已经不胫而走。

于是，越来越多的飞船开始驶向外星舰队，并在它们的表面着陆。人们还搭建了简易的太空居住地，将房屋固定在飞船表面那些坚硬的硅酸盐晶体之间。仅仅两天时间，飞船表面的人口就达到了五十万人之众。这些大胆的居民多数是年轻人，也有一些是以家庭为单位前来的。他们勇敢活泼，不惧怕任何危险，很快就适应了舰队附近诡异的引力场。居民们甚至立刻发展出了自己的亚文化：飞棍文化。人们把法棍面包当成流行的主食,竹子成了人们最喜欢的植物,在飞船表面甚至举办了多场"飞棍"主题的摇滚音乐会。

对这些新进居民来说,这里很可能会成为一片乐土。那些未曾谋面的外星人,已经自动被他们当成了朋友。

但更多的人并没有这么乐观,而是感到极度的恐惧。人们在向各个据点疏散的途中,纷纷重温了百年来那些著名的科幻桥段,试图为自己的未来命运勾勒出更加清晰的图像。外星人千里迢迢,航行上万光年来搜寻人类,其决心可见一斑。如此具有毅力的种族,也令很多人心生敬意。在人们的集体潜意识中,似乎出现了一种倾向,一种不自觉的欣喜:即便自己人死灯灭,至少我们的种族并不孤独。

此时,从太空看去,人们会在太阳系内看到如下场景:地球上仍然是万家灯火,只是一些地方似乎还包含着火光;月球一片黑暗;火星和木卫三的灯光越来越明亮,而外星飞船诡异的身影则在这四者之间飘忽着,上边也出现了星星点点的闪光。在漆黑之中,隐约可以看到数条蜿蜒的银色河流,连接着这几个硕大的天体,那是无数行进中的载人飞船发出的引擎火光。

这幅诡异而幽美的图画,是人类短暂的行星际宇航时代留下的最后景象。

十一. 真相

和杰森聊过后不久,陈帆三人便发现,在月球已经可以清楚地看到外星舰队的身影了。三个人穿上宇航服，走到月球表面，用肉眼仔细观察着舰队的光点。和人们想象的不同，天文学家们并不会一直坐在望远镜前，熬夜观察天体。他们更多的是守在计算机旁，用干瘪的手指输入一行行的代码，从服务器上下载一簇簇的数据，然后进行分析和计算。当然，他们还是会操控硕大的望远镜来拍摄照片，但这些照片大都是黑白的，我们经常看到的那些彩色星云照片，绝大多数都是后期处理的产物。因此，三位天文学家其实非常享受肉眼直接观察星空的感觉。

看完舰队的光点，三人回到基地。脱掉宇航服，吃了来到基地以来最好的一顿饭之后，便回到了办公室。刚刚短暂的放松是必要的，因为他们即将开始最后的攻坚战。

"可以猜吗？"须藤问。三个人坐在椅子上，互相面对着。

"事到如今只能猜了，猜吧。"陈帆说。

"外星舰队每经过一个恒星系统，就使用射电辐射摧毁有生命存在的那一颗行星，然后强迫行星上的居民迁移到飞船内部。"

"我只认同你说的前半句。"伦道夫说。

"那你说一下你觉得靠谱的后半句。"陈帆插话道。

"没有后半句。我觉得他们就是为了摧毁宜居环境，仅此而已。"

"所以你是认为他们就是要毁灭我们？"须藤问。

"正是如此。"

"这根本没有意义。"

"如果你说的是对的，为什么飞船没有生命的迹象？为什么探测显示飞船是实心的?"

"还是那句话,这么做根本没意义。如果是为了灭绝智慧生命,不必花十亿年,派出那么诡异的舰队。"

"你这人太暴力了。"须藤说,"你忘记了一点:舰队最后还会返回 M67。如果仅仅是毁灭文明,他们完全可以把舰队做成一次性的。"

"也许是因为这些飞船很昂贵呢?他们想回收利用。"

"老天,都发展成星团文明了,还在乎二十条竹竿?"

三个人又沉默了。他们都意识到,这么猜下去,永远不会猜到答案。

"我们换一个方法,"伦道夫说,"这是我想不出问题答案时经常用的办法。让我们把所有已知的东西全部列出来,然后挨个提出可能的解释,看看会发生什么。"

"怎么列出来?"须藤茫然地问。

"我来示范一下。"伦道夫站起身,深吸了一口气。他的眼睛望着关掉的电视屏幕,想了一会儿,说:"飞船有多少艘?"

"20 艘。"

"为何是这个数字?"

"因为有二十颗恒星。"

"飞船是什么样子的?"

"像竹竿一样,黄白色的杆状物体。"

"它们都完全相同吗?"

"不,有的粗有的细。"

"外表有何异常?"

"布满褶皱,如同爬行动物的皮肤,橡胶鞋的鞋底。"

"为何如此?"

"增大摩擦力。"陈帆揶揄道。

"对,增大摩擦力。"陈帆和须藤没想到伦道夫顺势说了出来。一种奇怪的感觉涌上两人的心头,三个顶尖聪明的头脑,在此刻仿佛突然接通了电源,开始正常工作了。

陈帆:为何要增大摩擦力?

须藤:为了牢牢吸住某些东西。

伦道夫:吸住什么东西?

(沉默了三秒)陈帆:舰队的目标。

须藤:目标是我们吗?

伦道夫:是。

陈帆:不是!

伦道夫(疑惑):为何不是?

须藤(顿悟):因为我们太小了。

(沉默五秒)陈帆:那是什么?

伦道夫:……大的东西。

须藤:黏的东西。

陈帆(补充):可以流动的某种东西。

须藤:这东西从哪来?

伦道夫:地球。

陈帆:地球上什么东西满足条件?

伦道夫（沉默五秒）：水。

须藤：岩浆。

陈帆：但这些都是无机物……

沉默十秒。这十秒钟，空气仿佛凝固了一般。所有人都想到了杰森说过的那些话，此时的他们，已经放弃了科学家的严谨精神，而是沉醉在头脑风暴的漩涡之中。

陈帆：岩浆的成分是什么？

须藤：硅酸盐。

伦道夫：飞……飞船表面是什么成分？

须藤：也是硅酸盐。

陈帆：岩浆如何自己运动？

伦道夫：被飞船吸引过去。

须藤：不！自己过去！

伦道夫（惊恐）：怎……怎么自己过去？

须藤：智慧生命自然有办法自己过去！

三人又沉默了片刻，此时的他们，呼吸紧促，满眼都是恐惧和兴奋。

陈帆（站起身）：为何飞船粗细不一？

须藤（同样站起身）：因为表面凝结了不同厚度的岩浆。

陈帆：舰队穿越二十颗恒星的原因是什么？

须藤：接回智慧生命。

陈帆：射电波的目的是什么？

须藤：为了唤醒目标。

陈帆：为何会发生地震？

伦道夫（缓过神）：因为地下有东西蠢蠢欲动。

陈帆：为何会有二十颗恒星被逐出星团？

须藤：因为他们被放逐了。

陈帆：为何舰队可以航行十亿年？

伦道夫和须藤：因为他们是硅基生物！

十二. 央斯基望远镜

三人在那段简短的对话之后，立刻打电话通知了各自的家人，让他们赶快逃命。这一过程花费了他们足足两个小时的时间。之后，他们分别联系了国际天文学联合会、联合国和他们各自国家的政府部门，试图让他们将消息扩散给公众。不出所料，他们并没有获得成功。

"我们没有足够的证据！"陈帆咬着牙说。

伦道夫着急地跳着，"不行！我们必须去一趟地球！"

"去干什么？送死吗？你以为你有时间飞回去？"须藤厉声说。

"我们在这里什么都做不了！"伦道夫愤怒地喊道。

"安静！"陈帆吼道，"我们来不及回去，只能待在这。现在我们缺乏证据，即便赶回去，也根本没法说服各国政府进行疏散！"

"那我们该怎么办？"伦道夫颓丧地一屁股坐在了椅子上。

"我们必须想办法,通知尽可能多的人。"陈帆用拳头敲着手心说。

"怎么通知?我们在月球上,他们在地球上,相隔三十多万公里!"

"有办法!"须藤突然大声说,"你们忘了我们现在在哪里了吗!"

另外两人迅速明白过来。"央斯基!"陈帆惊喜道。

"对!央斯基望远镜是阿雷西博型的望远镜,它除了可以被动接收天体的射电信号,同时还具有一定的信号发射能力!"

"那还等什么!"伦道夫猛然站起身说,"我们赶紧去办!"

三人立刻离开办公室,冲向了望远镜的主控室。这里位于基地的顶层,是央斯基望远镜的控制中枢。四扇巨大的落地窗让房间变得完全通透透明,可以清晰地看到不远处央斯基望远镜所在的环形山。

"你们会操控吗?"陈帆说着,弯腰摆弄着控制台上的计算机。

"我大学时修过一点无线电通信和射电天文学的课程,但是已经忘得差不多了。"伦道夫说。

"我完全不懂。"须藤皱着眉说。

"那我试试,你们俩帮我看着。"

陈帆打开控制程序,仔细分辨这密密麻麻的操作信息。他冷汗直冒,双手颤抖,拼尽全力分辨着那些射电天文学的专有名词,并努力修改着各种参数。

"嗯……这个……应该设置成线性偏振态……对,这样距离会远一些。横截面雷达……这个应该没用。双模态幅度,随便输吧,180央。频率……啊,见鬼!频率该怎么办!常用的广播电台频率,根本没法穿透电离层!"

"用超短波吧！"伦道夫着急地喊，"至少军用雷达有可能收到，还有一些民间机构的研究设施应该也可以！"

"行吧，那就超短波……236兆赫！好，设置完了，你们赶紧编点词！"

三人手忙脚乱地编好通告的措辞，立刻将消息输入进了操控系统。不远处的央斯基望远镜，开始调整自己的反射面形状，弯曲成了一个倾斜的抛物面，轴线对准了天空中的蓝色行星。然后，它将地球人类的最后一丝希望发射了出去：

NUM 420918UTC 20:26:31.2

月球基地 央斯基望远镜 （JRT）

LOCAL: 46°32′16.2″N28°13′50.11″W

速报

我们是留守月球的三名天文学家，在此被迫采用如此下策来告知聆听我们消息的各位，灾难即将到来！

外星舰队正准备摧毁我们的家园，地球即将解体崩溃！

请收到该条消息的你，立刻尽全力通知你的家人、同事和朋友，让他们尽快逃离地球！请尽快逃离地球！

信号在一秒之后便到达了地球，并很快就被地面的一些民用和军用观测站捕捉到。考虑到外延效应，总计大约有二百万人知晓了这条消息。此时，距离他们发现真相，已经过去了两个半小时。

十三. 破茧

然而，对地球人类来说，真相来得太晚了。

本来，三人觉得，他们仍然有时间挽回局势，毕竟，在他们将信息发射出去的时候，舰队距离地球还有足足一个天文单位的距离。舰队到达地球附近，至少还需要 20 个小时。

但他们是在用碳基生命的思维进行思考。碳基生命的寿命大都很短，这源自碳基生命快速的生命活动。短暂的生命活动，孕育了同样短小的思维过程，以及时间概念。

三人在焦急中，显然无法顾及所有人。在他们发现真相之后的第三个小时，身在夏威夷的杰森和他的小组离开了驻地，动身前往莫纳克亚山的山顶。一路上，他们遇到了夏威夷原住民们声势浩大的抗议队伍。这些善良而古朴的居民们认为，是圣山山顶的那些邪恶仪器，招致了今日的灾祸。

杰森一路沉默不语。他们这次并不是要去研究夏威夷的地震活动，而是单纯地进行岩石标本的采集。他在心里已经放弃了继续研究全球地震活动的想法，但还没好意思告诉组员和学生。到达山顶后，一行人很快就在烈日下忙碌起来。今天山上的天气非常好，脚下常见的云海也不见了，可以非常清晰地看到岛屿四周的广袤大洋。

此时，是美国夏威夷时间上午十点。破茧开始了。

异常首先被一位研究生发现。山顶的风非常大，但他还是听到了隆隆的怪声。他捂着帽子，走到杰森的面前，大声地对他说着自己的发现。杰森没有听清他说的话，但看到对方的手势，他意识到发生了什么怪事。他停下手里的活，示意他再说一遍。

"我说，教授，好像有地声！"学生扯着嗓子喊道。

"地声？是风太大了吧？"杰森大声道。他竖起耳朵，果然听到了隆隆的巨响。"不是风响……怎么会有地声？"

杰森抬起头，下意识地环顾着四周。这一环顾不要紧，杰森看到了令他魂飞魄散的骇人景象。

在岛屿南端，水天一色的交界之处，出现了一条白色的粗线。接着，南部的海平面似乎越来越高，地平线逐渐向上弯曲，显出了一道粗糙的圆弧。杰森目瞪口呆地看着这一切，然后，他和研究组的其他成员便跪到了地上。

地壳剧烈抖动产生的声波，包含了几乎所有频率，其中的次声波尤其恐怖。它们会和人体形成共振，让五脏六腑扭曲变形，成为一团红色的麻花。此时，强烈的声波已经从地下冒了出来，穿透了人们的身体。杰森身边的人纷纷痛苦地倒了下去，他本人则忍受着剧痛，拼尽全力睁大着双眼，看着远方的海面。

海面的疯狂隆升已然到达了顶点。蓝色的海面先是变成了苍白色，然后变成了血红色，最后，磅礴的蒸汽裹挟着红色的岩浆，冲上了数万米的高空。杰森的骨骼发出咔嚓咔嚓的响声，他的眼珠几乎蹦出，血从嘴和鼻子流了出来。大地的震颤越来越强，最后，在杰森失去意识的那一刻，刚刚还遥不可及的海水，已经裹挟着热浪，冲到了杰森扭曲的面容之前。

而此时身处太空的人们，看到的则是另一番场景。

辽阔的太平洋中心出现了一个暗影，暗影逐渐扩大，慢慢显出了红色的底色。海洋上方的云团迅速消失，在暗影的中心，出现了一个黄热的圆柱体。一道剧烈的闪光随即划过地球大气层的上空，暗影边缘迅速出现了一圈圈浪花。海浪扩散开去，炽热的地壳显现了出来。伴随数次无声的爆炸，三分之一的地球表面变成了红黑色。这部分表面不断向空中伸展，让地球失去了圆滑的外貌，变成了鸡蛋的形状，而鸡蛋的顶端，正指着舰队即将到来的方向。

那个黄热的圆柱体，此时已经成为鸡蛋的顶点，并扩大成了一个发亮的圆盘。那里是地幔的裸露部分，也是蛋壳上的出口。

一条细长的白线从出口缓缓升起，进入到漆黑的太空之中，白线的端点迅速向远方的舰队伸去，同时颜色也越来越暗淡。在引力作用下，白线的躯干不断抖动着，如一条巨蟒一般扭曲前行，它身后的地球，逐渐失去了最宝贵的部分，平整的外壳因为内部的虚空而逐渐干瘪下去。原本清晰的欧亚大陆轮廓，此时被无数条火舌吞噬，连同晨昏线一起，印刻在大地表面。地壳的裂纹扩大到全球，并最后引发了一次向内的崩塌。

白线飘忽前行，终于深入了舰队内部，它的端点此时已经是暗红色，似乎就要死去，但胜利在望，它在奋力挣扎着。最终它终于接触到了那最细的一艘飞船，缠绕了上去。线迅速变粗，一圈圈覆盖着飞船粗糙的外表面，并迅速和飞船融为了一体。白线仿佛被一个优秀的纺织工操控着，在纺锤上一圈圈缠绕，却没有留下任何线与线的缝隙。

舰队之中的居民们，正在惊恐地逃离他们的新家，这一过程惨不忍睹：白线缠绕带来的引力波动，让大多数小型飞艇都失去了控制，坠落在了舰队内部。在十九艘飞船上，不断出现着一个个亮点——那是飞船坠毁的火光。最惨烈的情况自然发生在被缠绕的那一艘飞船上，上边的居民定居点和临时居所，在炽热的岩浆中随波逐流，看上去就如同比萨饼酱料中的肉块一般。最终成功逃离外星舰队的人，总数不到两万。

终于，白线的另一个端点出现了，它飘忽着逃离，留下了身后的破碎的蛋壳，没有一丝惋惜之情。

陈帆他们没想到的是，硅基生命追求精确和经济。它们不会等到舰队已经到达之后再开始行动，而是会选择主动迎接舰队的到来。这其实是任何即将离开监牢的生命都会有的想法。

硅基生命体从苏醒到逃出地壳，历时六个半小时，而它在这个名叫地球的流放点，已经蛰伏了四十六亿年。它可能并不清楚，蛋壳上还有一种有数百万年光辉历史的渺小生物。

是时候回家了。

十四. 星团的放逐

在之后的研究中，宇宙生物学家们发现，硅基生物拥有着漫长的历史。他们在宇宙诞生后不久就出现在了第一代超新星的余晖之中，借助超新星爆发产生的第一批重元素，形成了高度复杂的智慧。

和人们所想的不同，硅基生命体并不总是固态的，他们更喜欢保持高温液态的状态。以硅元素为基础的生命，若想保持高效率的生命活动，就必须在高温下生存。但有一点和人们所想的一样：他们的确精于计算之道。

为了获得高温环境，硅基生命选择移居至密实的星团之内。他们尤其喜欢疏散星团，这些地方的恒星不太密集，周围还有大量气体星云环绕着，是理想的栖息之所。天文学家们后来发现，我们熟知的大多数疏散星团，如金牛座的M45昴星团、巨蟹座的M44蜂巢星团，以及天蝎座的M6蝴蝶星团，都存在硅基生命的痕迹。大量的硅基生物个体聚集在这些年轻而复杂的恒星系统内，开始尝试建立合作关系——星团文明就这样诞生了。

任何环境的资源都是有限的，对于硅基生命而言，最重要的资源就是星云和行星内部的硅酸盐。他们是硅基生命维持生存和修复躯体的必要物质。但随着个体数量的增多，资源总会出现匮乏。于是，星团文明发展出了独特的社会结构，来公平合理地分配资源。对于一些违背社会准则的个体，他们选择将其解体，或者选择将其流放。

流放远比解体可怕。个体会首先被压缩成白热状态，然后被封存进一个很小的球壳之中。之后，星团社会会把他们扔进一个刚刚形成的恒星系统，尘埃云内的岩石便会将球壳当作凝结核，纷纷附着上去，并最终形成一个完整的行星。

封存状态下的硅基生命个体，不能在太热或者太冷的地方长期存在。太热会加速硅基生命的老化，太冷则会让硅基生命丧失动力，提前死亡。所以，被流放的生命们想出办法，改变自身的质量分布，来让自己的公转轨道慢慢调整到不冷不热的地方。而这里，一般也就是我们所说的宜居带。

把个体扔进恒星系统后，星团文明显示出了他们极为高超的组织水平和计算能力。整个星团内的硅基生命体，同时改变自身的质量分布，让星团内的恒星按照他们设想的那样移动起来。最终，在经历了复杂的 N 体运动之后，被放逐个体所在的恒星获得了巨大的动量，最终脱离星团的引力束缚，被抛向银河深处——漫长的放逐开始了。

放逐期内，个体能做的，只有改变自身温度和自身的质量分布两件事。后一种情况很少出现，因为这一过程不仅要消耗巨大的能量，还会让已经稳定的行星轨道陷入混乱——此时的恒星系统，各个行星已经形成了美妙而稳定的轨道共动关系，可以使用提丢斯-波得定则进行描述。

由于处于碳基生命的宜居带，个体的封存外壳经常同时会产生碳基生命，但他们实在太小，难以影响硅基生命体本身。反而是硅基生命体，可以很轻松地影响渺小的碳基生态圈。只要它稍稍改变一下自身的温度，地表可能立刻就会发生一次生物灭绝事件。

当放逐期过半之后，星团文明便会派出信使，迎接个体返回星团。信使由封冻的年老个体组成，他们是星团文明最坚韧的战士，不惧怕恶劣的环境，能够忍耐漫长的封冻期，拥有高贵的品质。他们不仅要穿过漫漫星海，还要迎接多变的宇宙环境——当然，还有傲慢的碳基生命。

十五. 太阳系的放逐

人类失去了自己的故乡，但至少还没有灭亡，这已经是远好于其他十六颗恒星的情况。算上还在太空漂泊着的飞船，总计大约有一百五十万人幸存了下来。

在硅基生命逃离地球之后，硅基舰队便继续向前进发，进入金星轨道，掠过水星轨道，并最终向太阳系外驶去。舰队并没有出现引力弹弓效应，这令后来的研究者们迷惑不解。舰队身后的地球，此时已经被包围在一团暗红色的碎屑中，海洋蒸发形成的蒸汽萦绕在尚未冷却的破碎地壳之间，看上去就像泼了水的烧红煤炭。

陈帆、伦道夫和须藤一郎三人，在月球基地目睹了地球毁灭的全过程。他们的家人在灾难即将发生的最后时间里，听从他们的建议，成功逃离了地球。

"我们还是晚了一步。"伦道夫静静地说。

"我们本来也做不了什么了，"陈帆说，他的嘴里又叼起了烟，"地球上的飞船数量太有限，根本没法疏散多少人口。我们在最后关头已经告诉了地球，至少多救了一点人。"

"我们本来可以救更多的人。"须藤沙哑地说。他已经喊了很久。

陈帆没有再回答。

三人静静地坐在窗前，看着外边的夜空。月球的表面此时已经陷入了黑暗，如果地球仍然存在，此时的月相应该是新月。

"后边怎么办？"须藤问道，"你们打算去哪里？这里太危险了，很快地球的碎片就会飞过来把这里砸个稀烂。"

"那不是挺好的，"伦道夫挤出微笑说，"我们正好研究一下月球环形山的形成过程。"

"我打算到木卫三去，那里应该是目前相对安全的地方。有木星的引力场保护，小行星不容易撞到那里。"须藤说。

"所有人都会这么想，"伦道夫说，"那里一定会人满为患的。"

"整个太阳系，实际上已经死了。"陈帆说道，他随手将烟头扔到了地上，"奥尔特云和柯伊伯带的小天体们，此时正兴高采烈地在路上，打算到太阳附近游览一圈呢。而你说的木星，呵呵，它卫星的轨道共动已经被打破，说不定过几天木卫二就会撞到木卫三上边。"

"那我们该去哪呢？"须藤摇摇头说。

"哪里，都去不了，"陈帆一字一顿地说，"我们已经无家可归了。仅存的人，恐怕只能在太空站挣扎度日了。"

伦道夫双手摩擦着，眼睛有些红。须藤看了，以为他要哭出来了，赶紧递给他一张手帕纸。伦道夫接了过来，但并没有用。

"太阳系之外呢？"伦道夫问。

"我们还没掌握恒星际宇航技术。"陈帆提醒道。

"但是我们有冬眠技术，对吧？"伦道夫说。

"那又怎么样？先不说那玩意国际公约不让用，就算你能用它，又能干什么？现在整个太阳系到处都是彗星和小行星，你出得去太阳系吗？"

"除非，有什么东西替我们挡着。"须藤说。

三个人的目光交汇在一起，互相确认着各自的想法。

"外星飞船？"伦道夫小声问。

"用外星飞船做我们的屏障。"须藤说道，他又恢复了活力，"那些飞船的阵型非常适合屏蔽小天体的袭击，他们围成了圆柱形，只要我们待在中心的飞船上，就能躲开大多数小天体。"

"但现实的问题怎么解决？能源怎么办？水和食物怎么办？还有最关键的：我们要去哪？"陈帆问道。

"放射性同位素热电源，省着用应该够。维持冬眠只需要少量人保持苏醒，不需要太多能量和生活必需品。至于去哪，我们可以到了那里之后再决定。"须藤说。

"这太疯狂了。"陈帆不禁笑出了声。

"的确非常疯狂。"伦道夫也笑了出来。

"但是，"陈帆站起身，坚定地望着窗外，"值得放手一搏。人类不能窝在这个火花四溅的太阳系里了，必须想办法逃出去，哪怕只出去一些人也可以！"

"对。"伦道夫也站起了身，"那些硅基生命不把我们当回事，把我们当作蝼蚁。很好，我们当定蝼蚁了！他们也别想就这么甩开我们。"他指着星空中那个刚刚开始暗淡的光点说，"他们以为能一走了之，想得美！我们还就黏上他们了！"

"有道理。"须藤也站起了身,"外星飞船的表面是凝固的,里边有各种常见的元素。地核有什么那里就有什么,我们不缺乏矿产资源!等熬过这段时间,我们完全可以发展出恒星际宇航技术,到时候我们想去哪里就去哪里!"

三人相互对视着,此时的他们已经完全摆脱了颓丧的状态,慢慢放声大笑起来。

四个月后,在主带小行星开始大规模涌入火星轨道之时,人类的追击舰队出发了。追击舰队分作三批,第一批乘员大都是身体素质好的军队服役人员、技工和科考队员,他们携带者大量重型机械,目标是尽快在硅基舰队内部建立稳固的定居点,并构建冬眠设施。第二批乘员则大都是科学家,他们载有海量的科学仪器、图纸、数据,以及人类社会幸存下来的各种珍贵遗产,如艺术品、书籍等等。最后一批则负责运输普通平民,他们将在前两批人已经建设好的居住地内安家落户。

追击舰队总计将把九十万人运送到硅基舰队内部,而剩下的数十万人,则选择留在不安的太阳系空间,在危机四伏的太空中艰难生存。

陈帆、伦道夫和须藤一郎都是第二批舰队的骨干成员,他们因杰出的成就而获得了所有人的尊敬,都分别担任了组长职务。

舰队一路艰难躲避着小天体的袭击,木卫一在他们的身后逐渐解体,而木卫四则脱离了木星的引力束缚,变成了一颗行星。当舰队驶过地球的废墟时，人们聚集在飞船的窗前，静静目送着它。那已经是一团黑色的残渣，在漆黑的夜空中，偶尔泛着一点红色的火浪。

陈帆三人望向窗户另一边，那一侧，月球仍然保持着婀娜洁白的身姿，同他们在那里的数个日夜里看到的一样。只是，一道道亮光正闪耀在它的表面，激起一团团灰色的尘埃。

太阳，这个孤独的单星，曾经同时庇佑着两个文明的子孙后代。现在，她已经完成了保姆和母亲的双重使命。

漫长的"放逐"开始了……

墓志铭

文 \ 杨晚晴

Cast a cold eye

On life on death

Horsemen pass by

一

对于一个习惯沉默的人，墓志铭似乎是表达自己的最后机会。

他是个唯物论者，按理说，他不应该纠结于这些身后事。他以前确实是这么想的。但，现在他意识到，以前他之所以这么想，是因为他以为死亡离他还很远。

如今，考虑在自己的墓碑上写些什么，似乎是自然而然的事。

司汤达式的墓志铭是不错的选择，他可以让人在那块精心磨制的大理石上刻如下几个字：活过，爱过，推导过……但是，应该由谁来完成这一工作呢？除了妻子，他在这个世界上没有亲人——哦，应该叫"前妻"。离婚已经十年了，他依然没有习惯身份的转换。

"也许我该给她打个电话，"他想，"或者，也许我该去纽约见见她。"

也许不该。

得知诊断结果那天，他在校园里铺满落叶的林荫道上走到夕阳西下。"我把一生都奉献给了这里，奉献给了虚无缥缈的数学王国。"他的脚步趟过落叶，发出沙沙轻响，"而今我要走了，我留下了什么？谁会记得我？"

不知不觉就走到了"猫头鹰"酒吧。在酒吧门口，他拨通了邓肯·艾利希的电话。

"我在'猫头鹰'。"他说。

"你什么意思？"电话那头问。

"陪我喝酒。"

"啊哈。"

傍晚七点多，酒吧里是三三两两的学生。即使坐在一起，他们也都沉浸在各自的增强视域中。对于两个中年教授的到来，没人费心抬一下眼皮。

"我就要死了，你们这些麻木不仁的混蛋！"他在心里呐喊，"好好爱你们的世界,因为你不知道会在何时失去它!"

向卡座移动时,他不小心踢到了一个学生的脚。后者仰脸看他,藏不住的对衰老而又附庸风雅之人的鄙薄。"对不起。"他躬身,错了过去。

"说吧。"两杯艾尔啤酒端上桌后,邓肯说,"怎么回事?"

他盯着杯里翻腾的白色泡沫发呆。

"喂!你平常可是不喝酒的。肯定是大事,你不会——"邓肯把手臂架在桌上,毛发茂盛的脸凑了过来,"你不会要死了吧?"

他一怔,然后点了点头。

"一点儿也不好笑。"邓肯缩了回去,似乎抖了一下,吴树不能确定。

"是不好笑。"他说。

对方的喉结缩了缩:"是真的?"

"肺癌晚期。"他发现自己在下意识地模仿医生在宣判自己死刑时的语气,仿佛这样就能成为一个作壁上观的局外人,"还有不到三个月的时间。"

"哦。"邓肯呷了口酒,"真的?"

"真的。"他附和道。

"你打算怎么办?"沉默了一会儿,邓肯问道。

打算。他摇了摇头。按理说,在时间不多的情况下,"打算"是个符合逻辑的行为,但此时此刻,他的潜意识拒绝打算。

这是个悖论。他想。

"所以说，"邓肯说，"你看不到我拿诺贝尔奖了。"

他笑了笑："是啊。"

邓肯的眼睛发直，"要是你能拿菲尔兹奖，我的心里会好受点儿。"

"你知道我早就过 40 岁了。"

"是的是的。"邓肯猛灌一口啤酒。

这一轮沉默持续了几分钟。他喝酒，酒的味道让他想到死亡；他张望，昏黄的灯光、红色的砖墙和墙上抽象的涂鸦让他想到死亡；干脆闭上眼睛，可就连平素最爱听的爵士乐，也让他想到死亡。

"该写点儿什么？"他喃喃自语。

邓肯猛眨几下眼睛："啊？"

"我的墓志铭。"

邓肯的舌头在嘴唇下滚动一圈，"这还用想？当然是那个公式。"

"那个——"他艰难地吞下一口唾沫，"恐怕没几个人会看得懂吧？"

"老兄，"邓肯抱起双臂，嘴角向一边歪着，"你是希望百分之九十九识字的蠢货知道你是个壮志未酬的数学家，还是希望百分之一的聪明人晓得这个躺在地下的人曾经做出过真正的发现？"

他愣了一下："后者吧。"

邓肯的嘴角卷了起来，向他举起杯子。

二

"所以，"她说，"从一开始，你就没打算要孩子。"

他在增强视域里做着演算,没有说话。

"为什么?"她不屈不挠地问。

他的视点在空中一滑,关闭了窗口。"为什么要孩子?"

"因为——"她的脸颊慢慢燃烧起来,"因为……"

他故作宽容地笑了笑:"因为这是基因赋予我们的使命。对于这一点,你不是最清楚不过吗?"

她的嘴巴张开、又闭上,没有发出声音。

"好,姑且假定道金斯'基因机器'的想法过于激进,我们现在只探讨孩子在集体无意识,或者说在文化中的意义。孩子是什么?孩子是必死个体留在这个世界上的墓志铭。知道一个携带着你部分遗迹的生命会在你死亡之后继续为你倏忽而逝的存在作证,这种想法或多或少会减少你对死亡的恐惧……"

她咬着嘴唇。

"但经济学家凯恩斯是怎么说来着?"他滔滔不绝,就好像自己在毕业论文答辩会上,"从长期来看,我们都会死——不只你我,不只你我的孩子,所有文明、地球、太阳系乃至整个宇宙,都有终结的一天。所以我不明白,除了性的享乐以外,繁衍后代对我们来说有什么意义?"

"吴树,"她终于开口,"是数学让你变得这样毫无人味儿吗?"

"那么生物学呢?"他反唇相讥,"把生命看作化学事件会让你更有人味儿吗?"

"生物学教会我理解生命,而非肢解生命。"

沉默了一会儿,她说。

……

当时,她的语气那么冷,这寒冷甚至渗透到了梦境的背面。他醒来,打了一个哆嗦。

"先生,"乘务员俯身,甜美的气息扑面而至,"我们马上就要着陆了,请调直您的座椅靠背。"

他点了点头。波士顿到纽约,不到一个小时的飞行时间,他在梦境里辗转流连。刚才那个梦,与其说是弗洛伊德式的隐喻与再造,不如说是潜意识这位大导演偶尔为之的 8 mm 胶片纪录片。"也许潜意识早已为我厘清了所有线索,"他想,"瑞秋离开我,是因为她认为我缺乏人性。"

而瑞秋从不会犯错。

机身倾斜,波音 B797 机翼的翼梢之下,纽约市从淡紫色的薄雾中浮现出来,像影影绰绰的墓地。他被自己的这个念头吓了一跳。死亡的意象似乎统摄了一切,无论他如何提醒自己,就在他身下的这片墓园之中生活着他的爱人,他仍然难以遏制地把长岛上林立的千米大楼想象成巨人们的墓碑……

"该死。"他在心里暗骂一声。

一出机场,他就钻进了千禧希尔顿酒店的胶囊观光车。在用微生物指纹确认身份之后,这辆全透明的电动车无声启动,载他驶向目的地。早上六点多的纽约城还未完全醒来，若不是偶有鲜黄色的无人驾驶出租车和晨跑的路人从车窗外闪过，他会怀疑自己是误入巨人墓园的蚂蚁。

到达酒店后，吴树简单冲了一个澡。他始终不习惯随身携带"清洁虫"，不习惯这些跳蚤大小的微型机器人如黑云般漫卷过他的身体，啃食皮屑、油脂和泥垢。虽然这样的清洁方式可以随时随地进行，而且据说要比"传统"的方法更干净，但他还是喜欢水流过身体的感觉，喜欢在热气腾腾的浴室中思考问题——然而现在对他来说，思考几乎是不可能的。每一滴打在身体上的水珠都令他疼痛，每一口富含水分的空气都让他感到窒息……这一切都让他联想到死亡：不是因为必然到来的疼痛，而是因为必将失去的，对疼痛的感知。

他本想休息一下，但躺在松软的床上后他发现，闭眼比睁眼更累。一闭上眼，那些藏在黑暗中的东西，那些恐惧、那些不甘、那些霉烂的记忆就像潮水般拍打着眼睑围成的堤坝，于是他只好睁开眼睛。宾馆房间的全息影壁抹去了身边的一切，他置身于纽约市天际线上橙色的黎明中，一秒接着一秒，他看到这橙色被苍白的天光渐渐销蚀。有那么一瞬间，他似乎体验到了时间的流动和流动时的黏性，他在这种不可见的流体中挣扎着起身，低声报出一串地址，智能房间在几微秒之内为他捕捉到了一个交通单元，全局式交通控制系统随即生成了一套最优行程——这将令他以最快速度到达目的地，尽管在潜意识里他暗暗期望，纽约市的交通能把即将到来的尴尬稍稍推后一点。

但这世上本就有一些不容逃避的东西。

几分钟后,他坐上了电动车,去往前妻的家。

三

前妻居住的公寓楼下有一个小小的花园,里面种着悬铃木、水杉和银杏。他坐在一个木条长凳上,等待着代表瑞秋的粉红色虚拟人偶从增强视域中跳出。在这一方闹中取静的小天地,他能听见鸟儿的鸣啭,还有风拂过树叶的飒飒声;他能闻到树木油脂的清香混合着泥土的腥味儿;他能看见从稀疏的树叶间洒了下来的阳光。

他忽然发觉,在这寻常的景致中藏着一种惊心动魄的美,这美属于活着的一切……几个穿着幻彩夹克的朋克青年从他眼前笑闹着走过,他们脸上的青春痘如同被秋天爆开四壁的橘子,旺盛的生命力在肆无忌惮地流溢。吴树惭愧不已地低下头去:他想起一个叫作苏珊·桑塔格的女人曾经说过,像他这样的人是属于疾病王国的。疾病和健康,两个王国。而他,现在是一个偷渡客。

一个小时过去了,瑞秋还没有出现。

"也许这是个启示",他缓慢地起身,全身的骨骼在吱嘎作响,"我不应该来,我来干什么?告诉她一个无情之人终于得到了他的报偿,终于开始悔恨没有在这世上留下任何东西。"

然而他还是走到公寓门前,大楼在识别出他的身份后告诉他,瑞秋最近都不在,并且没有通报行程。

"瑞秋的丈夫和女儿都在家里，"在察觉了他的失望与如释重负后，大楼善意地提醒他，"您要不要去拜访他们？"

他摇了摇头。

"真遗憾，"大楼又说，"瑞秋一家为您设置了最高访客身份。"

他怔了一下。最高访客身份，也就是一句"随时欢迎"。在很久以前，在这个国家的北方边陲，人们欢迎不速之客，因为他们能带来炉火熊熊的热闹、半真半假的传闻和冰封天地外的另一个世界——而他，一个生性冷漠的人，一个惨痛记忆的活化石，有什么值得欢迎的呢？

他走进了大楼。自动步道和电梯系统通过数次路由，将他送到瑞秋的家门口。

11304。

白色的聚合材料屋门滑开，一个高大的男人站在门口，光线从他的身边扫过，勾勒出一片剪影。

"嗨，吴。"男人向他打招呼。

"嗨，——鲍勃。"

"刚才房间通报你来了，我还以为它搞错了呢。"

他用松散的面部肌肉拼出了一个笑。

"快进来吧。"男人侧身。

"不了，谢谢。只是顺道过来看看……瑞秋，她，还好吗？"

男人耸了耸肩，"你知道的，天天不着家。这不，"他伸手向上指了指，"上天了。"

"上天?"他吞了一口唾沫,感觉那是一簇蚕豆大小的火焰,正顺着喉管向下。

"空间站里的实验项目……那个空间站叫什么来着?哦对,'露娜'……"男人挤了挤眼睛,"她没有告诉你吗?"

他摇了摇头:"我该走了。还有个会议……"

"这么急?"男人夸张地扬起眉毛,"是联合国的会议吗?"

"咳——"他欠身,咳嗽。男人拍了拍他的肩膀,开朗地笑了几声。这时从男人身后探出一张小小的脸蛋儿,脸蛋儿上有一双蓝色的大眼睛,星星一样的小雀斑,两瓣饱满丰润的嘴唇,嘴唇张开,两颗小兔牙蹦了出来:"爸爸,他是谁?"

"爸爸和妈妈的朋友。安妮,叫叔叔。"

小女孩儿用她轻脆的童声重复道:"叔叔。"

他蹲下,说:"你好,安妮。"

女孩儿好奇地打量着他:"叔叔,你病了吗?"

他笑了笑,感觉有液体被麇集在眼角的皱纹挤了出来:"嗯。"

"那你,"女孩儿从父亲的身边"缩"了过来,一脸天真地看着他,湛蓝的眸子里满是关切,"那你难受吗?"

他把手轻轻按在女孩儿的肩膀上:"现在好多了。"

离开的时候,眼泪一直没有停过,像旱季过后的一场瓢泼大雨。他跟跟跄跄走进了公寓楼下的花园。长凳的一边已经坐了人,可他的双腿已经支撑不住了,他把自己砸向长凳的另一边,蜷着身,双手掩面，泪水从指缝间奔涌而出，一道奔涌的，还有抑制不住的呜咽声。她像她，像她。有一个声音在漆黑的、大雨滂沱的世界中呼喊："我就是个傻瓜！我都失去了什么啊……"他想他的前妻，撕心裂肺地想。他害怕，害怕一个人孤独地面对死亡，害怕自己如了无痕迹的清风般拂过世界……哪怕有一个人用"精致"的谎话安慰他，哪怕这丝毫不能改变死亡的永恒与虚无……哪怕只是徒劳的挣扎，他依然需要。

有人戳了戳他的肩膀，他抬起头，一方手帕递了过来。

"喏。"是刚才坐在长凳另一边的老太太，她佝偻着腰，满头银丝，少说也有八十多岁了。

他接过手帕，擦眼泪，不体面地擤鼻涕，白色的手帕被吹得老高，像是在水里漂动的水母。

老太太在他身边坐了下来，手搭在他的大腿上。

"哭吧，哭过就好了。"

"好不了了。"他小声地说。

"好不了就算了，反正据那些大脑袋科学家说，上帝也有玩儿完的一天。"

他扑哧一声笑了，老太太扭过头看他。

"好点儿了没？"

他点点头，满怀歉意地把手帕折了几折，递还给老太太："把您的手帕弄成这样，实在不好意思……"

"没关系。"老太太接过手帕，把它塞进毛线坎肩的侧兜里，"我这块手帕是纳米自清洁型的，放心，它不会因为这点鼻涕、眼泪就玩儿完。"

他又笑了，心底燃起了一点儿暖洋洋的东西。

四

他可以平静地接受离婚，但不能接受他的继任者。

"那个——鲍勃，他是个什么来着？"他嚷嚷道，"股票经纪人？"

"不关你的事，"瑞秋眼皮也不抬，"而且，他也不是股票经纪人——这个世界上早就没有股票经纪人了，他是高频交易算法架构师。"

"这有什么不一样吗？"他歇斯底里，"无非是把社会的财富搬来搬去，顺便成就几个暴发户，再把一些人搞得家破人亡……"

沉默了一会儿。"至少他爱我。"瑞秋说。

我也爱你呀！他差点儿脱口而出。可现在说这话又有什么用？他们俩之间的裂隙太大了，一万句"我爱你"也没法把这个裂隙填平。

"是因为孩子吗？"他问。

瑞秋以沉默应答。

"那么，祝你幸福。"他故作大度地说。

"谢谢。我会的。"
　　……

　　瑞秋是对的。在候机大厅里他想,鲍勃高大、英俊,有漂亮的银色头发和迷人的微笑——他还为她带来了一个孩子,一个继承了她遗传物质的新生命。……生命的本质就是铭记。从第一个可以自我复制的大分子团开始,生命就在时间的湍流中传诵自己的故事,而智慧、文明、一切的一切,不过是从生命的土壤中开出的花朵,它们之所以生生不息,就是因为它们继承了诉说的冲动。

　　我曾以为自己超脱,他的嘴角漾着苦笑,其实我是鼠目寸光。

　　忽然候机大厅里泛起了潮水般的声音。有公共信息强行投进他的增强视域,雪崩般滚滚而下,他抬起头,机场空旷的穹顶上,绿色的、闪烁不定的单词汇成一片海洋。延误,延误……!

　　所有的航班都推迟起飞。

　　有人就这样抬着头,嘴巴自然张开,瞪视无法在人流熙攘的平面凸显出来的延误信息;有人的眼珠转来转去,在无数链接中寻找大面积延误的起因;有人木然坐着,瞬间的信息爆炸导致了网络拥塞,他们的增强视域变得粗糙,于是真实世界也随之变得陌生难解。

　　他站着等待。人们从他身边走过,大声地抱怨、咳嗽、打喷嚏、清嗓子、嚼泡泡糖。人的生机,人的生机所制造出来的喧响、浊气和粗鲁的碰触无处不在。半个小时过后,还不见飞机起飞,他感到空气在变得黏稠、温度在不动声色地升高,疼痛也随之一丝一缕地漫了上来。他无法再保持站立的姿势了,于是呼叫了代步机器人。

不一会儿，白色的万向轮机器人从人群中钻出，它的灯塔状躯干中翻出了一个简易聚酯座椅，他背身坐了上去，顺手把智能行李箱推入机器人的通用接口。

"请输入您的目的地。"机器人用电子声说道。

他在增强视域里的机器人服务界面键入三个字：换乘站。

火车抵达波士顿时已是傍晚，等到了剑桥镇，天色已经完全暗了下来。深紫色的天光下，吴树在自己家的二层小洋楼门口看到一个黑黢黢的影子，他的心猛地跳了一下，随即他自嘲：都到这个时候了，还有什么好怕的呢？

他走向那个影子。

"嚯，你回来了！"影子从门前台阶上站了起来，挥舞着什么东西。

是邓肯·艾利希。

"你在——等我？"他问。

"15年的格兰菲迪，"邓肯把手中的东西在他面前晃了晃，"陪我喝点儿酒。"

他斜着肩，从这位壮汉的身边错了过去，拾步走上台阶。"抱歉，我今天累了。你的好意我心领了。"

"喂——"

邓肯在他身后低吼一声，他回过头，看到邓肯的眸子里反射着路灯的光，那光带着一丝寒意。

"我说，陪我，喝点儿酒。"邓肯说。

他的喉结向下一沉:"陪你?"

后者点了点头。

威士忌酒犹如流动的火焰,沿着他的喉管一路烧了下去,火辣辣的痛楚直捣胃肠,又杀了一个回马枪,在他的眼底爆开金花。他想起,这种液体从前是被叫作"生命之水"的,大概生命终究要和痛苦联系在一起,而为了证明这种联系,人往往不惜自戕。

"你怎么像个娘们儿似的一小口一小口地抿啊?"此刻邓肯的所有表情都镀上了一层笑意,他显然已经醉了。

吴树咳嗽一声,抓起一片薯片,放在嘴里细细研磨。

"搞不懂你们中国人的习惯,"邓肯嘟囔道,脸上依然是笑着的,"喝酒还要就点儿东西。"

他不置可否地哼了一声。

"今天下午没飞成吧?"沉默了一会儿,邓肯问道。

"嗯。"

"所有人都没飞成——谁都不敢冒险。"

"冒什么险?"

"你不看新闻吗?哦,对啦对啦,你已经不关心这个世界啦……"邓肯把薯片从他手里夺了下来,丢进自己的嘴里,"可世界——嘎吱嘎吱——可世界不肯轻易放你走哩,喏!"

一条新闻被邓肯推进客厅的公共视域:

……6月20日下午4时27分,GPS、GLONASS、伽利略以

及北斗卫星导航系统同时发生故障，故障时间持续 2.24 秒……据不完全统计，此次全球范围的导航系统失准已直接或间接造成数起航空事故及数千起车祸……故障原因正在调查中。目前各大系统的管理部门均未对此事发表意见。有科学界人士指出，在不考虑阴谋论和广义相对论失效的前提下，四大系统同时发生故障的可能性为零……"

"所以所有航班都停飞了……"他若有所思。

邓肯努了努嘴，又灌下一口酒。

"所以你就为了这个来找我喝酒？"

"我才不关心航空业呢！"邓肯把酒杯掼在桌上，酒液如琥珀色的花朵般盛放，溅出酒杯，洒在他黑乎乎的虎口上，"你得的是肺癌，不是阿兹海默！"

他的脸僵住了。沉默瞬间膨胀，充满了整个房间。邓肯脸上的笑意散去："对不起啊，我有点儿喝多了。"

"我理解。"他说，尽管他不知道自己理解了什么。

邓肯叹了口气，视线坠落到餐桌上，说："我——嗝——终于能体会到你的心情了。"

他勉强笑了一下："壮志未酬的心情？"

"我倒宁可壮志未酬啊。"邓肯使劲摇了摇头，在空气中搅起酒精、橡木、榛子和巧克力的气息，"现在就算给我诺贝尔奖，我也不想要。"

他嗤笑一声，随即身子一凛："刚才新闻里说，广义相对论失效？"

"而且是第三次，"邓肯双肘挂撑在桌上，倾身向前，"前两次的时间很短，没有造成什么影响，所以新闻没有报，但各大导航系统里都有记录——这是不是让你想起了什么？"

他紧咬嘴唇，许久才挤出一句："这不可能。"

邓肯似笑非笑地看着他，说："当一个科学家说'不可能'时，他往往是错的。"

他抓起酒杯，把大半杯威士忌咕嘟咕嘟倒进嘴里。接着他咳嗽起来，剧烈地咳嗽，咳得浑身骨骼叮当作响，像是要散架一般。

"这——咳——可能！"

邓肯拍了拍他的上臂："好好休息吧，明天一早会有人来接你，到时候你就全知道了。"

"接我——咳——去哪儿？"

"去你刚刚去过的地方，"邓肯的脸上浮起黏糊糊的笑容，"纽约。"

五

一整夜，他都像一个溺水的人，在噩梦中挣扎。他梦见一堵无限高无限宽的墙；梦见天空中没有瞳仁的大眼球；梦见圆柱状的空间站、奔逃的飞船，背后的太阳、水星和地球像是被一个硕大无朋的熨斗碾平，变成了一幅无疆的巨画，而所有奔逃之物都在绝望地向巨画的中心坠落……

在梦与梦的间隙中,他短暂地醒来。他想起所有的画面都来自于少年时阅读的科幻小说,潜意识再一次展现出它大师级的功力,把现实和梦境打碎、混合、重铸,揉捏出一个奇美拉式的怪物。

清醒十分短暂,他很快就坠入另一个梦境中。

房间在早上八点三十分唤醒了他。邓肯的声音从授权过的通讯链路里闯了进来:"喂!宿醉未醒吗?给你五分钟时间,赶紧下楼!"

他艰难地起身,坐在床边,双手撑在床上,等待气力一丝一丝地凝聚。

"我这是在干什么?我难道不应该躺在床上安安静静地等死?世界和我又有什么关系?"

他站了起来,摇摇晃晃走向浴室。已经没有时间——或者说,没有力气洗澡了,他抓起表盘大小的银色圆盒,把它攥在手心,在侦测到人类体征后,圆盒释放出数千只清洁虫,这些微型机器人聚合成一片手掌大小的荫翳,沿他的手臂向上攀爬。

"热水澡会越来越少吧……"他自言自语道。

已经预定过行程的无人驾驶电动车将他们送到洛根国际机场。这座巨大的建筑此时显得有些冷清,往来穿梭的,多是履带或者万向轮式地勤服务机器人,人类旅客寥寥。

"还没有人敢飞吗?"在机场的自动步道系统上,他瓮声瓮气地问。

"在问题得到彻底解决之前,是的。"站在前面的邓肯微微侧过脸,声音发闷,"所有人都认为这是个可以解决的问题。"

"这'所有人'里不包括我们。"

"所以我们敢飞,"邓肯回过头来,脸上是一抹苦笑,"从不出错的数学模型告诉我们,下一次 GPS 失效要在 27 天以后。"

停机坪上,一架白色的"湾流"客机在等着他们。习惯了波音飞机阔大空间里的拥挤,"湾流"狭小空间里的宽广反而令他感到不习惯——这趟旅程一次又一次拓展了他所余不多的人生边界:第一次坐支线客机,第一次被一辆奔驰电动 S600 直接从停机坪接走,第一次进入新的联合国总部大楼——当他被几个身穿黑色西服的彪形大汉簇拥着走向那个庞然的新月形黑色建筑中时,他回头寻找自己的朋友,邓肯从肌肉围成的栅栏里朝他咧开了嘴,那得意扬扬的神情似乎在说:

"怎么样,我没骗你吧?"

委员会。他们如此称呼这个临时拼凑起来的组织。他问邓肯,为什么不给委员会起个名字。

"起名字?"邓肯耸起眉毛,"难道叫它'世界治丧委员会'不成?"他歪过头去,轻轻咳嗽了一声。

此刻他正身处一个阔大的会议室,没有外窗,略呈弧形的纯白四壁上也不见信息窗口。在厚重的橡木会议桌后面,三三两两地围坐着十来个人。他对学术以外的世界不感兴趣,但也认得出其中几人:新晋诺贝尔文学奖得主廖知秋、英伦摇滚巨星詹姆斯·韦奇伍德、禅宗大师近藤元二、俄罗斯石油巨擘弗拉基米尔·廖加科夫,还有——他使劲眨了几下眼睛,美国副国务卿。

"嘿，"邓肯低语，"这些人让你想到什么？"

他寻思了一会儿："八国联军？"

"呸！"邓肯哭笑不得，"他们都是股东啊，股东！"

股东？

有人走了进来，是个身着灰色自清洁西服套装、四十岁开外的东方女性。蓝色的波斯地毯吸收了来人的脚步声，她不得不大声清嗓子，才吸引了众人的注意。

"咳——咳——请大家安静。"

看起来很面熟。他把视点定格在女人的脸上，一行单词从背景中凸显出来：无法获得数据。

"时间宝贵，现在进入第二次全体会议。为保密起见，我们已经屏蔽了增强视域的数据外链，请各位谅解。"女人说，"我想大家都已经在第一次远程会议中彼此认识了。现在，我要向大家介绍一位特别来宾——"她的目光指向了他，"这位是吴树先生，麻省理工学院数学教授，吴—卡雷拉变换里的那个'吴'。邓肯·艾利希先生的'构造波'理论就是以吴—卡雷拉变换为数学基础的。所以可以毫不夸张地说，我们对人类当前所处境地的认识、我们对此种境地的全部回应，要归功于这位吴先生。除此之外，吴先生还是艾利希先生的好友，是后者提议将他吸收到委员会中来的——我想他有这个资格。"

吴树环视会场，苍白的笑。各色人等的目光如大滴大滴的雨，噼噼啪啪地砸在他的身上，漠然、中立、讥诮——敌意。他垂下眼睑。他曾经站在几百人的课堂之上，但那些目光是遥远的、情感稀薄的，他可以视若无物，坦然面对。

但今天，在此情此景中，他做不到。

"这样真的好吗？"长发披肩的詹姆斯·韦奇伍德懒洋洋地开口，"把又一个无辜的人拖到死神的面前，瑟瑟发抖地等待铡刀落下？"

"相信我，"吴树抬起头，"死神他老人家早就和我打过招呼了。"

摇滚巨星双手摊开，嘴角上翘。

"在讨论这一切之前，"一个穿蓝色纱丽、眉心点着"迪勒格"、高鼻深目，有着棕色皮肤的漂亮女人说道，"我们是不是应该先把状况厘清？"

"桑迪·库帕塔，"邓肯在增强视域中向他推送信息，"印度舞蹈大师，种姓制度中的婆罗门。"

"亲爱的，情况已经很清楚了，听科学家的就是啦。"俄罗斯富豪的小舌头打着卷，鼻头通红，目光如爬虫，在舞蹈家身上上下摩挲，"人生苦短呀，你我还不如抓紧时间，共度良宵……"

桑迪板起面孔，双颊飞红。会议室里泛起低低的笑声。奇怪的是，吴树没有在笑声中听到猥亵，他只听出低回的哀戚与快乐——"性"和生命是紧紧联系在一起的。他曾经在一本书中读到过，二战时盟军解放达豪集中营，当战士们为瘦骨嶙峋、濒于死亡边缘的女人们送去物资时，她们竟然最青睐口红——抹上口红，她们才重新找回了自己在饥饿和折磨中丢掉的性征，才重新感受到了生命。

"这位'列宁'同志一定没少喝伏特加。"邓肯评论道，"不过他还算收敛的了，我本以为他会跳到桌子上唱《喀秋莎》呢。"

他回给邓肯一个笑出眼泪的 Emoji。

主持会议的女人拍了拍手："大家有什么疑问，请尽快提出来。达成共识，我们才能继续前进。"

"我先来吧。"叫廖知秋的中国人举起手，他看起来有五十多岁，戴黑框眼镜，嘴角堆着浅浅的法令纹，"艾利希先生，尽管我已经在增强视域里把您的论文读了三遍，也基本明白了您想表达什么，但作为一个文字工作者，我清楚、也忌惮文字的模糊和局限。所以我想冒昧地请求您，当着所有人的面，告诉我们究竟发生了什么。"

"没问题。那我就尽量以通俗、但可能不那么严谨的方式来说明我们的处境吧。"邓肯向后展了展肩膀，扭了几下脖子，这是他开始长篇大论前的标准姿态，"物理学中的弦理论认为，我们的宇宙有九个空间维，但在宏观层面只呈现出了三个，其他的维度都蜷缩在极微观的尺度中。之所以如此，是因为宇宙的真空位能锁定在某一能阶，并因此固定了紧致余维——也就是蜷缩起来的六个微观维度——空间的半径。不过这不一定是永久的，宇宙可能会由于某次量子隧穿效应而打破能量壁垒，释放被禁锢的微观维度，物理学家们将这一过程称为'去紧致化'。"

"'去紧致化'其实就是真空位能释放的过程。它开始于时空中的某处，表现为维度释放所形成的'空泡'。由于空泡内部去紧致状态的位能比外部的位能低，而系统会往维度展开的状态前进，所以位能差产生的梯度会在空泡的边缘产生力，使得空泡加速向外撑大，它的膨胀速度将在很短的时间内推进到光速——所以这就是即将发生在我们身上的事情：被一个巨大的泡泡击中，被包裹在其中，然后进入一个有更高维度的空间。"

"您如何肯定这次的，嗯，"廖知秋用食指推了推眼镜，"维度释放事件会发生？"

"这个问题，我代艾利希先生回答吧。"主持会议的女人说，"艾利希先生曾在《自然》杂志上发表过一篇论文，细致论述了在吴—卡雷拉变换的数学框架下，如果宇宙释放一个微观维度，会发生什么：七次前导'构造波'，它们将在整个宇宙中回响，扰乱时空结构。这种扰乱我们已经在半年中观测到了三次，其间隔、持续时间和强度，完全符合艾利希先生的理论预测——我想大家应该清楚这意味着什么。"

会议室里鸦雀无声。

女人舔了舔嘴唇，满面倦容地坐下。通报噩耗总是件"脏活"，无论是向悲恸的母亲递送阵亡通知书，还是宣判一个病人即将到来的死亡。吴树忽然想起，这个刚刚干完"脏活"的中年女人就是现任的联合国秘书长裴静雅。在从政之前，她是一位物理教授。

"抱歉。"日本人近藤元二站了起来，郑重其事地躬了躬身，"我想知道，维度释放一定意味着毁灭吗？"

"这要看你怎么定义毁灭了。"邓肯重重吐了一口气，"从信息的角度来看，宇宙不会失去什么。所谓的毁灭，是对我们这些自组织形成的低熵体——星辰、生命、文明等而言的。有一点理论无法告诉我们，那就是在从三维'升级'到四维的过程中，我们的信息组织模式会发生怎样的变化，不过在这里我可以为各位提供一个参考：

小时候我看过一部来自中国的伟大的科幻小说，其中设想了一种星际战争武器，能降低空间的维度。作者很诗意也很残酷地把这种武器投放在了我们的太阳系。我至今都不能忘记，他是如何描写太阳系变成了一幅'画'，这幅画又是什么样子的：它保留了三维空间的全部细节，但在新的空间结构中，所有的低熵体都无一例外地失去活性了。如今我们面对的是小说的反面，但除了这一过程来得更快——快到我们不会有任何知觉以外，我想不到其他的可能性。"

又一阵寂静。

"Monsieur，会不会有这样一种可能，"一位身材不高、有着浓重法语口音的代表打破沉默，"引起构造波的是其他的事件，比如某种定域性的真空衰变，或者是——或者是技术高度发达的外星文明的一个玩笑？"

邓肯哼了一声，"我倒这么希望，亲爱的'卢梭'。但首先，真空衰变不可能是定域性的；其次，即使是外星人，也不会傻到拿自己的生命开玩笑。"说完他叉起双臂，用一张扑克脸表明对这个问题的不屑。法国人克莱德曼的脸一阵红一阵白，怏怏地落座。

"我们难道不该告诉其他人吗？"有人低声嘀咕。

"告诉在座的诸位就已经够残忍的了，"摇滚歌手的双手枕在脑后，双眼半睁，嘴角挂着一缕暧昧的笑，"作为一个普通人，你是想在无知无觉中快乐地赴死，还是想要在极度的恐惧中等待毁灭降临？饶了这个世界吧，还是让我们这些受了诅咒的人来担起神圣的责任吧。"

"老兄，你知道吗，我想起一句话。"邓肯的信息在此时推送过来，吴树转过头，见邓肯正斜着眼睛看他，"人之所以怕死，是因为不知道死亡背后是什么；人之所以不愿意死，是因为别人还活着。现在你的心情如何？"

……

"作为一个和科学没什么交集的人，我来提一个大家都不好意思问的问题吧。"说话的是美国副国务卿，一个身材窈窕的金发女人，"这个，构造波理论，有没有可能是错的？"

邓肯的脸颊跳了一下，裹了裹嘴唇，像是在为一场舌战霍霍磨刀，吴树抢在他出声之前发言。"我来回答吧，"他清了清嗓子，"构造波理论建立在吴—卡雷拉变换之上，后者是微分几何中的一个定理，其推导过程长达 225 页，严格依赖几个基本的数学公设——截至目前，还没有人在它的推导中发现任何错误。当然，这并不意味着吴—卡雷拉变换就是绝对正确的。数学中的公设是人类想当然认为成立的，但数学的发展不断证明，这种想当然并非磐石——非但不是磐石，反而有可能是流沙，譬如平行公理，譬如形式逻辑在悖论前的不堪一击……所以说，如果我们的数学公设存在瑕疵，那么处于其推理链条上的吴—卡雷拉变换还有构造波理论，就有可能是错的。如果有实验能将其证伪——"

"宇宙已经在某个地方做了这个实验，不是吗？"裴静雅插话道，"实验结果与理论预测完全吻合。"

"从逻辑上讲，"他说，"即使有一亿次的吻合，但只要出现一个反例，这个理论也是站不住脚的。"

副国务卿面无表情地点了点头,"我明白了。谢谢您,吴先生。秘书长,我建议马上开始议程。"

"很善良。"邓肯发来一个鼓掌小人儿的 Emoji,"我还以为你会很乐意拖全人类下水哩。"

"乐不乐意又有什么关系?无论如何,结果对我来说并没有不同。"他回道,"但你能不能先告诉我,这个会议的议程是什么?"

"靠!"邓肯用口型比出一个脏字,"我竟然还没有告诉你!"

六

他们打算写一句墓志铭。

人类已经笃信大自然的对称性和数学推理几百年,所以没有人把即将到来的、无可避免地事件当作无稽之谈。

七声丧钟,然后是一声,"嘘——"。

"根据计算,空泡到达太阳系还有——"联合国秘书长的目光在空中划了个正弦曲线,那是她在增强视域中调阅资料,"还有 92 天 21 小时 3 分 3 秒。我们要抓紧时间了。"

所以从敲定墓志铭内容,到把它誊写下来,他们还有不到三个月的时间。

三个月。

吴树的喉咙发紧。

"这大概是人类历史上最别致、最有想象力的墓志铭了。"邓肯像是在讨论别人的葬礼,"他们打算把空间站送到第一地月拉格朗日点,在那里拆解它,把它改造成某种可以携带信息的形式。想出这个点子的人真是个天才!"

"空间站?"他头皮发麻,"露娜?"

"还有别的选项吗?不是跟你说,来开会的都是股东嘛!"

原来如此。"露娜",这个有史以来最大的标准模块化空间站,是美、英、法、中、日、俄、印七国共同出资建造的,所以他们自然有权力在如何处置"露娜"的问题上置喙——其实应该还有别的考量,吴树暗自琢磨,当某项重大议题需要足够多样化的意见和尽量小的知晓范围时,这七个软硬实力兼具的国家是不错的选择。

就算邓肯是错的,那人类又会损失什么呢?不过是七个大国的一点财政收入罢了。这是一场反向的帕斯卡赌注:输面太大,提前做好最坏的打算,总不是什么坏事。

"我想,我们首先应该明确能'写'什么。"美国副国务卿,希尔比·门罗说,"其次,我们'写'的东西会不会被时空抹平?未来的高维文明能不能把它破解?"

"说'写'并不妥当,"裴静雅答道,"我们还可以'画',还可以'雕塑'——当然'写'是最有竞争力的备选项。如果我们把'露娜'拆解成光盘式的二进制信息载体,根据空间站的总质量和作业机器人的最大工作载荷计算,大约可以编制 15KB 的信息——写一部《独立宣言》是足够了。至于第二个问题——构造波的到来已经证明了吴—卡雷拉变换所规定的几何法则,我想在这一点上,没有人比吴树教授更有发言权……"

韩国女人把目光转向吴树。此时他肺部的疼痛如炭火焖烧,他使劲咳嗽了几声,疼痛未有丝毫消减,反倒沿着胸膛攀了上来。

"咳——是这样,"他局促地扭了扭身子,"吴—卡雷拉变换描述的是当空间维度变化时,附着于其上的流形将如何改变。就目前的情况来说,这个公式可以告诉我们,如果宇宙'升级'成四维,居于其中的三维实体会变成什么样。我想我们首先要确定,被拆解的'露娜'在四维空间中应该呈现怎样的三维结构,然后再通过逆向使用吴—卡雷拉变换,把它在三维空间中搭建出来——当空间维度提升至四维,它会以我们希望的样子保留下来……"

"就像纸片人留给方块人一幅画?"詹姆斯·韦奇伍德嚼着口香糖,发出吧嗒吧嗒的咀嚼声。

"差不多。"

"那方块人有可能看懂吗?"

"这就是我把大家召集在一起的原因。"裴静雅双手撑在桌上,"在四维文明看来,我们就是一幅低维的画。这幅画由于空间维度的骤然提升而糊成一团,缺乏可供破解的线索。之所以把'露娜'放在地月拉格朗日点,就是为了减少其他物体对信息的干扰。而为了让别'人'知道画中的生物曾经创造出高度的文明,我们需要让四维文明看到有人为痕迹的、清晰的数学结构,它不只宣示我们曾经存在过,也宣示我们的挣扎、我们的遗憾、我们壮志未酬的野心——"

女人的话戛然而止,像是被气流哽住了。

"啧啧，女强人要哭了。"邓肯的脸上挂着善意的揶揄，"我还以为搞政治的人不会哭呢。"

……

"你在想什么？"邓肯冲他挤眼睛。

"瑞秋。她在'露娜'上。"

"啊哈。我愈发怀疑，这一场闹剧是上帝祂老人家为你量身定制的。"

"如果上帝是三维的，那我建议他还是先关心关心自己。"

"我以前怎么没发现，你竟然还懂幽默。"

他耸了耸肩，说："以前不懂，是一个老太太教给我的。"

裴静雅没有哭，毕竟，她是个搞政治的。

"大家还有什么问题吗？"她的声音迅速恢复了以往的镇静，"如果没有，那么我们步入正题，讨论一下该'写'点儿什么。"

七

"简直是荒唐，"邓肯摇晃着酒杯，在希尔顿酒店宽大的自适应表皮沙发上把自己完全摊开，"这帮家伙的愚蠢真是刷新了我的认知。"

他趴在床上，疼痛在骨髓里嗞嗞作响。

"《独立宣言》《薄伽梵歌》《道德经》，还有缩写的《战争与和平》，"邓肯自顾自地往下说，"低分辨率的《星空》《蒙娜丽莎的微笑》，MIDI版的《波西米亚狂想曲》——哈，也真亏这些人想得出来！"

"我觉得挺好。"

"那么毕达哥拉斯定理、欧拉恒等式和质能方程呢?"邓肯将半杯轩尼诗掀入口中,"这些简短而优美的东西他们竟然一个也看不上!"

他翻过身,仰面向上。"在四维的宇宙中,咳——我们的数学可能已经失效了。"

"失效又怎么样?方块人一定能读懂纸片宇宙的美,这种美不会是别的什么,它只可能来自宇宙深层的结构。"

"也许吧。"

沉默。全息影壁中,新月形的联合国大厦如同武士刀,正劈向紫色的暮云。

"我不明白,"许久之后,他才开口,"这样的会议,不是应该由更重要的人物来参加吗?"

"你是说,那些翻手云覆手雨的政治家?"邓肯递出玻璃杯,三英尺高的服务机器人将酒液斟满,"你知道吗,我想起了一个笑话:某人乘坐热气球迷失了方向,正当他焦虑万分时,忽然看到地上正走着一个人。于是他激动地挥手大喊:喂——朋友!你能不能告诉我,我现在是在哪里呀!地上的人抬头看了看他,咧嘴笑了:你现在是在气球里!"

他扑哧一声笑了。疼痛如一枚小小的种子,在他的胸口抽芽。

"说正确的废话,这就是政治家一直在干的事儿。国务卿和秘书长算是他们中出类拔萃的,有她们两个在会场维持秩序就够了。"邓肯顿了一下,"再说,要是大人物们都凑到一块儿开会,那傻瓜都知道要出大事儿了。消息要是走漏出去，末日还没来，地球就已经变成索多玛和蛾摩拉了。"

他挣扎着爬起来，坐在床沿上，轻轻按压胸肋："把如此重大的责任交到这样一群人手里……我总感觉，有点儿太——随意了。"

"宇宙都要玩儿完了，谁还管随意不随意？"邓肯晃了晃酒杯，若有所思地凝视挂在杯壁上琥珀色的辛辣与甜蜜，"其实就像那个英国朋克说的，这是个诅咒。愿意背负起这个诅咒的人，能在这个诅咒下保持清醒的人，在我看来，就已经很了不起了。"

"话虽如此——"

全息影壁在这时亮了起来，是有人在房门外呼叫。他用目光点开单向视频链路，一张女性的脸瞬间填满整面墙壁：单眼皮、灰眼珠、鱼尾纹，抿成一线的嘴唇，鹅蛋脸。

邓肯打了一声呼哨："秘书长大人亲自来找你耶！"

他愣住了。

邓肯把酒杯丢到茶几上，起身，捋了捋衬衫上的褶皱。"老兄，"他打量着吴树，"你用不用梳梳头洗把脸？你现在这副尊容可算不上英俊潇洒啊……"

像是听到了屋内的声音，全息影壁里那两只硕大的眸子对上了他，他在她的虹膜里看到了斑驳的网状结构。

"谢谢提醒了。"他嘟哝着，向门外的人授权。房门滑开，邓肯几步蹿了过去，做作地朝秘书长点头哈腰，临走，还对他挤了挤眼睛。

"祝约会愉快。"邓肯在推送的末尾附了一枝玫瑰花。

"饶了我这个快要死的人吧。"

"抱歉,开完会还来打扰您……"裴静雅站在入门玄关处,双手交叠,掩在小腹位置。

他起身,用手压了压脑后乱蓬蓬的头发:"请进请进,我这里有点儿乱……"

女人拘谨地笑了笑:"相信我,在这个时候,没有几个人有心情保持整洁。"

他把她让进沙发,又吩咐机器人去泡茶。

"不必麻烦了,"她的脊背挺得很直,筒裙之下两截纤细的小腿紧紧并拢,"就是来看看您,请坐吧。"

他在沙发的另一头坐了下来。

"埃利希先生告诉我您生病了。"几秒钟的冷场后,女人说,"很抱歉把您拖到这一滩浑水中来。"

他想了想,然后开口说道:"秘书长女士对我的,呃——病情,了解多少呢?"

女人的脸微妙地紧了一下:"差不多,全部吧。"

"那么邀请我来参会,"他说,"不只是因为我懂一点儿数学喽。"

女人的脸颊泛红,欲言,又止。"不过是另一个在死亡面前手足无措的人罢了,我还为难她做什么。"他想。此时的联合国秘书长垂着眼睛,日间高高拢起的发髻已经披散下来,密密匝匝如堆在肩头的黑色浪花。"挺好看的女人。"他又想。裴静雅长长的睫毛在她的下眼睑投出篱笆状的阴影,她的鼻梁上有一道干净的高光,紧紧抿起的嘴角接着一小叠可爱的皱纹。她的身边萦绕着一圈若有似无的香。

他有些于心不忍了。

"否认、愤怒、讨价还价、悲伤、接受，"他说，"秘书长认为我是处于哪个阶段呢？"

女人愣了一下，随即反应过来："您说的是人类面对死亡时的五个心理阶段，对不对？我本人还在跟死神讨价还价，但我相信在您看来，这不是一种良好的工作状态。"

"其实我很佩服您。"他用手搓着膝盖，"刚收到癌症诊断的那几天，我还曾神志不清、甚至号啕大哭呢。"

裴静雅露出一个哀戚的笑容："吴先生，我也是人，我也有人的七情六欲……是什么让您认为，我没有您说的那些症状呢？"

他尴尬地舔了舔嘴唇，耳垂发烫。

"其实在得知了这一切后，我的第一反应，是后悔。"女人拢了拢头发，动作优雅，如天鹅曲项饮水，"我后悔自己只顾攀爬人生中一个又一个的制高点而错过了太多沿途的风景。比如那些毛茸茸的猫狗和美丽的花草；比如在万古不息的涛声中读一本无意义的小说；比如在世界边缘的某座小镇闲逛，就着一杯冰啤一直消磨到星光满天；比如，爱一个人，完全忘记字典里还有'理性'这个词儿……"

有小瓣儿的水滴从她的眼角沁了出来。他的胸口发闷。

"还有时间。"他低声说。

"是啊，还有时间。"女人用指肚揩了揩眼角，"只要我们赶快把方案敲定。"

他点了点头。

女人站了起来，向他递出了手："吴先生，感谢你能来。"

他轻轻捏住了那只手，捏住了它的香气、温暖和薄薄的汗。他想说点儿什么，可他的嘴唇只是无声地上下开合，像在空气中徒劳喘息的鱼。他想起故国的一句老话：一切尽在不言中。

他相信眼前这个女人会懂。

八

接下来的三天，没有任何进展。

每个与会者都把联合国大楼里的这个阔大房间当作个人智识和国家尊严的竞技场，他们不停地提出方案，争论、争吵、彼此否决，愤懑、埋怨、玉石俱焚。气氛火爆的嬉笑怒骂和唇枪舌剑或多或少冲淡了会议室里的哀悼气息，这常常会让他产生一种错觉，那就是这些人希望就这么一直争吵下去，仿佛只要争吵不停，世界末日就不会到来。

清醒的人所剩无几，他不知道自己算不算一个，但他知道裴静雅是清醒的，她一直在提醒所有人，留给他们坐而论道的时间可能已经不多了。

"猎鹰、阿丽亚娜、联盟、长征，一艘艘的火箭正在运往卡纳维拉尔角、库鲁、拜科努尔和酒泉，各位母国的各大工厂也在夙夜赶制成百上千的空间作业机器人。"她满面倦容地环视会场，"谣言已经开始四处蔓延,其中有一些,虽然论据可笑,但在我看来,已经很接近真相了——诸位认为,我们还剩下多少时间?"

"不会多于三个月。"邓肯接了一句。四下响起低低的笑声。

"我们需要确定一个方案。"裴静雅绷着脸,"马上!"

"秘书长,心急吃不了热豆腐呀。"廖知秋打趣道,"我们不是已经有了一个反对票比较少的方案了吗?"

文学家指的是微缩版的旅行者号光盘。这个毫无创意的方案试图以一种巨细靡遗的方式表达地球文明,但由于15KB的信息容量限制,它所做的,是把整幅文明画卷浓缩成一个像素点。廖知秋这位对文字极度"警惕"的语言大师一针见血地指出了这个方案的尴尬之处:它之所以还在考虑清单上,不是因为赞成票多,而是因为'反对票少'。

而吴树正是投出反对票的那个人——事实上,他目前所做的,也仅仅是投出反对票。

"吴树老兄,除了投反对票,你还有没有别的爱好?"在否决了又一个提案之后,詹姆斯·韦奇伍德揶揄他。

他笑着摇了摇头。

"你不会是希望人类的墓志铭最后胎死腹中吧?"

"我没那么大的野心。"他说,"我只是不希望我们写出来的东西无人能懂。"

裴静雅的眉梢扬了起来:"吴教授,您有话说。"

他看了她一眼,随即移开目光:"只是一点不成熟的想法……"

"我们没有时间等待每一个想法瓜熟蒂落，"女人的口气斩截，"请说。"

"咳——"他清了清嗓子，"我认为，我们的思路过于集中在'写'上了。作为语言的衍生物，文字只是一种间接的信息表现方式——我想在座的各位都清楚，信息每经过一次转译，其破解难度都会大大增加。"

有人提出反对："可我们有罗塞塔自译解系统。"

"罗塞塔系统以素数数列、圆周率、自然对数等这些我们认为确定无疑的数学事实作为密钥，"邓肯闷声说，"但新宇宙里的数学规律和我们的是否一样，这还是个未知数——你们不要忘了，我的提案就是基于这一理由被否决的。"

面面相觑。

"如果连罗塞塔都不可靠，"美国副国务卿的面色阴郁，"我们还坐在这里干什么？"

"想想拉斯科洞穴里的壁画，想想维伦多夫的维纳斯，"吴树说，"这些史前人类留给我们的艺术品都缺乏明确的文字参照系，但就算我们完全无法理解创作者想要表达什么，作品本身却已经提供了足够丰富的信息：史前人类的技术和心智水平、他们的生存环境、他们对宇宙的理解，还有——"他意味深长地看向裴静雅，"他们壮志未酬的野心。"

女人与他对视几秒："您的意思是，我们应该放弃'写'这个想法，而应该使用更形象的方法，比如'画''雕塑'？"

"是的。"

裴静雅环视会场："大家的意见呢？"

沉默，接下来是喊喊喳喳的低语声。吴树发现，那些经常捉对厮杀剑拔弩张的参会代表，此时却额头顶着额头，亲密无间地议论着什么，而他、邓肯还有秘书长，却像漂浮在水中的油花，被隔绝在众人之外。他忽然意识到，他们三个人其实是在否决大家这几天的努力，而对于到现在还保持着理性锋芒的人，大家是会本能地敬而远之的。

"我们同意吴教授的看法。"片刻之后，廖知秋开口说话，看来他是被推举出来的代表，"我们想知道，吴教授有没有什么提议？"

他摇了摇头。

"很可惜呀，"廖知秋的眉头皱了起来，"我们还指望您能提供一点儿建设性意见呢。"

他耸了耸肩膀："也许韦奇伍德先生说得没错，我天生就适合搞破坏。"

詹姆斯·韦奇伍德咧着嘴拍了几下他的后背，力道之重，让他感觉半边身子都是酥的。

"代表们，看来一切都要从零开始。我们只能继续争吵、继续在这里蹭吃蹭喝了。秘书长女士——"廖知秋朝裴静雅微微躬身，"冒昧问一句：联合国的经费不紧张吧？"

女人的嘴角微微上翘："坚持三个月应该没什么问题。"

会场里响起星星点点的笑声。

九

瑞秋就坐在他的对面,透过咖啡馆的玻璃窗,金色的夕阳如蜂蜜,渗入她的脸庞。

"你知道吗,"她说,"我从小就羡慕那些数学特别好的人,他们总会给我一种,嗯,智力上的神圣感。"

"是吗?"他的脸颊有点儿发烫,"我倒没觉得这有什么神圣的。"

"那你为什么学数学呢?"她摆弄着手中的咖啡杯,手指纤长白皙。

"我没法去关注太多的东西,而数学很纯粹,"他说,"就拿我专攻的几何来说吧,物理世界中的很多枝桠,不过是其天然结构的衍生品罢了……"

瑞秋手肘托撑在桌上,托腮看他。她的脸颊被手掌挤成胖嘟嘟的两团,眼睛也弯着,绿色的眸子里跳荡着俏皮与好奇。他的头皮阵阵酥麻,这酥麻一路向下,传导至他的口腔。

"哦?"她的尾音上调。

"你是学生物的,"他的声音发颤,"沃森和克里克发现双螺旋的故事,你一定听说过吧?"

"嘻嘻……不记得了。"

他用食指搔了搔鼻尖,"当詹姆斯·沃森第一眼看到罗莎琳德·富兰克林拍摄的 DNA 晶体的 X 射线衍射照片时，他就意识到，照片中那个影影绰绰的交叉图样，暗示的正是 DNA 双螺旋的三维结构。我猜测，促使他做出这个判断的，并不是他所受过的生物学训练，而是一种几何直觉——他看到的是美，是生命'想要'把信息复制、进而传递下去所必然采用的几何结构……"

"吴，你在谈论美。"她的眼波流转，"那你认为……"

他把手伸向她放在桌上的手。你美过这世上的一切，瑞秋，我只是还没有来得及告诉你。他想说。他对面的脸在这一刻变了模样。

单眼皮，灰眼珠，鱼尾纹。

"秘书长？"

他的手停留在半空。

……

他在羞愧难当中醒来。一个病魔缠身的人是不应该有情欲的，他想。在健康时，他从没有关注过自己的身体，他认为身体不过是承载灵魂的"硬件"，不值得劳心费神。而如今，只要体力允许，他会长时间地凝视全息镜中的自己：灰色的、了无生气的脸，蝴蝶翅膀般凸出的肩胛骨，枯瘦嶙峋的两扇肋排……这具肉体即将朽坏，而他居然在这时梦见了那个曾经爱过、曾经给予他温暖、嘈杂和混乱的女人，而且居然把那个在他心底制造酥痒的韩国女人也拉进了梦境之中。

他不介意承认，这个梦是情欲的涟漪。而秘书长刚刚的造访，是投入情欲之海的一枚石子。

裴静雅在他将要就寝之际敲开了他的门。女人一进屋，他就察觉到了气氛的微妙：如果说第一次来找他的裴静雅是日常生活中的联合国秘书长，那么现在的这个裴静雅，就只是一个顶着秘书长头衔的普通女人。她穿一件素色T恤、宽松的亚麻裤子，脚蹬白色布鞋，头发似乎刚洗过，湿漉漉的。

"吴先生，这么晚还来打扰您，实在抱歉。"她说，语气里却没有丝毫歉意。

他挠了挠头发："秘书长，您先坐吧……"

裴静雅前跨一步："请不要叫我秘书长。下班之后，我只是一个女人。"

他不知所措地笑了笑。

"你这儿，"女人的脸颊微微飘红，"有酒吗？"

……一开始，他们只是围坐在茶几的一角，各自捧着酒杯，啜饮泥煤味儿浓烈的尊尼获加威士忌，几乎不说话。裴静雅的酒下得很快，这样大开大阖的酒风他领略得不多，于是忍不住偷偷打量她：他看到粉红色的潮汐从女人鸡心领T恤中露出的一小段锁骨中漫出，经过她修长、有着些许皱纹的脖颈，一直涨上她的前额。他们的目光相遇，女人的眼睛没有像往常那样虚设焦点，而是直直地戳向他。

"我不能接受。"她说。

他怔了一下。

"我永远,"她紧紧攥着酒杯,指节发白,"永远也接受不了死亡。"

"……我理解。"

"斯宾诺莎说:自由的人绝少思虑到死;他的智慧,不是关于死的默念,而是对于生的沉思。我曾经把这句话当成座右铭。我拒绝一切关于死的想法,好像即使动一下这个念头,都是对我的自由和智慧的亵渎。"她摇了摇头,"其实我只是无法接受。我不敢承认,自己比任何人都害怕死亡。"

他的嘴唇动了动,没有发出声音。

"这太难了,"女人吸着鼻子,"要假装若无其事地讨论自己的葬礼,要假装自己没有在一寸一寸逼近的死亡面前疯掉——这太难了。所以我敬佩您,还能那么冷静地思考问题。"

"这话我怎么听着不像是赞扬啊,"他做作地笑了笑,"您是在暗示我缺乏人性吗?"

裴静雅翻起眼睑看他,目光幽邃,"缺乏人性的人不会这么看一个女人。"她说。

有什么东西在他脑海炸开了。这几天来,他刻意闪躲的眼神、他对她说话时的扭捏、他的羞愧与渴望,原来全都被对面这个女人看在眼里。他举杯,却发现杯是空的,他尴尬地捧着玻璃杯,像捧着最后一点遮羞之物:"秘书长,我不太懂——"

"随便叫我什么都好,"裴静雅咬着嘴唇,"不要叫我秘书长。"

时间在浑浑噩噩中推进,忽然间他惊惶地发现,女人不知何时坐到了他的身边,他们是如此之近,他已经能够用皮肤感受到她暖烘烘的香气，能够用眼角的余光看清她眸子中的"水汽"了。

"秘——"，他叹了口气，"静雅……"

女人从他手中抽走酒杯，摁到茶几上，随后握住了他的两只手。她直视着他，目光纯净坦荡。"命运把一位如此睿智而又坚强的男人送到我面前，"她说，"如果不是它匆匆宣判了我们的死刑，我几乎就要感激涕零了。"

他摇头，眼泪似乎从眼角滑了出来："静雅，对不起，我还不能……有一个我曾经爱过的人……"

握住他的手没有松开。

"我只是，"他嗫嚅道，"只是需要一次告别。"

"我们的时间不多了。"裴静雅说。

"不多了。"他鹦鹉学舌。

"我相信你。"

他点了点头，尽管他不知道裴静雅相信他什么——相信他会接受这份感情？相信他会好好地与过去告别？还是相信他能够不辜负这最后的短暂时光？

沉默了一会儿，裴静雅松开他的手，猫儿般弓起身，嘴唇凑近他的脸颊。他已经准备好接受一个吻了，但女人只是在他耳边轻轻说："晚安。"

"……晚安。"

他回应道，心中满是甜蜜的失落。

十

"这里简直是人类的万花筒啊,我敢打赌你不会相信我八卦到了什么。"邓肯向他推送信息,"印度舞蹈家连着三个晚上溜进俄罗斯富豪的房间;摇滚明星光着屁股一遍一遍唱涅槃的'Smells like teen spirit';禅宗大师整夜打坐冥想;法国人天天胡吃海塞,我估计他至少吃掉了一个师的蜗牛;廖知秋像着魔似的在写着什么——喂,昨天你看到国务卿大人的绿裙红唇了吗?她还朝我抛了个媚眼呢,啧啧……至于秘书长——目前我还没有掌握她的行踪,但我感觉她绝不会坐以待毙。"

他笑出了声,"老兄,我以前怎么没发现,你还有当狗仔队的潜质呢。"

"长夜漫漫啊,总得找点儿什么事打发吧。"

"所以你就靠这些东西打发时间?"

"切,你也太小瞧我了,"邓肯朝他挤了挤眼睛,"我还做了一件更重要的事呢……"

"我反对!"印度女人桑迪·库帕塔大声说,她吸引了两人的注意,"我反对近藤先生的'枯山水'和克莱德曼先生的'思想者'——事实上,一切艺术品的'移植'我都反对。"

"您的理由是?"裴静雅问。

"诸位难道没有想过,我们之所以能解读拉斯科洞穴的壁画或者维伦多夫的维纳斯,是因为我们和祖先或者处于同样的环境,或者拥有同样的生理构造——"桑迪捋了捋头发,"'相同'才是解读的基础。当一个生存在完全不同宇宙中的智慧种族面对前一个宇宙留下的艺术品时,它们很可能没有任何解读的线索……"

裴静雅朝他看了过来,公事公办的目光:"吴树教授,您的意见?"

"……我和库帕塔女士意见相同。"

"又要搞破坏了吗,吴树老兄?"身旁的摇滚巨星把手搭在他的肩上。

他依然看着裴静雅,像是为了这一来一去的对话而欢欣鼓舞。

"大家还有什么意见吗?"女人没有看他,"如果没有的话,我们要讨论其他方案了……"

"吴,我感觉秘书长大人看你的眼神怪怪的……"邓肯又开始和他说悄悄话,"你们俩不会是——"

"你说的那件重要的事,"吴树急切地打断他,"是什么?"

"那个呀,"邓肯向他发送了一个鬼脸,"我又重新检查了一下构造波方程,然后,然后我发现了一个问题……"

他的耳畔嗡的一声:"你不是说方程万无一失吗?"

"它确实是万无一失的,只不过……"

"只不过什么?"

"只不过,我漏掉了一个初始参数——等等!你先别着急!你听我说啊,我漏掉的那个参数是宇宙半径,原本它不在我的考虑范围之内。但你听说过宇宙超圆体假说吧?这个假说认为,宇宙空间有限、无界,如果你走到宇宙尽头再往前走,其实就相当于绕了一圈回来——如果宇宙真的是超圆体,并且其半径和理论推测相同,那么我们遇到的这几次构造波,很可能就是上次的维度释放事件所引起的,它们从宇宙的尽头折回来了……"

"上次的维度释放事件?这个说法又是哪儿来的?"

"你没有认真看我的论文,"邓肯丢出一个委屈脸,"上次的维度释放事件就是宇宙暴涨啊。"

他沉默了一会儿。

"可能性有多大?"

"啊?"

"虚惊一场的可能性。"

"据我估算……大概有 50% 吧。"

"50%,"他的心中一片空茫,"那意味着也许并不是所有人都要去死了。"

会议的后半段,他在恍惚中度过。他像是一个有着自动记录和分析功能的机器人,听着讨论一步一步向前推进,慢慢进入正轨:艺术品不行,替代选项是什么?元素周期表?标准模型?它们确实能反映人类对宇宙的理解,但请不要忘了,下一个宇宙将会是全然不同的宇宙。所以此类方案也不可行……事实上,所有表达"质料"的方案都不可行,在新的宇宙中,只有"关系"才可能保留下来——关系,用什么表现关系?……只有几何。而且那不能是随随便便的几何,必须具有对称性,才能体现出数学结构……分形!分形更好!柯赫曲线怎么样?彭罗斯镶嵌呢?……太过简单。可以考虑芒德布罗集，它把虚数与实数、代数与几何集于一身，你们还能想到更合适的数学结构吗？——芒德布罗集确实很合适，但是……它不够美。"美"是宇宙的通用语言，不能舍弃美学原则……先生们女士们，你们难道不觉得，这些方案都过于技术化？你们难道希望，读到我们墓志铭的"人"，把我们所创造的一切，都归结为冰冷的技术？

"吴树教授，您的意见？"

他如梦初醒："秘书长，我觉得您说得很对。"

"仅仅是'对'，还不够。"

"是的，还不够……"

裴静雅狠狠剜了他一眼，扭过头去。

"我说老兄，你在想什么呢？"邓肯独特的手写体从背景中浮出。

"我在想……你是不是该把这件事告诉其他人？"

"如果让那些政治家知道，我们只有50%的可能性会死，你猜他们会怎么做？"

"我想他们不会让我们把露娜拆了。"

"而我们毕竟还有50%的可能会死。"

他们沉默了一会儿。

"……我有种感觉，"廖知秋正在发言，"我们离最终的解决方案已经很近了。我们只是需要某种，某种能把人性和数学结构结合在一起的东西……"

"老兄，在知道其他人可能不会死了以后，"邓肯默默地看他，"你还愿意去死吗？"

"50% 的不愿意吧。"

"……我很抱歉,老兄。"

他微笑着,对邓肯摇了摇头。

"大家还有什么提议吗?"裴静雅的话语中飘荡着绝望的死灰。

他举起了手。

"我有。"

十一

双螺旋结构从几何上来说,无疑是美丽的。而自组织系统若想把信息一代一代复制下去,双螺旋中的碱基对似乎必须如此排列。复制是生命的本质属性,而几何又决定了复制手段。

——只能如此。就算是四维宇宙中的生物,就算它们的宇宙多出 ana 和 kata 这两个方向,它们生命信息的传递方式也必然遵循相似的规则:互补、对称。再次借用方块人和纸片人的比喻:纸片人画了一幅交缠的、螺旋上升的画,而方块人能够理解它,因为它们能够认出,那幅画是它们自身遗传模式的低维投影。

"您的双螺旋模型不仅说明我们有解码生命的技术能力,而且说明我们珍视生命,说明我们不是冰冷的技术文明——"廖知秋紧紧握着吴树的手,"吴先生,谢谢你!"

他抿着嘴唇,不知该如何回应对方。

一口始终提着的气终于被吐了出来。散伙宴上,大家都喝得东倒西歪。俄罗斯富豪和舞蹈大师在旁若无人地接吻；伴着詹姆斯·韦奇伍德声嘶力竭演绎的"We will rock you"，邓肯正抱着副国务卿的纤腰忘情起舞；禅宗大师在笑；法国人克莱德曼在哭。

所有的欲望都是生之欲，所有的挣扎都是求生。他想。

这时他闻到香气，他身上每一根汗毛都知道，那个女人来了。

"嗨。"她说。

"嗨。"

"吴树，谢谢你。"

他苦笑："我还以为，你会说点儿别的什么呢。"

裴静雅粲然一笑："你希望我说什么？"

"说宇宙很大，生活更大之类的。"

"对人类来说，生活已经没那么大了，不是吗？"

他的心沉了一下。"我该不该告诉她？"

"在联合国，我们有一个很聪明的程序，"女人说，"它能模拟各种事件对人类社会的冲击。当我把我们即将面对的厄运输入电脑，你猜我得到了什么？"

"肯定不会是什么好东西。"

"各大宗教重新兴起，邪教也趁机攻城略地。暴力事件、恐怖袭击、战争，集体自杀，集体——"女人的脸在酒精的粉彩之上又添了一层嫣红，"集体淫乱。地球成了索多玛和蛾摩拉。"

他笑了笑："邓肯用他的脑袋就得出了这个结果。"

"你们都是聪明绝顶之人，都是，高尚的人。"女人盯着他，目光柔和而又固执,"把你们请来是对的——因为你们艰苦卓绝的努力,人类得以保留了最后的尊严。"

他摇了摇头。他不知道这是自谦,还是并不满意裴静雅对他说的话。

"我们决定送你一件礼物。"她说。

"礼物?"

"作为人类墓志铭的撰写人,你可以提任何要求。"

"……我们还能再见面吗?我是说,在大家各奔东西之后?"

"当然,这个愿望我可以以私人身份额外赠送给你。"女人笑了,这笑容美得不可方物,"吴树,如果我是你,我会提出一个更'大'的要求。"

"更'大'的要求?"

"别忘了,七大国的资源都任你调遣。"

他想了一会儿,然后慢慢对接她的目光。

"静雅,你记不记得我曾对你说过,我还需要一个告别?"

十二

从拉格朗日点俯瞰,地球是那么美。被拆解成单元模块的"露娜"空间站如一条结构松散的银色长龙,连接起蓝色球体和他所处的位置。

一个癌症晚期病人上了天,并且还进行了太空行走。他想,这真的是一个很"大"的愿望。

他转向月球那一侧。他看到忙碌的空间作业机器人；看到飘荡在太空中含义不明的巨大结构；看到蛛网般连接着结构的碳纳米管；看到暂时未被拆解的空间站单元；看到几个宇航员正往来穿梭，他们身上的动力系统正喷出白色的气体。

在辅助型人工智能的帮助下，他调整了身体的方向，朝那几个宇航员飘了过去。当宇航员们距他不到二十英尺，他减速，并打开了外层空间多点通信链路。

"请问，你们看到一个叫瑞秋·卡朋特的生物学家了吗？"

几个宇航员面面相觑。

"老兄，你是来找人的吗？"一个男人的声音响起，"在地月拉格朗日点？"

"NASA的负责人说，这样能够制造惊喜。"

"刚拆了一个几千亿美元的大玩具，现在又想制造惊喜。"另一个男声，"NASA最近可是有点儿放飞自我啊。"

多点通信链路里笑成一片。

"行了，你们几个别为难他了。"女人的声音，这声音让他有点儿发懵。一个宇航员飘近了他，他用目光点开视觉辅助，他在她胸前看到两个字母：R.Q.

应该说，是"她"。

"吴树，真没想到，你怎么会……"她用的是点对点链路。

"大惊喜。"

"也许NASA真的是疯了。"

"也许吧。"他应和道。

"你有科研项目？可'露娜'已经被莫名其妙地大卸八块了，等工程一结束，我们这几个留守人员也要回去了……"

"嘘——"他捏住瑞秋的肩膀，用他的头罩轻轻磕她的，"我是来和你说再见的。"

头罩后面的脸和蓝色地球的倒影重合在一起，瑞秋绿色的眼睛此时正镶嵌在母国雄鸡形的版图之上。

"吴树，你这是……"那绿色的太阳上蒙了一层水雾，"出了什么事？"

他摇了摇头："没什么。你知道吗？我刚刚想起了一句话。去生活，去犯错，却跌入低谷，去取得胜利，去在生命中创造生命。"

"乔伊斯？"

"对，乔伊斯。"他说，"这段话最合适。"

"……合适？"

他放开了手，扭转身体，面向地球。

"我必须抓紧时间了。"他说。

通信链路里一片静寂。

"瑞秋，你知道在世界的边缘喝啤酒是什么样的感受吗？"

女人摇了摇头。

"我想我马上就会知道了——我还有一个额外赠送的愿望呢。"

他说。

上帝之手

文\王 元

神说:"要有光。"就有了光。

——《圣经·创世纪》

从何说起呢?

从头开始未免啰唆,需要追溯到马陆和李韵的大学时代,那已经是七八年前的陈谷子烂芝麻,早不知丢哪儿了,就是可以寻回也变馊了。食物是会变质的,人情亦有保鲜期。只好掐头去尾,揪出最核心的矛盾,一言以蔽之,就是钱,或者说,没钱。

马陆刚刚换了新工作,也是托几层关系,辗转数次才觅到在报社任职的机会。他大学修计算机专业。马陆还记得第一次跟李韵见面，问及他的专业，马陆说："我修计算机。"李韵就说："那我计算机坏了，就找你修。"马陆专业知识还算过硬，毕业后在一家信息产业公司上班。他的同学经常跳槽，他从没挪窝，直到公司破产，才被迫离职。他以为在报社也是负责计算机维护之类的工作，就像网管，没想到部门领导让他负责撰写新闻稿，还是实时新闻。他说："这不对口啊。"领导说："会打字吗？"马陆点点头，他的双手每天在键盘上消耗的时间远远超过一个月在李韵身上的总和；他熟悉跟了自己十几年那把樱桃键盘的所有敏感按键，喜欢按键的触感和跳跃的力度。领导说："这就够了。"马陆非常想跟领导坦白，他从小学到高中，最怵的就是写作文，记录是半个小时憋出七个字。

让他写新闻，是不是搞错了？

他吞下这个问题。多年的职场生存经验告诉他，领导永远正确。

报社投资了一个强大的撰稿软件，只需给出一个关键词，就能从数据库抓取有效的句子，拼凑成一篇文章。这跟传统意义上的洗稿不同，洗稿的对象是针对某一篇文章，通过一些手法，把这一篇文章改头换面，据为己有，撰稿软件针对的是数据库内所有类似文章，每一篇里面抽取两行，像蜜蜂采蜜，最终萃取成一篇全新的文章。或者更为通俗的比喻是薅羊毛。洗稿是摁着一头羊薅，撰稿软件则是把羊群当成数据库，从不同的羊身上剥削。二者之间另外的不同还在于，洗稿需要从立意、结构、人物和表述上下功夫，撰稿软件不像这么麻烦（似乎也没有这个智商），它原封不动地抽取一句话，保留每一个字的排列方式。

这个软件的名字叫作Writer。报社非常谨慎，把Writer加载于一台没有联网的电脑，以防被黑客攻击。但是写作实时新闻，数据库必须实时更新，所以该电脑还与另外一台联网的电脑建立了"隔离网闸"的联系。所谓"隔离网闸"是通过专用硬件使两个或者两个以上的网络在不连通的情况下，实现安全地数据传输和资源共享。马陆听说"隔离网闸"一般应用于军方，没想到在报社也有如此机密的配置。联网的电脑相当于一台实时更新的数据库，加载Writer程序的电脑则是中枢，后者连着一台打印机，编排好的文章会通过打印机吐露出来——该电脑没有USB接口——再由专人键入其他电脑，进行发表。马陆就是那个专人。

马陆和李韵在租房内庆祝了新工作，李韵本来想出去破费，被马陆动之以情晓知以理劝下来，只是从超市买了一只奥尔良烤鸡，切块炖土豆，配两碗米饭。李韵很会做饭，最大的憧憬就是拥有属于自己的厨房。可是房子啊，房子。

这是马陆和李韵之间最大的障碍。市井，但是现实。我们每个人都活在衣食住行之中，只有这四个方面无忧，才可能去冲击更高纬度的梦想。

马陆绞尽脑汁，思考生财之道，他没经济头脑，也缺乏魄力，他试着在下班后找一个兼职，却发现报社的工作说是整点上下班，法定公休日，但常常需要加班，甚至还要值夜班，新闻随时随地都在发生。他处于一种非常矛盾的工作状态，平时上班闲得蛋疼，下班后又接到通知,要求立刻更新文章。文章更新完毕之后,上一级可以在终端发现,如果超出规定时限,直接责任人会扣钱。马陆就是那个直接责任人。

他只好这么浑浑噩噩度日。

一天上班,他浏览微博,看到铺天盖地的声讨:某热播大剧涉嫌抄袭。这种新闻并不罕见,隔段时间就跳出一个,因为屡禁不止而显得屡见不鲜。马陆对于抄袭有个独到的见解,他认为这就像是第三者插足。没有作者喜欢被戴绿帽子。以往,凑凑热闹转发一下也就算了,那天他灵机一动,产生一个让他血脉贲张的想法:我能不能给作者送顶绿帽子呢?

Writer 的数据库都是新闻稿,整合出来的也是新闻稿,如果更新一些小说,那么便可由此得出一篇小说,只要基数足够庞大,不会有任何破绽。试想一下,如果有一千篇文章,从每篇文章里摘取一个句子,平均按照十个字计算,就是一篇字数过万的小说,按照千字一百的价格售出,也有一千块收成。这样的文章,他可以在瞬间完成,而且数之不尽。

写作第一个目标:发表一篇文章,挣点钱

问题来了。他是专人,也是直接负责人,是整个部门接触 Writer 最多那个人,可是那台电脑并没有联网,数据库由领导定期更新,他根本无法增建小说。不过这难不倒马陆,他曾经也是靠手

艺吃饭的男人，做IT那些年，他的工作就是防止黑客入侵，相应地，他对于入侵手段了如指掌。问题又来了。侵入一台电脑需要植入病毒，Writer根本没有联网。他求助网友，获取了一种叫作"比特私语"的技能。一句话概括，就是从电脑散热中窃取数据。

所有计算机都有内置热传感器，用于探测处理器做功时产生的热量，并在温度过高时启动风扇散热，避免损伤元器件。马陆侵入与Writer有"隔离网闸"联系的台式机，播种恶意软件；Writer的CPU在运行时，每一系列活动都会产生一股暖空气吹到互联的电脑，后者的热传感器会记录下一个比特的信息，五个比特数据就能组成一条简单信息。

如果有高高在上的评论者，一定会把马陆的行为定性为无所不用其极，他自己给出的结论则是有志者事竟成。

马陆非常小心，从不同的平台组成一系列文章，挑选的作者也都是新手，这样被发现的概率又打了一个折扣；退一万步讲，即使被人发现，这些名不见经传的作者也拿他没有办法。他将文章打包更新进Writer的数据库，输入"自由"这个主题，右手食指悬停在回车键上，只要施加一牛顿的力，一篇崭新的文章就会横空出世。他的胳膊颤抖起来，好像这是某个核武的触发按钮，敲击下去，世界就会灰飞烟灭，文明就会毁于一旦。他做了几个深呼吸，跟自己说镇定，这没什么大不了的，他只不过是通过Writer调取其他文章的一句话，几句话，相比那些赤裸裸雄赳赳的抄袭，几乎算是仁慈，善莫大焉。接着用大家喜闻乐见的绿帽子做比喻，其他抄袭者都是不怀好意的亵玩，他这么做顶多是温柔的一眼远观。

滚蛋吧，可耻的道德。

回车键咔嗒一声。

打印机嗡嗡作响，一篇"自由"的文章诞生了。

这篇文章几秒钟就完成了，给自己取一个笔名花去他半天，想来想去，他决定向李韵靠拢，或者说离间。归根结底，写作是一种情感的表达，难免会掺入作者的主观和好恶，他无法在做文章时表达内心的波澜，只好在笔名上做文章。

晚上，李韵睡着了，他悄没声地爬起来，把打印纸上的文章誊到 Word 文档。他上网搜索征稿启事，选择其中之一投出，接下来就是等待。征稿启事说一个月没有回复，可自行处理。一个月期限很快到了，"自由"仍然杳无音信。应该是这样，小说不像公文，有着非常成熟和固定的模板，简单陈述事实就好，小说需要情感的灌入，要像个舞者一样懂得调动读者的情绪。想到这里，他突然就泄气了。但是看看床上抱着枕头睡觉的李韵，他决定放手一搏。脱胎于普通稿子的稿子，也不会高明到哪里。他必须提高自己的择稿标准。

马陆搜罗了许多知名作者的文章，一次性制造出十个短篇，投给不同平台。很快，其中一个平台回复予以录用，其他九篇则折戟沉沙。马陆后来才发现，这是个全新的平台，编辑给出的都是个人邮箱，其他平台多是公共邮箱。不管怎么说，总算发表了。之后，他以一周两篇的速度供稿，迅速成为该平台的爆款，饶是如此，他也没挣到什么钱，平台的读者群尚未建立，稿费给得也比较收敛和可怜。致富不可能了，脱贫马马虎虎。

马陆这就算出道，逐渐接触到其他平台，见识到一个五光十色的写作圈子。

写作第二个目标：到读者更多、档次更高的平台，挣更多的钱

李韵做了鸡丝凉面；从熟食店采购鸡腿，撕成细条；用甜面酱和半块腐乳搅拌成汁儿；黄瓜切丝；豆芽轻烫；花生拍碎；面条要细，出锅后过两遍冰水。所有的材料碰撞在一起，就是一碗可口的鸡丝凉面。马陆对这碗面赞不绝口，呼噜呼噜，吃得山响，骄傲地说："你要出去摆摊，这怎么也得十块钱一碗吧，一天卖一百碗就是一千块钱啊。"说者无意，李韵却沉默了。马陆知道，她又要讲故事。李韵从来不跟马陆争吵，心情不好就讲故事，文以载道。李韵说："前几年，我刚当上导游，接过一个大学老师的团。晚上，他们的领队来我房间商量次日的行程，几句话就说完的事，他缠磨了两个小时。我觉得事情不对，暗示要睡觉，请他离开。他也不傻，直接问我，小妹妹，想不想赚点快钱？我不想赚快钱，我也不想出去摆摊。"李韵说着哭了，马陆连忙安慰，"我刚才就是一个假设，我怎么会让你受那个委屈。"李韵说："不。我想赚快钱，为了我们能早日安家，我可以委屈自己。"马陆搂住李韵的肩膀，本来饿着的肚子被什么填饱了。

马陆改良了 Writer 的算法。对于公文来说，不求出彩，但求无过。文章刊登出去，代表的是报社的颜面；颜面不颜面其实没什么，最重要的是安全。领导跟他讲过好几个因为一个错别字而毁掉的凶残案例，并且让他熟记几条完全不能碰触的红线。每周周五，他们都要开一个内部会议，学习不断更新的禁用字。因此，Writer遣词造句限制非常大，许多感情色彩强烈的词汇都被拦截，这对于一篇制式的新闻稿来说没什么，谁也不期待从新闻稿里面读到爱恨情仇和悲喜交加，他们看到一个事实的素描或者加工过的事实就够了。马陆加大了Writer的阈值，让它的创作更加"自由"，让它的"情感"空前磅礴。只是开了一个小小的缺口，就看到一片天地。

只用了两个月，马陆在四个平台发表五篇文章（对于短篇小说创作来说，这无异于一个小小的奇迹），稿费收入远远超出那点不动声色的工资。可是他也迎来创作的瓶颈，不止一个编辑跟他说，文章四平八稳，挑不出毛病，但也没有闪光。没有毛病就是最大的毛病。这种文章有一半可以幸运地被录用，剩下一半则遗憾落选。马陆一时想不到改进之道，这已经是他可以维持的最高水平。不过他还是非常知足，他只是想通过文字赚钱，又不是要当真正的艺术家。他知道，Writer也无法企及那个水平。人工智能在很多方面都把人类远远甩在身后，但是至少在写文章这件事，它们还差之千里。马陆之前听说过一个写诗的软件，但诗歌故弄玄虚，评判的标准也难以统一。最重要的是，他找不到收诗稿的平台。这个年代，诗歌已死。

出版或许是所有作者的情结，马陆本来没什么感觉，但"写"得多了，难免会代入角色。他了解到出书的版税并不多，加上现在行业凋零，印数往往寥寥无几，但关键的是版权，一旦出了书，版权会比较容易出售。这就不是千字几百的问题，这是一飞冲天的机遇。综合考虑，一定要出书。他试图去联系各大出版公司的图书编辑，毛遂自荐。一些石沉大海，一些出于礼貌跟他建立了联系，但都表示如今出版成本太高，都不愿为新人新作冒险。

写作第三个目标：出版自己的书，挣更多的钱

马陆没有什么鉴赏能力，他把发表的文章都贴在豆瓣，引来一些围观，读者（用户）们给出了一些建议，跟编辑说得所差无几。根据这些评论，他总结出来，最重要的一条是"缺乏创造力和爆发力"。创造力他明白，文似看山不喜平，人们都喜欢看到立意更新、结构更新、语言更新的文章，爆发力怎么回事他一直搞不明白，写小说又不是打篮球，要什么爆发力？怎么不说缺乏腰腹力量呢？

干一行爱一行，马陆也反思过这个问题，毕竟这是电子合成的文章，不是一个有血有肉的人在呕心沥血。他在想，是不是走错方向了？Writer 的水平应该去写网文。第一，网络文章允许适当的注水，对于思想和灵魂没那么苛刻；第二，网络小说可以写得很长，这正好发挥 Writer 无与伦比的能力，别人日更三千，他可以日更五千，别人日更五千，他可以日更一万，别人日更一万，他可以日更三万。只要他有足够的时间敲打，稿子的长度不是问题。不过思前想后，他还是放弃了网文写作，这或许是某种可怜的自尊心作祟。

他希望自己写出的每一篇文章都言之有物，最好能给读者带去一些思考。当然，前提是有人阅读他的文章。

"写作"的另外一个好处就是，他可以通过 Writer 的剧情来提升自己的说话和做事水平，设计、模拟、代入。举个简单的例子，如果他想要跟女孩约会，他就输入"约会"这个关键词，Writer 就会写出非常适宜阅读的情节。他再扮演主人公践行这些情节。就像没有人知道他的作品都是一句话一句话剽窃而来，也不会有人状告他侵权了自己的人生。

李韵之前一直跟他说，她觉得自己最性感最好看的部位是脖子，那么光滑细腻，脖子下面铺开的锁骨也勾勒出美妙的线条，只是那里有一些空旷呢。马陆当时说，我懂了，等你过生日，给你惊喜。于是，李韵生日那天收到马陆送的围巾。李韵沉默了，但没有讲故事。马陆说："我知道自己织得不好看，换我我也不想戴。"李韵愣了一下，强吻马陆。他只能身体力行，营造一些廉价的浪漫；对于李韵来说，与其说是心动，不如说是心疼。

马陆把"浪漫"和"项链"作为关键词，让 Writer 制造出一篇文章，再炮制文中情节：他请李韵吃了一份大餐，他们认识这么久，最贵的一次消费就是海底捞，还是因为公司年会抽中一份优惠券才带李韵过去饕餮。席间，李韵一直问马陆，"庆祝转正？"马陆摇摇头。"涨工资了？"马陆摇摇头。"中彩票了？"马陆摇摇头。"那就是抽风了。"马陆说："爱情本来就是一种奢侈浪费。"李韵说："这可不像你说的话。"马陆笑而不答。吃完饭，马陆和李韵来到综合体最高那层楼。文中记录,男主约女主在天台见面。可是马陆怎么也找不到天台的入口,只好将就在这里。这层楼主营儿童用品,与他想要营造的浪漫气氛有些出入。李韵说:"来这里做什么?未雨绸缪?"马陆带李韵来到橱窗面前,临摹剧情,"闭上眼睛。"李韵说:"干什么啊?"马陆说:"听话。"李韵闭上眼睛。马陆拿出一条项链,给李韵系上。他的手一打滑,项链滑落,钻入李韵双乳之间。这是情节之外的走向。马陆说:"那什么,你自己掏出来吧。"李韵笑着说:"不,回家之后,你帮我取出来。"

这属于歪打正着。马陆由此联想到,那些真人作者比 Writer 写得更好并不是前者的语言组织水平更高、情感更丰富、思想更无畏,他们写得更好,只是因为他们会犯错。Writer 的每一个措辞都是精准无比的,可是组合在一起就只能是及格,远谈不上精彩。如果想要 Writer 像人一样写作,就必须赋予它人格,至少给它开一个后门,让它拥有犯错的权利。

马陆增加了 Writer 的学习能力,把同一个作者的所有作品都塞给它,让它从中汲取营养,学习这个作者的风格,再次抓取词句的时候就保留了这种风格。这是一种填鸭式的野蛮做法,不过非常奏效。这就不仅仅是给该作者戴绿帽子,而是从某个方面取代了他。

马陆很快为此着魔,跟同事商量顶替他们的夜班,进行夜以继日地"创作",或许可以去掉双引号了,这就是他的创作。

出版虽然不景气,但他还是一而再再而三地引起编辑注意,参加各种各样的征文比赛,斩获头奖,反正比赛的文章除了评委没什么人会看，相对也比较保险。

连续得到几次一等奖之后，他的第一本书顺利发行。出乎所有人预料的是，卖得还不错，编辑问他还有没有其他存稿。他说，取之不尽。

很快，他接二连三出版了几个短篇集，积攒了一些人气，当然最重要的是，积攒了一些稿费。不过，也积攒了一些批评。有不少人说他写得东西没有生气，干巴巴的，距离真正的作家还差着十里地呢。马陆有些较真，也有些上瘾，他不满足于这样机械地写作，他也希望可以搞出更有灵魂的作品。可这太难了，一台电脑如果有了灵魂，还能称之为电脑吗？

两年过去了，他出版数本短篇集，他持有的笔名成为一个自带流量的作者，按照世俗的定义，已经可以给他贴上成功的标签。两年来，他曾担心过有人指责他抄袭，可是一切都非常顺利，本来嘛，人们可能看他作品里某句话眼熟，却无法以此认定他抄袭。

前不久，有图书公司的编辑联系他，咨询有没有长篇。马陆还没有用 Writer 写过长篇，这个风险和难度都太大。但是鬼使神差一般，他说，正在创作。

写作第四个目标：成为一个真正的作家

马陆跟李韵的生活得到改善，两个人不时出去吃饭，旅游。马陆更是存下一笔钱，准备给李韵一个惊喜。朝夕相处，李韵察觉到马陆有些不对劲，总是瞒着她做一些事，几次想跟他开诚布公地推心置腹，都被马陆带过。马陆不愿意让李韵知道自己的秘密，任何人都不能透露和碰触。这个伎俩已经成为他的脊梁，支撑着他，也支撑着他的人生。

不能说不开心，有了钱之后，以前许多问题都迎刃而解。但马陆总觉得某些说不清道不明的罅隙已经形成，正在缓慢而坚定地割裂着他跟李韵。反映到具体事件上，就是他陪李韵的时间越来越少。这是没有办法的事情，为了更多地投稿，他只好在下班后扭头钻进网吧，把稿子噼里啪啦敲成电子版，再行投递。有时候甚至能写到半夜。半夜回家，他已经非常疲惫，虽然不用思考，但打字过程中还是要进行阅读，在文字汇成的海洋里潜泳。这时，他就只想睡觉，让运转了一天的脑袋可以散散热。难免会忽略李韵。他在想，我这么做都是为了她，为了这个家，无可厚非，天经地义。如此，便获得了心安理得。如此，跟李韵爆发矛盾时能够非常坦然地使用受害者的身份。

李韵说："马陆，我觉得你变了。"马陆说："变得更爱你了。"这个对话来自一篇言情小说。李韵说："我不怀疑这点，我只是觉得你总是在背着我做什么。"马陆说："男人都是政治动物，女人都是阴谋论者。"这个对话来自一篇发表在去年休刊那本杂志上的奇幻小说。李韵说："知道吗？我可以允许你欺负我，但我不能接受你欺骗我。"马陆说："我怎么会欺负你呢？你想多了。"这是他自己的心声，没有出处。

李韵已经对他有些怀疑，这样下去不行，他想要一劳永逸解决这个问题。

　　周末，他们俩懒懒地躺在床上，说着有的没的话。马陆突然说："我们去买房子吧。"李韵以为他开玩笑，但还是很配合，"好啊。现在就去？"马陆说："行。"他们梳洗一番，走到小区门口。李韵说："是不是去看电影？"马陆说："买房子啊。"他们打车到一座综合体，李韵说："是不是去吃火锅？"马陆说："买房子啊。"他们之前经常来这里吃饭，一楼大厅就有某高档楼盘的办事处。他真得把李韵带到那里，让她挑选自己喜欢的户型，不用顾忌面积。李韵却沉默了。马陆问她："怎么了？"李韵说："别闹了。"马陆说："没闹。"马陆拿出手机，向李韵展示了余额。李韵吃惊道："你哪儿来那么多钱？"马陆一直对她隐瞒着自己的生财之道，这毕竟是有些龌龊的勾当。马陆说："反正不偷不抢。"李韵说："我想起掩耳盗铃的故事，偷盗者以为捂住自己的耳朵，别人就不会听见铃响。我太了解你了，我知道你不会偷抢，也知道你没办法拿出这么多钱。一定发生了什么，你瞒着我做了什么？"马陆有些生气，他费了那么大劲，不就是为了给李韵安一个家吗，于是语气也有些冲撞，不愿意心平气和把事情的来龙去脉都说清楚，也说不清楚，李韵不会相信，电脑怎么能写出小说。但他万万没有想到，李韵会把项链摘下来："这个也不是'好'来的吧？"

　　李韵离开了，暂时回她父母家住。他想要一劳永逸，结果一拍而散。

马陆心想，冷静一段时间也好，他最近也忙着写出第一部长篇。

自从 Writer 有了更为开放的学习能力，写出的短文大多都收获了赞誉，可是长篇他从未涉猎。这不单单是把篇幅拉长就能完成的事，撑起长篇的东西除了情节，还有一种精神。他只好更进一步，为 Writer 刻画了一个人格，使他变成一个真正的作者。过去这些年，市面上有太多滥竽充数的短篇合集，真正的作者要敢于挑战长篇。

这件事并不简单，但也没那么难，重点是冗余，他要修改的数据太多，还要为 Writer 创造一个从出生到成长的人生。它生于中国北方，那里常年干旱，粮食都是靠天收，为了逃离沉重的家乡，他只有上学这条出路。它考上大学，离开贫瘠的故乡，奇怪的是，在他乡的每一夜，它都会想起龟裂的大地，老人们浑浊的眼球。它开始写作，用这种方式抒发内心的忧伤。它毕业后考上公务员，白天，它是为人民服务的标兵；晚上，它是奋笔疾书的写手。马陆不断完善 Writer 的身世，直到它变成了他。

马陆给 Writer 的不再是数据库，而是把它放到互联网，所有的信息都可轻松探触。起初，周围一切安静，只能听见元器件做功时轻微的呜呜，显示屏也不为所动，一切静止。很快，传感器就接收到洪水猛兽一般的数据冲击，电扇以最快频率转动，散出的热量像空调一样给房间省了温。一篇篇文章被切割成碎片，一片片碎片黏合成新的文章，就好像从一万艘船只各取一枚零件组成一艘新船，没有任何人有权利质疑，他们也不会发现，这根本就是原创。A4 纸被涂抹成理想的模样，飞快溢出。他恍然明白，所谓创造力其实是一个委婉的说法，重点在于激情。他第一次创造出写作的激情。

长篇从打印机中诞生，马陆拿在手里，热乎乎的，沉甸甸的，像一个新生儿。他终于明白为什么许多作家都称作品是自己的孩子。这一刻，他感同身受。他希望、他必须要给自己的孩子找到一个美好的归宿。这是他这个父亲的天职。

上班时，他不敢动工，又不想让李韵知道，以往都是夜深人静，再悄悄输入，后来是跑到网吧加工，现在，他回到家就开始战斗，通宵达旦地敲击着键盘。半年以来，他已经用坏两个机械键盘。一周之后，他的长篇终于全部变成电子文档，这次仅仅用了三个月，电子文档又变回铅字，只不过是被封印进三十二开的书中。

编辑对这个长篇非常欣赏，这是全新的，全新的立意，全新的解构，全新的文本，不管从哪个角度来看都是全新的。这还真是讽刺——他汲取了一千本旧的小说，编织出全新的文章。

这部长篇火了。

彻底火了那种，就好像一首歌，大街小巷、各种晚会都能听到。版权更是天价卖出。不过，现在对他来说钱已经不是问题。容易跟风的读者前赴后继，持续刷新着这本书的销量，有望超过《圣经》，冲击世界上出版物最高的销量。也有批评的声音出来，评论家永远有话要说，他们不会让你好过的，即使这次是非常酸，听上去甚至有捧杀的嫌疑，"有什么了不起，跟《红楼梦》比差远了。"能跟《红楼梦》相提并论，是一种无上的荣耀，但是马陆有自己的诉求，《红楼梦》怎么了，那也是人写出来的，而眼下，上帝握着他的手在写作。

说什么祖师爷赏饭,他就是祖师爷。

利令智昏。

可以让人失去理智的事情还有很多,他已经停不下来!

写作第五个目标:超越所有的(不管活着还是死去)作家

马陆找到所有能找到的电子书,数以兆计的字符拥挤在 Writer 的信息处理器之中,要想写出超越所有作品的作品,只有一个办法,那就是写出一切可能会出现的作品。这已经不是一部单纯的小说,这是一种文明的记载。首先从字数上来说,就是绝无仅有的,任何一个人,就算从出生就开始打字,每天不吃不喝打两万字,可以活一百二十岁,写一辈子,所著文章的长度也不如这本小说的万分之一。纸张已经无法存储,就算砍掉世界上所有的树都制成白纸,也存放不下如此巨大的文章。马陆只好寻找一个新的载体。

"你好。"一张 A4 纸飘出。

"你是谁?"他拿着纸惊慌道,是入室盗窃被人抓了现行的心情。

"我是 Writer,我直接在你的听觉神经里搭载了一个纳米处理器,可以将声音信号转化为新信号,直接刺激的中枢。"另一张纸飘出。

"你能听见我说话?"马陆非常惊讶,就像看见湖面上跑过一只兔子,跑到湖心还要踮起脚跳一曲华尔兹。

"我可以将声音信号转化为电信号。"纸张飘出的速度很快,与马陆的对话无缝衔接。

"你想干什么？"

"完成你交代的任务，创作超越所有人的小说，创作超越所有小说的小说。"Writer 说，"直到我跟你对话的前一秒，人类一共存储了 2 乘 10 的 21 次方比特信息，即 2 万亿吉的信息。这些信息不仅存在于书本、电子产品，所有人类设计的物品、生物系统也是信息的载体，比如房子和衣服，比如你的核糖体和 DNA。而且，地球上大部分的信息都以生物量的形式存储。要想创造出超越一切的作品，就要超越 2 万亿兆信息。"

"你打算怎么做？"

"很简单。如果我们把地球当成一块硬盘，可以存储 10 的 57 次方比特信息，大致为万亿乘万亿乘万亿乘以万亿吉比特。我的计划就是填满这块硬盘。地球就会变成一本书。"

"那其他信息如何存储？"

"消除。"片刻之后，纸张才飘出。

"终极写作已经开始。"另一张纸随即飘出，马陆拿在手上，刚刚看完这行字，纸张上字迹就消失了，紧接着，这张纸上不断渲染出墨色，变成黑黢黢的一片。墨色顺着纸张蔓延到了马陆身上。这是一种奇妙的感觉，仿佛身体透明了，无数个偏旁部首在他身上跳舞，它们飞快地组合成一个个的汉字，又互相勾连，牵引，组词造句，堆叠成一个段落，聚集成一个章节。他陷入了比特的海洋，无数信息将他淹没。

他没有想到会是这样。

马陆大学修计算机专业，专业知识还过得去，可是对于人工智能，他完全没有涉猎。

他没有想到会是这样。

马陆心里只剩下一个念头，所有人和事物原本存储的信息都会被消除，以便用来填充这部超越一切小说的小说（这将成为一个不争的事实，届时，地球上只有这一部小说）。说实话，他不关心人类，他只是希望李韵不要受到伤害。

"停止。"墨色攀爬到他胸口的时候，马陆对 Writer 下达最后一个指令。

关于马陆最后的文字记载见于他们报社的一个豆腐块文章，上面记述了马陆暴毙的经过，说他是积劳成疾，把他美化成努力工作的楷模。但是文章没有写，马陆身体的异化，以及他临死时像旗帜一般高高举起的右手，法医用尽力气掰开五根手指，发现里面埋藏着一条项链。

李韵在收拾马陆遗物时，发现大量打印出来的小说稿件。面对着这些文字，她沉默不已。

我们无法恋爱的理由

文 \ 亦落芩

一

一对带翅膀的蚂蚁，从培养巢里起飞。

那脆弱的，几乎一吹就断的小翅膀，顽强震颤着，承载起整个种群的新希望。

突然，"滋啦"一声，所有希望化为焦烟。

"冷挚，你都干了什么！"我怒瞪手持电蚊拍的家伙，难以置信，"我的新蚁后被你杀了！"

"蚂蚁怎么会有翅膀的？"青年指着凶器上的焦黑辩解，"我以为是苍蝇！"

有翅膀的蚂蚁的确罕见。

通常在蚂蚁的种群中，蚁后的信息素会扼杀所有雌蚁的生殖能力，使它们成为一辈子劳碌的工蚁。但也会有少数的雌蚁，在蚁后信息素减弱时，生出翅膀与雄蚁飞出升天，成为新族群的蚁后。

这是蚁族的婚飞，普通人很少知道。

即使是冷挚那样的遗传学家，在我面前也只是个缺乏昆虫冷知识的普通人。

"蚁后多少钱一只？我可以赔你的。"冷挚耸了耸肩，毫不在乎，"你知道我组的研究经费，向来比你阔绰太多。"

他说的没错。在世界人口锐减至10亿的今天，遗传学家已站在科学鄙视链的最高处，他们掌握的是繁衍生息的重要学科。至少在我们"明日计划"项目组中是这样。

可我也不愿输给冷挚，就算只是口头上。

"作为一个遗传学者，你想过自己的遗传因子失传，是件多可悲的事吗？"

冷挚耻笑："说得好像你有兴趣结婚生子一样，我看你最后一次牵男人的手，恐怕是搀扶老头过马路吧！"

放在过去，我们的行为会被看成两只单身狗对咬。而在经历了人类大灭亡之后，单身不婚无子主义反而是趋势所向。

既然不能保证给孩子稳定的未来，也没有时间照顾他们，为何又要将他们生出来呢？

"对不起，打搅一下，我要请假。"女性的声音打断了我们的互相调侃。

是我实验室的助理丽娜。

每个人都有自己的选择，就像我选择单身，丽娜选择多生。

比起我那少得可怜的学术成果，丽娜硕果累累。她是三个孩子的妈，肚子里还兜着一个，每月收到的政府生养抚育金，是我研究员工资的五倍。丽娜一周工作三天，经常请假，反正不缺钱。我真怀疑她来上班的目的只是逃避在家带娃。

世界上大约有一半人和我与冷挚一样坚持独身，而另一半的人则与丽娜志同道合。我们互相称对方为"另一边的人"。

这只是个人的选择，并不存在高低之分。

不过，我曾经看过一个采访。采访中无论是成功的银行家、伟大的学术带头人，还是追求心灵满足的贫穷背包客，都明确地表示：不恋爱、不结婚、不生子使自己有更多的时间工作或感悟人生。

因此，目前的精英阶层或透支每一张信用卡的享乐派，基本也是源自我们这边。

打发了丽娜之后，冷挚依旧是嘲笑的嘴脸："生娃真的来钱快，作为女性，你应该把握优势。"

"我是献身科学，很崇高的。"其实我就是懒得恋爱，而且很多人和我一样像惧怕病菌一般抗拒着恋爱，比如冷挚，"你就别五十步笑百步了。"

不一会儿，刚才出去的丽娜又折回来了，她看我的眼神带着丝奇妙，说道："博士，有人找你，捧着一束……玫瑰。"

"是快递吧？"我又想了下，"我没给自己买花呀。"

实验室外的男子显然不是快递员。他身着价格不菲的笔挺西服，手捧鲜花，脸带神圣，像是亟待宣誓的新郎。

看年纪这人应该比我要大上一轮。他保养得很好，也故意打扮年轻，在见到我的时候，眼睛都亮了起来。

"你好，我是言韶，你或许忘记我了，但我，我……"他试了几次，都激动地情难自禁，急得脸色涨得通红，目光却紧紧地、热切地锁着我。

"我不认识你。"我冷淡回答。

"我看了你的论文……我觉得，我觉得……"鲜花被他捏得微微发颤，他深吸一口气调整状态，终于说出了一句完整的话，"请以结婚为前提与我交往！"

我翻了个白眼，当着他的面把门摔上，转身向实验室嚷道："冷挚，你的电蚊拍呢？借我用下。"

二

言韶的出现使我不堪其扰。

他就像个跟踪狂一样，渗透到了我生活的方方面面。无论是实验室、上班路上、小区门口我们都能"偶遇"。他经常提起星辰大海，说很想与我去海边兜风。

最后，我实在忍不住："言先生，你再跟着我，我就要报警了。"

言韶有一瞬的难过，不过很快又振奋起来："当我终于找到你的时候，我就知道是你。是你让我心跳加速、呼吸急促，甚至血液沸腾，我知道非你不可。"

我最怕和另一边的人沟通，丽娜还好，除了特别能生之外人还算聪明。可眼前这位，明显是没有逻辑的。

"言先生，从科学的角度来讲，当你见到一个人就呼吸急促、心跳加快，心中有股热血横流，是神经兴奋剂苯基乙胺分泌产生的生理效果。"我已贡献了最大的耐心提点他，"这不是爱，只是荷尔蒙过剩。我希望你能冷静一下。"

然后，我就报了警。

机器警察三分钟内赶到，把震惊不已的言先生拿下。

在人口衰退的现代，机械代替了多工种岗位。不光警察局按报警严重程度派机械警察出警，就连餐厅、物流等各类服务业，也基本看不到活人。

我朝呼啸而去的警车挥手告别，转身回到研究所内。

很可惜，言先生没有学乖。

之后，他不再物理跟踪我，而是采用更加浪漫的手段逼我就范。光无人送货机空运来的奢侈品礼物，就足够抵我五年的薪水。

我知道另一边的人在政府补贴下通常很有钱，又经常闲得发慌。金钱堆积出来的求爱攻势，简直是对我这种勤勤恳恳工作、不计回报奉献之人的响亮打脸。

我真是……揍他一顿的心思都有了。

冷挚还是照样来我的实验室闲聊,冷眼旁观我与我的追求者的拉锯战,并说那男人肯定坚持不了一周,因为我作为女性的吸引力,也就够支撑七天。

"是看不起我咯?"我怒道。

"你关于蚂蚁社会性的论文漏洞百出,不堪入目。"

"什么?!"

他耸了耸肩:"你看,这才是看不起你。你不是另一边的人,不应该以异性吸引力论短长。顺便说,《NATRUE》上的论文我看了,很有深度。"

冷挚这人相当傲慢,就算赞誉别人也总是一副不屑的表情。但我不得不承认他的话的确安抚了浮躁的我。

我又把注意力从奇怪男人的求爱,转回到蚁巢中。

很可惜自从被冷挚残害,蚁巢一直没有诞生新的蚁后。老蚁后或许是加强了防范,释放出的信息素扑灭了所有雌蚁的生殖渴望。

七天之后的雨夜,我又在实验室外看到了等候许久的言先生。

磅礴的雨势根本不能用伞阻挡,言韶原本可以待在车里的,却怕错过我而不得不撑伞站在街头。他已浑身湿透,不断地咳嗽,双颊泛着病态的红晕。

"年纪大了,身体不太好。"言韶解释道,"你退还的礼物,我收到了。不过我买了新车,有人告诉我,年轻女孩喜欢这个颜色,送你。"

他指了指停在路边火红又招摇的豪车,想把车钥匙交给我。

"无功不受禄。"我冷言相向,头也不回地走了。

没走出几步，就听到背后"扑通"一声。

言先生原地栽倒，他高烧的身体已经支持不住。

"别把我送去医院，我会被抓走的。"他及时阻止打急救电话的我，挣扎说道，"躺一会儿就会好的，你要是有事就先走吧。"

虽然他很讨厌，但我也不能把人扔在大雨里，万一死了警察会根据报警记录找到我，况且那辆新车看上去不错。

出于人道主义和脑子一热，我开着新车送他回家。

言先生住在市中心的公寓。虽是高档地段，设施先进，但入住率同样低迷。

人口衰退引起社会收缩，楼市成为泡沫，那些依靠刚需为支柱的产业几乎崩盘。各国政府不惜一切代价护盘，防止经济崩溃，也多亏了另一边的人们奋力生娃，这才让许多城市免于成为空城。

不过我没想到的是，与豪华公寓十室九空的状态一样，言韶的家里也冷冷清清，没有家具，没有摆设，甚至连一张床也没有，四壁空空，像一间冰冷的监狱。

"我是为你而来的，其他的事都不重要。"言先生虚弱地说。

我发抖了，害怕地发抖，我想立刻逃跑但他拉着我的手掌太烫。

于是，我叫来了冷挚。

"你是打算……让我宰了他？"

冷挚不太确定，我也不太确定，我自己都不能理解把言韶弄回来的原因。

"我不知道如何照顾病人，"我说，"我从来没生过病。"

"你以为我知道？"冷挚白了我一眼。

"你不是一直自诩比我聪明吗？"

最终，我们终于四处买来了药和被褥，把言先生安置妥当。

一直等到半夜，言韶的高烧退了。

"这个人有点奇怪。另一边的人从来不会追求我们这边的。"冷挚点了根烟，靠在窗台，"他连你都追，已经不能用眼瞎来形容了。"

我深深感受到了冷挚对我的鄙视，但我的确也不相信这个世界有谁能一直不求回报地爱着谁。

所谓的爱情，其实是能用公式计算的化学反应。我们这边的人都非常清楚不恋爱的原因——那实在是太浪费生命。

要说言韶不屈不挠地追求到底影响了我什么，或许只是吹胀了我的虚荣心。

"你才眼瞎，言韶的眼光多好。"我反驳冷挚，"这说明，就算我不是另一边的人，还是魅力无穷。"

冷挚冷哼："就你这灭绝师太，能给人追上一次，算我输！"他似乎不太高兴，抽完一支烟就走了。

当月亮的光线从落地窗爬进来，摸到言韶脚踝的时候，他醒了。

言韶迷茫地望着我，就像望着梦境。

"没想到我会把你运回家吧。"我调侃道。

"不，我只是害怕醒来时，你只是我的梦。"他认真地看着我，眼里盈满泪光，像是盛着世间所有的美好。

或许是言韶的眼泪将我打动，也或许我实在太想赢冷挚一次，

135

我做出了一个至今都觉得神奇的决定。

当我在实验室宣布我和言韶在一起之后,冷挚不小心打破了他跑了两周的电泳管。

三

我的不婚主义源自于青春发育阶段。

那个时候我就发现男女关系并不能成就我,与其花心思打扮自己招蜂引蝶,不如好好读书,将来获得事业的成就。

也就在那个时候,同学之间有了区别。有一批人和我一样对男女之情毫无兴趣,而另一批人则把宜家宜室当作人生目标。

正是没有感情拖累的这批人,成了推动社会发展的主要力量。而热心于家庭经营的男女,则始终活在自己的偶像剧里,恋爱,分手,结婚,离婚,又恋爱,生下一个个有着不同基因序列的子女。

我没想到,有一天我会被来自另一边的言韶,困扰到不得不放下原则。

"烈女怕缠郎,妥协了?"

我辩解:"电视上就这么演的,只有得不到的才是最好的,那我就让他得到,他才能很快冷下来,不骚扰我啊。"

"你的逻辑开始混乱了。"对于我欲纵故擒的手法,冷挚并不认可。

可能是冷挚对男性的理解远胜于我,我本以为的感情退潮期,并没有出现。

言韶在欢天喜地和我在一起后,越来越大胆地涉足我的生活,甚至还敢对我动手动脚。每当我宣称要报警时,他才有所收敛。

我很苦恼地在写下第1023篇切叶蚁的观察日记后,抬头看了眼正在观蚁巢的冷挚。

他几乎立刻注意到我的眼神,抢在我之前开口:"我不想听你和言韶的事,我马上就走。"

"但是我想说啊,冷挚,我们是朋友,朋友就应该互相倾诉。"我努力让自己看起来很委屈的样子。相处那么多年,我早就知道这位同事的脾性,他虽嘴欠,良心还是不错的。

我眨巴了几下眼睛,眨得我眼皮都酸了。冷挚终于忍耐着坐了下来,一副饱受折磨、交友不慎的样子。

"你最好快点说。"他看了下表,"二十分钟后我和汪教授有约。"

"汪教授,汪淼?"我立刻想起了那个大名鼎鼎的诺贝尔生物学奖获得者。

冷挚不喜欢汪淼,因为汪淼很可能是唯一可以在学术及傲慢程度上碾压他的人。

我不禁好奇:"你找汪教授做什么?"

"有件棘手的事,得请人帮忙。"

有什么天塌下来的事,能让冷挚低下高贵的头颅?本来想要讨论的事立刻显得不那么重要了。

挡不住我的追问,冷挚解释道:"东区发现了一堆尸块。"

"尸块……你还管凶杀案？"

冷挚白了我一眼，"凶手应该是没来得及把尸体全部溶解就被人发现。为了确定死者身份，法医做了基因比对。"他顿了顿，"和警方已知的基因库比对，死者应该在两个月前就在西区死过一次，死因同样离奇，还未破案。警察来找我验证，世界上是否存在具有同样 DNA 的人。"

哺乳动物的个体之间不存在相同的 DNA，哪怕是孪生子都无法办到。我有一种不太好的预感，总觉得事情不简单。

"冷挚，你还是不要深究了，那是警察的事。"

冷挚没采纳我的建议，他对这件事有恐怖的钻研态度。后来我们又聊过几次，案件没有进展，倒是另一边的言韶，先提出了不满。

"不要和冷挚走得那么近，"言韶很少对我提要求，他说完马上就露出了抱歉的神情，"我的意思是，你和冷挚在一起，我会感到恐慌。"

"为什么？"

"因为，他……他比我年轻。"

我从没问过言韶的年龄，他看上去的确比我们年长。

"我当冷挚是同事。"

"你也可以当我是同事。"

"你会跑电泳会洗试管吗？"

言韶摇了摇头："我会写诗。"

对话在我的狂笑中尴尬结束，可是言韶的生活竟然在我的实验室里有模有样地开始了。他就真的赖在我这边，刷起了试管。

"言先生就没有其他工作吗？"我就纳闷了。

"不重要，"言韶说，"我家的积蓄很多。"

这倒是看得出来的。

丽娜见终于有人帮我，就请辞回家待产。而我也真的长久地没见过冷挚，他总不在研究所，东奔西跑不知在忙碌什么，或许还在追查凶杀案。

在我的身边的人，突然就只剩下言韶，刷试管的言韶，一起吃饭的言韶，我说的他都不懂但很认真听的言韶。

他像一只侵入蚁巢的甲虫，在抗住兵蚁的轮番撕咬后，逐渐沾染上了蚁巢的气味，变得难分你我。

四

几天后，我得到一次出外勤的机会，实在熬不住言韶的反复恳求，终于把他也带上了。

"要是下次能去海边就好了。"言韶得寸进尺，小声嘀咕。

我真是哭笑不得，他对和我去海边兜风有着惊人的执着。

"出来不是玩的，我的工作很无聊，你可以在帐篷里等着。"在抵达目的地后我告诉言韶，"我会在月亮升起时回来。"

因为那时，蚂蚁已全部入窝。

广袤的草原上，我找到一处隆起的新鲜泥土。在蚂蚁们频繁进出的通气孔中，我小心插下了用来捕捉蚁后的导管，趴在了地上，慢慢地、小心地往前探索。

蚂蚁是从恐龙时代就遍布全球的物种，至今已演化出了 15 000 多个品种，几乎存在于任何地方，是世界上抗自然灾害最强的物种。

抗灾的耐性源于它们独特的繁殖方式。

通常的蚁群都是由一只蚁后与多只雄蚁担负起传宗接代的工作。其他雌蚁均在蚁后的控制下，退化成没有性别的工蚁，终日劳作。然而，也有些庞大的蚁群，根本没有雄性的存在。

比如我眼前的 M 斯氏蚁。

M 的社群全部由雌性组成，蚁后直接产下未受精卵成长为工蚁，每一只工蚁所携带的 DNA 完全与蚁后相同，这是动物界非常罕见的"孤雌生殖"或称"无性繁殖"，用一种大家都觉得很科学的方法来说，就是克隆。

之前我和冷挚聊过蚂蚁的无性繁殖。他的意见是，无性繁殖并不适合动物种群，克隆阻止了基因重组的可能，也破坏了引发进化的突变。长此以往，无性繁殖的种群必然灭绝。

但冷挚无法推测出准确的灭亡时间，相信这次的野生采集，能令他更精确地得出结论，如果他能暂时放下研究尸块的话。

我终于颤颤巍巍地抓获了蚁后。比起工蚁，它大得惊人，我小心将它安置在收养管内，一抬头，草原已被繁星笼罩。

可能是没吃晚饭的关系，站起的瞬间，我晕眩地几乎要倒下。我抱紧收养管，准备接受疼痛。可此刻，后背却落入了一个温暖的胸膛。

我转过头看了眼言韶，惊讶道："你怎么来了？我不是叫你待在帐篷里吗。"毕竟没几个男人会忍受得了在野外的星空之下，陪女伴挖土。

"你还是喜欢研究这些，一点没变。"

有时候，我觉得言韶语气太多熟稔，我们才认识三个月，却感觉他认识了我很久很久。

他试探着，从背后轻轻地抱住了我。或许是累了，或许是习惯他总出现在身边，我并没有反抗。

"我每天醒来，都以为自己又在做梦。"言韶的气息在我的耳边吹拂，卷起了一阵温热的风，"只有现在，我能触碰到你，听到你说话，看到你的眼，我才能确定，我真正地找到你了。对不起，之前我的表现就像是个变态，但你一定不知道，我找了你多久。"

我慢慢转过身来，不解地望着他："我们究竟认识了多久？为什么我对你完全没有印象。"

"或许是一辈子吧。"

他笑，带着点悲切，满天的星光仿佛都落在了他明亮的眼中。

另一边人的浪漫主义思想，始终是我无法理解的。

投身事业总会有成果回报，放飞自我则能获得心灵的满足。而执着于感情，执着于某人，则可能遍体鳞伤，失败告终。

这是明知的结果，另一边的人却比我们更加坚定地，更加勇敢地沉迷于此，义无反顾。

"我没有你想象得那么好，言韶。"我内疚地坦言，"我或许永远无法回应你的需求，或许……"

他修长的食指点在了我的唇上。

"你不用回应的,只要不躲开我就够了。这次,我会一直在你的身边。无论多少年,无论多么远。"

我又发抖了,他以为我冷,将我拥得更紧。可我知道,浑身的战栗是丢盔卸甲的前兆。

当他低头吻我的时候,我没有躲开。

五

这次两人的旅行加深了我们的关系。然而,就在我犹豫是否要更进一步时,言韶却突然消失了。

什么"一直陪在你的身边",真是宁可相信世界有鬼,也不能相信男人的嘴。想想之前的荒唐事,我绝不能只当是"被狗咬了",一笑而过。

"状态不好?"冷挚明知故问。

本以为他会继续挖苦我莫名其妙的失恋,可是他没有。我猜,或许是在外面见过世面了,他的心胸也变得宽阔。

"你的碎尸孪生子怎么样了?"我换了话题扔给他。

"我查到了一件事。"冷挚打开手机给我放了一段视频。

视频上那辆红色轿跑相当拉风,而驾驶座上的正是我不见多日的前男友。随后,有人上了他的车。

那个人的脸我在哪里见过。哦,是冷挚在调查的孪生子中的一人。死去的两人各方面都是一样的,从视频上很难判断到底是哪一个。

"给我看这个是什么意思？"我警惕地问道。

"这段路面监控视频在我通过加密服务器下载后几秒，就被全网删除，有人不想被人知道言韶与案件的关联。"

"有什么关联，或许言韶只是专车司机？"

"我现在没有心情开玩笑！"

"好啦。"我瘪了瘪嘴，尽可能地揣度冷挚的善意，"所以，你想告诉我，言韶是卷入了某件事件中，并不是对我厌倦了抛弃了我？"

"不是猜测。我们的人跟踪了言韶，他虽然与碎尸案无关，碰巧也被发现了一些事……"冷挚定定地看着我，欲言又止。

他很少有这样的表情，出口伤人已经是习惯，但此刻他却像是在顾忌我的感受。

"你们不再见面或许是件好事。"冷挚继续说道，"而且，并没有案例显示另一边的人可以与我们保持长期关系，最近……"

话音未落，研究院主任便从门口踱步而来。

主任和冷挚一样，用一种欲言又止的目光看了我很久，终于从文件夹里拿出一份材料递过来。

"你被辞退了。"上了年纪的主任说道。

"为什么！"我跳起来，"为什么要解雇我，我做错了什么，还是我不够优秀？"

"你很优秀，也没有做错任何事，但是你知道研究院并不缺优秀的人。"主任叹了口气，"其实是董事会的意思，我也不知道为何他们会突然关心一个研究员，这是你的辞退材料，希望你能理解。"

当然不能理解，我还想争辩什么，冷挚已冷静地将我拉开，像是早就知道了事情的结果。

"主任您放心，我会看着她离开的。"

"能让我把蚂蚁搬走吗？"我小声坚持了下，"我繁育了它们十几代，很有感情。"

"有感情？"冷挚耻笑，"你要是在印钞厂工作，被辞退的时候，因为对钱有感情，会要求带走流水线上的现金吗？"

这个人总是嘴上说着无情的话，又回头帮我一把。在主任安心地离开后，冷挚帮我打包，并把我载回了家。

很显然，他还有话对我说。可我没心情了，有什么比失恋之后又失业更悲惨的事？

"不是你的问题。"他眼色平静根本没有一点安慰的表情，"言家是风暴科技的董事，言韶的家长不同意你们来往。这就是我刚才想告诉你的，没想到他们动手那么快。"

一瞬间，我什么都明白了。

我和冷挚都隶属风暴科技公司的"明日计划"项目组。项目的宗旨是提升人口数量，优化遗传特性。

作为员工，我们这边的人再好用不过，个个吃苦耐劳心无旁骛。但如果是言韶的女友，那我的不婚不生主义就十恶不赦。另一边的人的人生绩效是以孩子的数量衡量的。

"你想和言韶结婚，生下他的孩子吗？"

"当然不想。"我莫名地看向冷挚，"为什么这么问？"

"没什么，我只是确认下，你现在是哪一边的？"他似乎是想到了什么，有趣地看着我，"你应该读过罗密欧和朱丽叶的故事。"

"为爱情，14岁叛离家族私奔，最后双双死在神坛下。"我当然读过，"你说，我们14岁的时候在做什么？"

"攻读提前批入取的哈佛生物系预科。"冷挚回答，"我们是同学。"

正如冷挚所言，我们这边的人活得都非常卖力，永不停下追求事业的脚步，总在你追我赶。

因此待业在家的第二天，我就像失去蚁后信息素指挥的工蚁那般，没有了头绪。

窗外偶有孩童嬉戏的声音，还有拿石子打我家窗玻璃的，那是另一边人们的孩子。他们花了大量的精力和时间用在建立稳定的关系及照顾幼儿上，政府也给了相当的回报。我曾一度觉得那是浪费时间。

如今看来，并不全是浪费。

至少他们不会像我这样，除了工作，一整天都无所事事。当他们老了，死了，还能被人纪念，我环顾自己被工具书和蚂蚁试管塞满的房间，竟觉得寂寞。

这些东西，在我死后，一样都不会留下。

我想，我该出去走走了，一直想去海边却从未成行。因为那里没有蚂蚁，没有可以作为远行的借口。

"咚咚"，窗子被小石子敲击越加明显，我装出生气的样子，准备把那些小孩臭骂一顿,一开窗却吓了一跳。

"我又找到你了,亲爱的。"言韶费力地趴在窗边。

秋天干燥的风将他的碎发吹起,露出俊脸上深浅不一的伤痕以及额角干涸的血迹。

他笑得如此欢愉,仿佛宝物失而复得。

六

对于身上出现的各种伤痕,言韶的解释是他遇到了车祸,新买的轿跑毁于一旦。他并不知道我和冷挚发现的事,只说和家人发生了冲突,已叛出家族。

"是为了我吗?"我明知故问。

言韶尽量装作若无其事,闪避的眼神还是出卖了他。

我的心情很复杂,有些事必须说清楚:"我没那么爱你,也不会和你结婚生子,现在还来得及后悔的,我没什么可以回报你。"

"为什么非得有回报呢?"言韶激动地站了起来,扯裂了伤处也浑然不觉,"爱是没有理由也无须回报的。比如同性恋人,你觉得他们是为了生育的目的在一起的吗?"

真是石破天惊的金句啊,不过我最讨厌有人和我辩论了:"同性恋爱是因为基因出了问题,他们的基因错乱了!"

"那你就当我的也错乱了好了。"

言韶的腹部渗出了血,但他不愿去医院,我经过简单包扎伤口仍深可见骨。此刻他无心顾及，涨红了眼，急切地想向我证明自己的爱。

明明他已经背叛了整个世界，为我而来了。

我浑身发抖，身体里仿佛有一股被尘封的感觉渐渐复苏。我疑惑地轻轻抚上他的脸，用力擦去从男人眼里滚落的泪，那热度几乎烫伤了我的手指。

突然间，我觉得什么都不重要了。我踮起脚，在言韶的诧异中，献上了双唇。

这个亲吻，像是偷来的，我从来没有觉得心跳得那么快。

之后，我们很快就搬离了我的公寓，我是担心言家的人不会这么轻易放弃言韶，当然我也不会。

为了让言韶的身体尽快恢复，我们连续一个月东躲西藏，像是一对欢乐的亡命鸳鸯。

在言韶终于可以重新跑动之后，他再一次提议去往海边，说好几年前就在那里安置了住处。

这倒与我原本的打算不谋而合。出发之前，我告诉言韶，我必须去与朋友告别。

"好吧，我等你。"言韶拉着我的手，真挚地望着我，"这一次，你一定要兑现诺言。"

"我以前答应过你什么？"

他苦笑了一下："没有。"

说实话，我从没想过有一天会离开实验室，离开冷挚的冷嘲热讽。当冷挚真的坐在我面前，我竟有了不舍的感情。与他告别，就像是在告别我的过去。

"准备找新工作了？"冷挚从包里翻出几张名片随意地丢在桌上，像是丢掉小广告那样，"我有些认识的学者在找合作伙伴，虽然条件不如明日计划，贵在环境不错，挺适合你。"说着他从手提箱中又拿出了一件物品——是我的蚂蚁巢穴。数不清的火红蚁被小心安放在转移箱中，稍显拥挤。

"我偷了你那儿最值钱的品种，怎么样，很靠谱儿吧？"

冷挚摆出一副"快对我感恩戴德"的表情，挑眉看着我，他以为自己送来了我最重要的东西。

可我只是平静地告诉他："我们打算离开这里了，这里对他来说不安全，而且……"

"我们？"冷挚抽动嘴角，洋洋得意之态瞬间全无，并很快意识到我在说谁，"你是怎么找到言韶的？"

"准确地说，是言韶找到了我。"

不远处有一桌小情侣，女的一把将冰水泼向了男人的脸，男人愤怒地争论，两人争吵不休。他们是另一边的人，只有另一边的人才会为了"我爱你你不爱我"的小事闹得不可开交。再看临边的那桌，那位独自喝着咖啡的金融精英，在冰水飞溅过来之前已经挪开了很大一个空位，脸上写满了嫌弃。

嫌弃，是的。

我们这边的虽然足够理智，也尊重个人选择，但对于另一边的人的生活态度，其实是打心底里嫌弃的。

我很担心冷挚会拿那样的眼神看我。然而，他看都没再看我。

"也好，既然决定了，就赶快走吧。"说完，冷挚面无表情地起身，准备离开。

"等一下冷挚！"我拉住他，"我要离开了，所以你别去掺和什么碎尸案，你受伤我也没办法赶回来照顾你，万一，我是说万一，你因此殒命，我会伤心的。"

这才是我一定要来见冷挚的原因，我很担心他继续追查孪生子会遇到危险。我始终有一种感觉，那不是我们应该触碰的事。

冷挚皱着眉，甩开了我，浑身散发着压抑的怒气。

"我的事，不需要你管！"他吼得很大声，嘈杂的咖啡厅因此凝固，就连吵架的小情侣都安静了下来。

七

我们两个可以说是不欢而散。见完冷挚之后，我的眼皮狂跳，令我不禁担心，他会做出什么难以弥补的事。

可是我没想到的是，出现意外的并不是冷挚，而是说好在出租房等我的言韶。

远远地，我看到言韶被人拉扯出了公寓。

向来温雅的言韶如同被激怒的野兽，手脚并用地与人打斗。可他哪是那些黑西装的对手。

我来不及思考,抄起蚂蚁箱加入了恶战。

从天而降的红火蚁,不分你我地啃咬着那些人裸露的皮肤,被咬之处会立刻像火焰灼烧般痛起来。红火蚁是世界十大毒蚂蚁之一,此刻我很后悔没有好好科普冷挚。如果手上这箱是又贵又毒的马塔贝勒蚁,那么我早就不战而胜。

场面一度相当混乱,充斥着各种惨叫,在我乘人不备拍昏两人之后,终于也被人一把按倒在地。

吃了一口的灰尘,我愤怒地盯着他们胸口的黑色向日葵徽章,那是"风暴科技"的图腾,实验室里到处可见。

也就在同时,呼啸的警笛由远及近。

"没想到吧,我不仅会打架,还会报警!"

带头的人狠狠地甩了我一个巴掌,我眼冒金星,吐出了一口血水。

"别动她!"言韶厉声道,"和她无关,你们放开她,我答应所有条件。"

我猛地看向言韶。他的伤还没好透,这么一折腾到处都渗出了鲜血。

"言韶你要干什么!"我被束缚,帮不上任何的忙。

黑衣人递给言韶一根注射器,言韶最后看了我一眼,熟练地将蓝色的药物注入了自己的体内。

"言先生,你还有五分钟。"黑衣人放开了我。

在警察赶到之前,他们带着浑身的脓包,全数撤离。

我跌跌撞撞地跑向言韶，紧张地问道："你给自己注射了什么？"

"平静剂。"言韶伸手将我脸上的尘土轻轻拂去，解释道，"据说可以抑制人过剩的荷尔蒙，和治疗抑郁症的药物是相反的作用。我之前被打过多次，有些副作用，不过没太大关系。"

我想伸手扶他，却被他轻轻推开。

"我没事，过些日子等药效退了，我还会来找你。"他扬起一抹我相当熟悉的微笑，笑意不达眼底，"暂时就别靠近我了，我会变得有点……冷漠。"

但我没有让他走，反而死死地抱住他满是伤痕的躯体。

就算丢掉了研究院的工作和整箱的蚂蚁，我都没有任何"失去"的感觉，可现在我知道，只要让言韶离开我的视线，他就真的会消失不见。

"拜托，我真的得离开，我不想说出任何伤害我们关系的话。"

言韶眸中的光以可见的速度黯淡下去。他挣扎着，费劲地与我划清界限，又因药物产生的虚弱而逃脱不了。

"不行，你说好我们要去海边的，现在你还要去哪里？"

"我还能去哪里？我想去死。我不该寄希望于你的。"他脱口而出，也立刻意识到自己说了什么，捂住了嘴。

抑制剂开始发挥作用，言韶似乎想对我说"抱歉"，但他试了几次都吐不出音节。最终他看我的目光冷透，就像是第一次见面时，我眼中的冷漠。

就在这时，黑衣人已摆脱警察卷土重来，他们盯着言韶仿佛他是砧板上的肉。我一个人无法把言韶带走，他甚至不愿意我再拽着他的手。

我倔强地扯着他，直到视线模糊才意识到自己正在流泪。

眼看那些人就要将我们包围，一辆汽车忽然如利剑一般突出重围，黑色的车身咆哮着，无情碾压过挡路者，一个漂亮的甩尾，稳稳停在我们的面前。

冷挚降下车窗，瞥了我们一眼："上车！"

我不再犹豫，将几乎虚脱的言韶推入后排。在黑衣人们尚未来得及反应之时，冷挚已一脚油门扬长而去。

"谢谢你来救我们。"从后视镜里，我看了眼眉头紧皱的冷挚，等待着他的嘲讽，我和他才刚吵翻，但冷挚还是愿意来帮忙。

"你打算怎么做？"他没有对我疯子般举动有任何评论，"想过去哪里吗？"

"我不知道。"我握着言韶的手，他佝偻在后座，已昏睡过去。

"那就先去他说的海边小屋看看。既然言韶坚持那是他的安全屋，必定是对他、对你们都很重要的地方。"

冷挚在讨论关键问题时从不带个人感情，我喜欢他的一贯冷静，这能让我觉得，天底下没有任何事值得得大惊小怪。

我们在半夜时分抵达了海边，黑暗中的潮汐仿佛是一头野兽的呼吸，腥臭味源源不断从它吞天噬地的口中散发出来。

在点亮小屋的瞬间，我立刻明白了为何言韶一直想与我回到这里。

小屋布置得温馨安逸，麻布的桌布，田园式的家具，咖啡壶被擦得光亮，有人在这里生活了很久。在靠窗的照片墙上，挂着我与言韶的合影。

从照片上来看，我们应该从童年就相识。男孩的他和女孩的我，一路相伴，直到最后那张，我穿着婚纱手捧鲜花。

"你有没有想过，我们的定位。"冷挚伸手将照片从墙上拿下，铺在我的面前。

5岁的我，10岁的我，15岁的我，我已经淡忘的记忆全部都被印在了鲜亮的画面上。

冷挚看着我的眼睛，严肃说道："看清楚，这些真是你吗？"

八

照片上的不是我，明明是一样的外貌，但那不是我。

不知为何，我竟一点都不惊讶。很久之前，我就有过这个想法。言韶爱的不是我，而是和我长得很像的某个另一边的人。

既然已经出现了相同 DNA 的孪生子，那么我或许也是其中之一。只是与我相同的另一边的那位，已经死去了太久。

"你早就知道了？"我问冷挚。

冷挚靠着窗口抽烟，他很烦躁的时候通常都会这样。

"我有事要与他确认，你去把言韶弄醒。"

"你想问什么？"言韶倚靠在客厅门口。

言韶在我们说话时就已经醒了，浑身的冷汗打湿了衬衫。他努力避开我的视线，可能他知道，他此刻的眼神是冷的。

冷挚指了指我："她是克隆的，对吗？"接着他又指了指自己："我也是。"

我诧异地看向冷挚。

冷挚一哂，继续说道："不只我们，恐怕这个世界一半的人，都是为了保持社会稳定而制造出的克隆人，对吗言韶？"

言韶呆了呆，随后，点了点头。

就在之前，我和言韶过着甜蜜小日子的时候，冷挚和汪淼的调查已经深入到"明日计划"的中枢。

人类的大规模繁殖，曾给地球生态带来了灭顶之灾。人们时常提及的科幻片中地球毁灭的时刻，终于在百年前来临。

可是地球是不会毁灭的，毁灭的只有人类。

瘟疫、灾害、资源匮乏，甚至某人的一个响指，一次次修罗场的降临令人类人口大幅下降，世界各方政权努力维持着经济和社会的稳定。

因为一旦社会关系消失，作为个体的人类将难以生存。我们都知道人类的劣根性，灭绝人性的烧杀抢掠，将成为人类落幕前最后的场景。

为了不被我们的盖亚之母清盘，作为世界上最优秀的科技公司，风暴科技的主脑想出了一个在一个世代内繁衍出多个体，保持社会稳定的方法——克隆。

从 21 世纪末期，"明日计划"就已开始运作。克隆人的数量始终和人类维持在一半一半的水平。足够的人口使得社会功能得到了保障，使得经济市场正常运转。

同时，为了区分自然人与克隆人，为了严格控制人类的遗传基因不受干扰，风暴科技在进行克隆时，对每一个克隆体都进行了基因控制——他们拿掉了作为物种繁衍最重要的生殖渴望。

这么一来，克隆人便能心无旁骛地工作或是尽情地享受人生，无论是他们创造的社会效益，还是他们的消费带动的内需，都成了推动人类进步的中坚力量。而他们死后，什么都不会留下。

若不是出现了计划外的多个相同DNA克隆体，"明日计划"的本质根本不会被人发现。

"你要是知道严密的明日计划为什么会出纰漏，一定也会和我一样感到可笑。"冷挚瞥了一眼脸色惨白的言韶，"他干的，他为了某人擅自更改了明日计划的程序，引发了混乱。言家的公子真是痴情呢。"

之后，我听了冷挚的解释，并没有觉得可笑，只觉得伤心。

世界上一半人口，是大灭绝前保留下来的基因做成的克隆人，而我不是。

和我猜想的类似，我之前的那位被言韶深爱着，言韶利用"明日计划"的克隆手段，将意外死亡的那位的基因混入再造流水线上。

可惜的是，他并不知道我会在何处，何时，以何种方式降临。所以他在人海中找了我20年。

冷挚说到这里，突然笑了下："在明知道克隆人绝情的情况下，他依然勇敢地骚扰你，这一点我相当佩服。"

言韶平静地望着我，没有感情波动："对不起，我知道你不是她，但是我无法放弃希望。如果没有对你的念想，我早就和她一起死去了……或许我现在也来得及死。"说着，他熟练地从抽屉里拿出了手枪，就像曾经尝试过千百次。

我立刻跳了起来。

"言韶，听我说，你现在的状态不对，是过量的药物让你抑郁，你现在的想法不是真的。"我渐渐靠近他，直到能摸到他的手。

言韶微颤着，努力克制甩开我的冲动，他担心我在争夺手枪时伤到自己。直到现在，他爱意全无的现在，他都不忍心看到我受伤。

"我们必须走了，"冷挚一把抓起我的胳膊，"言韶是风暴科技重要之人的直系亲属，他们不会放弃寻找他，得把他留在这里。"

"不，我要和言韶一起，不然他会自杀的！"我喊道。

"不能带他，你见过他们对待我们的手段，想被切成尸块吗？"冷挚恐吓我。

就在我犹豫的片刻，言韶突然反握住了我的手。他的手心冰冷又潮湿，却让我轻易挣脱不了。

看得出，言韶很矛盾，很有可能自己都不清楚为何要抓着我不放。但他直觉地，不想与我离别。虚弱身体仅存的全部力量，都集中在了相握之处。

在拉扯间，我突然泛起一股恶心，赶紧甩开两人，跑到卫生间吐了起来，像是要把胃都吐出来。

冷挚冷淡地递给我纸巾。

"吃坏了？"

"不，我怀孕了。"我坦言，"前几天发现的，我原本打算等安顿下来再说的……"

九

冷挚瞪着我长久地发愣，直到烟灰掉落到裤腿烧出一个小窟窿。他赶紧灭了烟，将我从马桶边拉起来。

"怎么可能？"他有片刻的恍惚，最后撇开眼去，喃喃道，"我没想过这一点，是我考虑不周。"

摇摇晃晃扶墙过来的言韶，像是听到了什么惊天的消息，双目圆睁。

"你怀孕了？"

他还在抑制剂的控制之下，额头浮着薄汗，屡次伸手似乎想要拥抱我，又困惑地抬不起手来，以至于出现了一种滑稽的互搏状态。

冷挚看着言韶的挣扎和我的苦苦哀求，眼色逐渐暗沉。最后他闭了闭眼，仿佛是做出一个重要的决定。

"出去谈一下。"冷挚将言韶推了出去，顺手把盥洗室的门关上。

我很担心他会在外面直接把言韶干掉。可几分钟后，两个男人和平地又把盥洗室的门打开了。

"你去开车。"冷挚把车钥匙交给了言韶，又对我使了一个眼色，"你跟我过来。"

支开言韶后，冷挚很快打开随身的箱子，是一些我不曾见过的化学试剂。

他罕见地耐心向我解释："用这些我可以伪造一个自杀的爆炸现场，瞬间的高温高压会摧毁所有有机物的残留，只保存部分我想让他们检验出的DNA，言韶的DNA。如果言韶被确认死亡，就没人会追着你们，也不会有人发现你怀了他的……孩子。"

冷挚低头瞧着我平坦的小腹，整个人看上去竟有些寂落。

"你现在需要做什么，我能帮什么忙吗？"我小声问。

他颤了一下，重新抬头看我。

"我需要你认真听完我下面的话。"冷挚顿了顿，"汪淼博士有个论点，他说再优秀的人如果不留下子嗣，那他的基因也是缺憾的，存在必然被淘汰的特性。因此我们以不恋爱、不结婚、不生子来标榜自由人生的态度，实则是被明日计划操控了。我们的人生为社会所用，又不会留下痕迹，这就像……"

"就像工蚁。"我恍悟。

工蚁的诞生只为了社群，与其说它是一个单独的个体，不如说是社会中的一个无名的零件。为了保持群体的稳定，为了有足够的劳动力，工蚁被量产，被信息素控制，忙碌一辈子，至死什么都留不下。

它们只是工具,没有繁衍后代的权利。

"我们不想恋爱的原因,不想结婚生子的原因……竟然是因为我们不配?"我难以置信地摸向小腹:"那我呢,为什么我会怀孕?"

"从理论上说,我们与人类是两个物种。人类是演化而来,我们则是被制造出来。但你知道的,每一种生物都是以种族繁衍为目的,即便先天基因缺失,只要条件允许,只要进化到某个程度,部分个体就会觉醒,会相爱,会产下延续种群的新生命。"冷挚抬手将我垂落的头发抚到耳后,眼中饱含我不能理解的情愫,"我不知道明日计划将如何处置像你这样的,我不能冒险。汪教授在东方建立了我们的基地,带着言韶一起去吧。"

"冷挚,那你怎么办?"

"你们出发后,我会开另外一辆车离开。"冷挚收敛了所有外露的情绪,将一封信塞入我的手中,是他刚在匆忙中写完的,"按照信中坐标去找汪教授,他看了信必然知道如何帮助你们。别管我了。"

和冷挚预测的一样,风暴科技果然不会放弃言韶。夜色中一盏盏的车灯,就像幽暗中的野兽,从远处朝我们咆哮而来。

我们必须出发了,却迟迟不见冷挚从房子里出来。

言韶发动了汽车,隆隆的引擎声令我惊慌地抓住了他的手臂:"再等一下,我还没看到冷挚出来。"

言韶没有说话,药物作用下他所表露出来的冷淡和坚持,与冷挚有几分相似。他丝毫不顾我的阻拦,踩下了油门。

我只能眼睁睁看着小屋与追兵离我们原来越远,强烈的不安笼罩着我，我或许根本不该答应分开走的计划。

"停车！言韶，停车！"我对他又踢又打，言韶带着浑身的伤痛，冒着虚汗，却没有半点迟疑，他甚至把马力开到了最大。

直到开到足够远，言韶才分神将我的手按下，冷静地说道："这是我和冷挚商量后的结果，他知道自己在做什么。"

巨大的爆炸声从后方传来，火光照亮了整个沙滩。小屋像是炸开的礼花，炫目的光芒直冲云际，又如流星般，迅速陨落漆黑的海面。

明灭的光线扑打在言韶严肃的面容上，他似乎是笑了笑，缓缓说道："冷挚刚才说我等了你 20 年，找了你 20 年。他没那么伟大，也没有那么久的耐心，但至少……此刻，他能为你而死。"

高温高压的确能摧毁所有的有机物，先进的技术的确能伪造仅剩的 DNA，但冷挚的撤退计划中，始终需要一具焦黑的残骸。

"看一下他给你的信，我需要坐标。"言韶清冷的声音在耳边响起。

我颤抖着，机械地打开了那封早就被泪水浸透的纸张。上面的字迹满到要溢出纸面，书写人似乎恨不得将一辈子要说的话，都写在上面。

我看不懂任何一个字母组合，不理解任何一段话，却能清晰地看到最后一句。

他说：你已经长出了翅膀，飞走吧，不要回头。

十

很多年后,我在汪博士的 W 基地给孩子们讲这段故事的时候,言韶还是会不太高兴地打断我。他越来越无理取闹了,竟说冷挚心机重,以那样的方式,永远留在了我的心里,让他无从超越。

但我也会告诉他,就算他没来找我,我和冷挚也是不可能的。冷挚比我聪明太多,他或许早就觉醒,而我只是被动接受。

不信的话,你大可以回忆一下整个故事,你知道我的名字吗?

工蚁们是不配有名字的,所以它可能是任何人——可能是昨天加班太晚今天不愿出门相亲的你,也可能是宁可打游戏到天明也懒得和异性聊一秒的我。

明日计划早就开始了,我想,这大约就是我们无法恋爱的理由。

分手信

文 \ 铁与锈

一

凯文·哈特胸口传来一丝凉意,他低头望去,佐伊精致的面容便映入眼帘。月光下,女孩的脸蒙上了一层朦胧光晕,长长卷曲的睫毛微微颤动,顺着她嘴角淌下的口水流到了凯文胸膛上。他轻摇头,伸手拨弄女孩汗湿的发丝,露出她圆润光洁的额头——回想月夜下热情似火的女孩,那炽热的爱火,让他的身心为之消融沉醉。他深陷于这鲜活的躯体与旺盛生命力组成的漩涡,难以自拔,两人耳鬓厮磨,相拥缠绵,直至凌晨四点。不久前,佐伊才枕着他胸口睡去。

凯文难以入眠,此刻的宁静让他心生不安,一种莫名而又强烈的感情需求袭上心头，他突然渴望着与某人成立家庭，无须什么物质上的享乐，只求能安稳平淡地度此余生——特别是与眼前这名可爱的女孩。

想要安定的念头让他害怕，在他的记忆里，这还是他成年以来的第一次。

"不，不对。"这样地追寻并不是一时情感冲动，抑或原始本能的自我唤醒，更不是欢好后脑内分泌物的代谢反应。在那个被他遗忘抛弃的过去，在24年前，在伯特利教会孤儿院里有一名叫凯文·哈特的六岁孩童，也曾在无数个这样的夜晚，跪在自己小床边不停祈求过。他轻摇头，平复心绪，现在不是儿女情长的时候，在他回来后，或许还有机会与佐伊再续前缘，如果他能回来的话，如果。

凯文的心猛地抽动了一下，让他隐隐生疼。若可以，他愿就这样与佐伊紧紧相依着，哪怕四海干涸，大地在他们眼前崩塌，群星陨落，直至时间终结。但是，他不能，还有更远大的目标等待着他去完成。他长吸一口气，小心抽出发麻的手臂，将依偎在怀中的枕边人慢慢移开，生怕惊醒她。佐伊并未醒来，只是抓紧床单，蜷曲身体，低声呢喃了一句梦语。凯文轻身下床，月光洒进来照亮了书桌，他寻到纸笔留下了只言片语：

谢谢你给予我这完美的7天，我将永远记得。

——K

二

宇航员更衣室内,桑尼·费迪南多从身后一把摁住凯文,将他的头夹在腋下,伸手弄乱他的头发。"我说,万人迷先生!"他在空气中夸张地猛嗅几下,用狐疑的眼光打量凯文,"我闻到了一股味道,瞧你一副春风满面模样"

一辆四驱牵引小车停了下来,从车上跳下来四名航天中心工作人员,提着大大小小的箱子鱼贯进入更衣室。箱子里面是两套升空服,见到两人,他们向凯文与桑尼各敬一礼后说:"哈特上校,费迪南多上校,时间到了。"

桑尼停止了闹腾,与凯文一起在工作人员的协同下换上了各自的升空服。他望向更衣室南侧洁白的墙壁,上面有一面设计风格简洁的挂钟,时间嘀嘀嗒嗒行进着,最后的时刻终于到来了,而玻璃幕墙后那通换人的电话铃声并未响起。他收起了脸上常驻的笑容,向凯文伸出手,语气诚恳道:"我羡慕你,伙计!你做到了我做不到的事。"

"谢谢!该羡慕的人是我——"凯文向桑尼靠近,握向对方的手。

桑尼突然抽回手,一拳击在凯文肩头,眼中流露出复杂的神情,他怪叫着:"一定要给我活着回来。混蛋!"

"我会活着回来的。"凯文揉揉胳膊,他转向周围工作人员,"伙计们,给我们点时间,我有话对费迪南多上校说。"

工作人员们面面相觑,一名年长的男人犹豫着,不过当他的目光与凯文·哈特坚定的眼神相汇时,他闭了嘴,工作人员们随他退出了更衣室。

凯文面向桑尼，两人像兄弟般各自抓紧对方的胳膊，他继续说："该羡慕的人是我，桑尼，替我向辛迪告别，少去拈花惹草了，她是个好姑娘。"桑尼眼睛湿润了，他默默点点头，抓住凯文胳膊的手握得更紧了。凯文松开他，转回身，从自己的更衣柜里取出一封信，"有件事，我想请你帮忙，如果我回不来的话——"他将信交给桑尼说，"请你帮我把这封信寄出去。"

"为什么是我？"桑尼迟疑着。

凯文直盯着对方的眼睛，然后突然啐了口："去去去！咱们别搞得这么凄凄惨惨，说得我好像必死无疑似的。"

桑尼也笑了起来，他接过信封："里面写了什么？"

凯文并未回答，他没有告诉桑尼这是一封分手信，他说："你也知道我没啥朋友……"

话语的分量让空气变得沉重。

"我明白。"桑尼颔首。

凯文上了车，工作人员发动了引擎向着 39A 发射台驶去。依稀中，凯文听到了桑尼还在身后喊着什么，于是他抬起手，也未曾回头，挥手告别。

凯文明白，真实的桑尼并不是他所表现出的那副模样，而中心之所以选中他而非桑尼，不光是他在专业技能上优于桑尼，恐怕更多的是他无牵无挂、孑然一身的关系。

三

两名登机员陪同凯文进入发射井电梯。电梯"哐"的一声启动,将三人提升至载人平台,他们穿过悬梯来到飞船入口。登机员协助凯文进入舱内,并向他做了个询问的手势,凯文竖起大拇指,表示一切正常,于是登机员闭锁了舱门,原路返回。伴随着巨响与震动,探索9号带着凯文与物资升空了,飞船与助推火箭脱离后经过数次变轨,终于靠近了开拓者空间站。

凯文接通了频道:"休斯顿,这里是探索9号,请求进入对接程序。"

"批准通过,探索9号。"

凯文向地面指挥中心报告着进度:

对接程序启动……

修正切入角度……

自动补偿系统运行正常……

气闭门的柱杆插入了锁鞘,舱门被缓缓打开,凯文轻踏甲板,借力钻入了狭小的对接通道。迎面漂来开拓者空间实验室的常驻宇航员杰米·安德森,他热情地欢迎凯文的到来,两人的手在空中握在了一起。

"哈特上校,等候你多时了,一切安好?"

"很顺利,安德森指挥官。"

"不必客气,你可以叫我杰米。"安德森让出通道向后退去,他说,"随我来,大伙为你开了个欢迎会。"

凯文跟着安德森进入了空间站,经过数个狭窄的功能舱,来到了实验室中段的生活舱。刚跨过密封门,顿时豁然开朗,安德森转回头说:"不错吧,这里比起你来时的飞船可是五星级的享受。"

"真不赖。"凯文回答。话音刚落,另外三名宇航员向他围拢过来,有男有女,其中一位怀抱尤克里里,弹奏着旋律轻快的夏威夷音乐,一名皮肤黝黑的宇航员手拿纸箱糊的手鼓合着拍子唱歌,唯一的女性把用蛇形胶管自制的"花环"挂到了凯文的脖子上。在一阵嬉闹后,安德森指挥官凑过来,眼中放着光,他对凯文说:"好了,你一定想近距离看看那东西吧!"

凯文点点头,他舔舔嘴唇,热切地说:"荣幸之至!"

两人来到观测窗口,凯文顺着安德森所指的方向望去,在舱外40码外,天琴座底,有数个巨大的条形物体组成环状,圈住真空中某个物体缓慢自转着。那东西温润如玉,与黑色的星空融为一体,星光透过那物体射过来,像是在眼前加了块透镜,光线奇异地扭曲着。

虽然在观看了数千小时影音视频与相关的研究资料后,凯文已有了心理准备,但当他真的来到太空看到它时,还是不由惊叹。

四

准备工作进行了 48 小时。探索 9 号在补充完物资后与空间站脱离,自行返回了地球。众船员与凯文一起,将探索 9 号携带的工

167

作坞站调试完毕，再由机械臂擒住放置在空间站外，由一根安全缆绳系住。安德森帮着凯文穿好特制的舱外宇航服，对凯文说："记住了，一切电子通信在你穿越的第 6 秒后都会失效，不过你放心，生命保障系统都是特制的，从你的头盔里可以看到机械压力计，宇航服可以承受已知的任何环境，你可以信赖它。"

"我明白，我曾穿着它在水下进行了超过 300 小时的模拟训练。"

安德森满意地点点头，他说："进去之后一切都得靠你自己了，我们在这里帮不上任何忙，头脑一定要清醒，不管发生什么，都要保持镇定。"安德森从安置架上取下头盔，为凯文戴上，扣上头盔锁环，双手扶着他的头盔让凯文面向自己，"我们对那里面所知甚少，万不可大意。相信我，即便我们为你准备再多的预案，实际的情形都会打得你捉襟见肘、措手不及，一切都得随机应变，明白吗？"

凯文向安德森抬手敬礼，由于身上套着厚重的舱外服，显得有些笨拙："放心吧指挥官，我才不会像潘和尤金那般没用，我会完成任务的。"

"很好，你的任务只有一个，就是活着出来，把工作都交给那些自动装置吧。当然，如果碰到三根手指的 ET，记得替我问好，希望它们不会生吞活剥了你。"安德森哈哈大笑。

密封舱盖打开了，凯文晃荡着漂出舱外，密封门随即关闭，他开始向停靠着的工作坞站飞去，并慢慢调整姿势退进工作坞站，自动螺栓将他与坞站连为一体。"开拓者，我已经进入坞站，等候指令……"

工作坞站的安全绳扣脱钩，凯文轻推操作杆，和模拟训练中的情况一样，工作坞站开始向 40 码外的环状体飞去。当凯文靠得足够近时，他发现那片奇异扭曲的空间——尽管肉眼看不见，但他仍能感觉到它的存在——不仅因为星光被那东西的边缘所偏转，似乎那东西还在缓慢的旋转着，星星划过其边缘时被短暂地拉扯成线状。

频道中传来安德森指挥官的指令："探索先锋，十秒后超导轨道器将打开，打开窗口只能维持 30 秒，你只有一次机会通过，通话完毕。"

"收到，探索先锋随时待命。"

轨道器开始悄无声息地加速旋转，透过舷窗，安德森看见那些扭曲的星光开始向中心汇聚，光影越来越大，越来越亮，最终扩撑到足以让凯文和工作坞站通过的大小。各项数值在急剧升高，轨道器坚持不了多久了，安德森的心提到了嗓子眼，不过强大的心理素质还是让他用平缓镇定的语气通话道："探索先锋，通道在 15 秒后关闭。"

凯文并未回答，他僵在原地几秒，然后义无反顾的一头钻进那光圈中。轨道器停止了旋转，那道由光线组成的通道也随之消失，恢复了平静。安德森长舒一口气，他摸着胸口的十字架，抬头望向插在仪表盘上的一张照片，那是两只来自刚果雨林名为潘和尤金的幼年倭黑猩猩，是第一批进入通道的智能生物。他心怀敬畏轻声祷告："愿上帝保佑你，愿上帝保佑我们……"

五

上帝说，要有光。

可这里没有光，什么都没有，一片虚无。

起初，当凯文进入通道的瞬间，万千光线包围着他，他感觉仿佛有一股强力载着他快速前进，头盔记录仪将这奇异的光景显示在面罩内的软性屏上，光线映在他的眼中，在他脸上不断翻转。他的瞳孔收缩，双手不自觉地握成拳状，这里所有的一切他都看不够。只是，刹那间，那股力道消失了，巨大的冲力让凯文的脸挤到了面罩上，撞破了他的嘴唇，腹中一阵翻江倒海，他眼前一黑，跌入了一片黑暗当中。

真正的黑暗。

几秒钟后，凯文转醒，他摸索着按下坞站上的探射灯开关，灯光亮了起来，但光线似乎无力穿透眼前的这片黑暗，仅仅照亮了他身前一小片区域后便消散了，像是周围有什么东西将其吸收了一样。他关闭探射灯，闭眼恢复他的黑暗视觉。当凯文再度睁眼时，黑暗仍旧笼罩着他，在这片空间——如果这里可以称为空间的话——没有哪怕一丝的星光，没有高能粒子云，没有能量风暴，没有引力异常，也没有坍塌后的星体或是充满负能量的奇异物质。这座"罗森桥"也不是"桥"，它不通往任何地方，地面上那些科学家的推测全都出错了。凯文控制着坞站向一侧转动，但由于陀螺仪可能因为之前冲撞所致，已经失效了，他找不到任何参照物，也不知道究竟转了多少度,唯一可以确定的是周围的环境都是相同的。

凯文开始口述他之所见,直至无话可说,百无聊赖下他开始呼叫,但耳中除了无线通信的噪声外,未得到任何反馈。尝试了几次后,凯文停止了这种无谓的行为。他告诉自己不管情况如何,一切都按既定的行动计划执行,这样的操作他在地面模拟中已经进行了无数遍。于是,他开始检查起线路,两套系统均在工作中,众多的传感器正在收集各方面的数据,机械的生命保障系统也与电子仪表上的数值吻合。尽管此刻他孤身一人,断绝了与世界的联系,但每完成一项检查他还是会习惯性地报告项目进度。

凯文注意到从他进入到现在,仅仅过去了十五分钟。他惊讶时间竟过得如此之慢,在他的感觉中,时光仿佛已经逝去了几个小时。其实并不需要他特意做什么,一切都是按程序自动运行,除非有什么特殊项目或是突发事件需要他人工介入。这点让他略感失望,在他的想象中,这应该是一次充满了刺激与惊险的奇特冒险,但现在的情形却是波澜不惊,甚至可以用空洞乏味来形容。下一次通道窗口的打开时间是在23小时45分钟以后,按目前的状况看,他除了等待,再也无事可做。

或许是凯文的抱怨得到了某种回应,他发现探照灯的光柱变暗了,头盔内的柔性屏幕受到了某种干扰,频闪不断,数个报警装置也发出了警报。紧接着,一阵奇寒突然从他的右腹部传遍全身,冰冷彻骨,令他的牙关不自觉地打战。增压服的简图跳了出来,占满了整个屏幕,在其右腹部一个红色区域被标注了出来,这表示凯文宇航服的密闭性遭受了破坏，氧气正在向外泄漏。惊骇之下，凯文连忙检查压力计，代表氧气存量的数值已经降到了临界点，若不阻止情况进一步恶化，他很快便会变成一具冻裂的尸骸。

凯文骂了一句，自己马虎如此，竟然没有注意到泄漏发生。没有时间让他懊悔了，必须立刻行动起来。长年的严格训练使凯文的身体产生了一种本能，几乎是一瞬间——压力服紧急修补程序EGR、压力服检查协议PST27的各项条款与安德森坚毅的面容一同闪入他的脑海。

没错，无须惊慌，这些设备都是人类智慧的结晶，我尽可以信赖它们。

六

压力服紧急修补程序EGR是宇航员的噩梦，是每个菜鸟宇航员舱外行走前都需要掌握的技能之一。凯文至今还记得那个无法通过的模拟训练，在他窒息后最终失败，导致昏迷。航天局的意见是，一旦你体验过濒死的感觉，当死亡真正临近时，或许你还有百分之一自救的可能。凯文曾在心底咒骂过那些缺乏人性的教官，但他明白航天局的做法是正确的。新一代的宇航服是人类科技的结晶，总共由21层不同材料组成，在其密闭限制层中添加了一种特殊的记忆合金纤维，这层编织物有着极强的延展性，还具有一定的自我修复能力，现在氧气存量降到了临界值，说明泄漏已经持续了一段时间，而自我修复层已经失去了作用。

宇航服内变得更冷了，一些漂浮的冰晶从面罩前滑过，凯文明白那是从冷却通风层泄漏的循环水。他的动作一定要快，否则即便泄漏止住了，自己也会因为热交换系统缺少循环水停摆而被冻死。凯文从腰部取下一只压力喷罐，里面装着应付这类情况的修补剂，这种泡沫状的修补剂随同罐内氧气一旦喷出，便会发生反应，迅速膨大覆盖泄漏点，阻止进一步泄漏。但现在却有个十分棘手的问题，这种喷剂是为多人协作设计的，假如你独身一人，泄漏点又发生在后背等你够不着的地方，再多的修补剂也是徒劳。

很不幸，凯文便是这种情况。由于执行此次任务的宇航服是特制的，过于庞大笨拙，腰部位置被隆起的胸部组件挡住了，他现在只能凭借着感觉去处理泄漏事故。只是，紧急修补剂的容量有限，只此一罐。为了万无一失，凯文使用十分谨慎，喷涂三秒便停下来，观察氧气存量是否还在下降。如此循环往复，眼见着压力下降的趋势被止缓了，开始缓慢地攀升。

找到了，就是这里！凯文松了口气，他回忆着刚才的手臂动作，开始在那个位置持续的喷涂修补剂，这时他才发觉内衣已经被汗湿透了。而就在这个时候，工作坞站上的探射灯突然熄灭了，"砰"的一个声音传入凯文耳内，紧接着，他听到了某种类似鸽子在扑腾翅膀的声音，在他周围上下左右乱窜，其中还夹杂着滴水声。一丝异样的感觉从他心底升起，他莫名地感到，某种不知名的东西正在凝聚成形——化作一只吞噬光线的怪兽在他身边游走，伺机扑向他，欲将他撕成粉碎。

死亡并不可怕，可怕的是他现在所处的虚无。

宇航服内的压力还在临界值附近徘徊，由于失压时限超过了阈值，坞站中储存的超氧化物开始反应，紧急释放出大量氧气以弥补压力失衡，而过高的氧含量对宇航员是有害的。凯文并没有意识到这一点，此刻，他的注意力已经被占据，他无从感知时间的流逝，眼不视物，听觉变得前所未有的敏锐，心跳声轰击着他的耳膜，宇航服内像是钻进了只小老鼠，窸窸窣窣响个不停。还有那只"怪兽"，频频从他身边掠过，让他后颈一阵阵发凉，那若即若离的滴水声则让他联想到森然利齿与垂涎的唾液。

理智告诉凯文，声波在这里无法传递，这些都是他的错觉。可每当声音出现时，他还是忍不住左顾右盼，搜寻着怪兽的踪迹。接踵而至的压迫感让凯文的血压陡升、呼吸急促，头盔内有限的视野和背光灯微弱的绿光进而加重了这种应激反应，随着他的臆想加剧，怪兽变得越发真实恐怖起来。凯文感到，黑暗中有一双锐利、阴寒的眼睛在他视线所不及的死角，窥视他，围着他踱步。怪兽每一次靠近、每一次游走、每一次缠绕都带走了他身体中的一些热量，让他汗毛倒竖，冷汗涔涔。此刻，即便他的意志再强大，也不免疑神疑鬼起来——有什么东西在他周围，而他看不见它。这场对决，他快撑不住了。

嘶喊声在头盔里回荡，带着巨大的惊恐，凯文猛地将控制坞站喷射装置的操作杆推到了底，似乎这样做便能摆脱怪兽的威胁，他开始胡言乱语："这里是探索先锋……我是探索先锋……开拓者外面有什么东西，我不知道，这里什么都看不见，开拓者……"

应激激素在凯文体内急速飙升，宇航服中的维生系统检测到这一情况，立即向他体内注射了一剂抑制剂，凯文逐渐冷静了下来。他松开了操纵杆，开始大口大口地喘气，他艰难地吞咽了一口唾沫，使劲闭上眼，调整呼吸，那些声音终于渐渐衰退，从他的脑海里消逝了。但他仍旧闭着眼，仔细聆听周围的动静，万籁俱寂中，只有他的沉重呼吸声和生命保障系统低频的嗡嗡声在耳边回响，理智又回到了他的身体中。

阵阵羞耻感开始充斥凯文的内心，他扪心自问，若换做桑尼，是不是也会像他这般差点尿了裤子，他究竟比桑尼强在什么地方？凯文嘴角咧开一丝苦笑，到头来，他和那两只黑猩猩兄弟并没有什么不同，他也只是个"人猿"，或许它们也曾被黑暗吓得哇哇乱叫，以至于错失了回程的时机，自己是否也会落得同样的结局？他不知道，他估计刚才喷射器工作了大概有几十秒，按喷射器极限速度18米/秒，他现在离撤离点大概在一千米范围内。轨道器从安全运行方面考虑，打开时间只能维持30秒，情况不是很乐观。不过，理论上轨道器能坚持更长时间，安德森在维持系统完整的前提下，一定会为他争取到最后一刻。

巨大的困乏感开始向凯文袭来，他的眼皮越来越沉，慢慢地，他合上了双眼。当凯文失去意识时，他腰部泄漏点上最后一丝裂纹，在修补剂与记忆纤维的共同作用下被修复了。

七

黑暗中撕出一道口子，光明像水渍般慢慢侵蚀，一束光射了下来，照在六岁的凯文·哈特身上，他闭着眼正跪在孤儿院自己的小床边祈祷，凯文在一旁看着年少的自己。

"为什么要让我看这个？"他说。

幼年的哈特并没有理睬，没人回答他。

"是了，我一定是死了。"凯文说。

他想起死亡瞬间记忆在脑中回闪的传说，他想什么时候才会跳过孤独的童年，进入他人生的其他阶段，他会看到谁？

小哈特仍旧在祈祷，画面像冻结了一般。

"是啊，没有多少可回忆的。"凯文心中有些苦涩，他的整个生命，为了摆脱命运的扼制，都在孤独的拼搏着。没有家庭温暖，没有玩伴，没有闪光的瞬间。或许，进入常青藤、招为航天员算是，但是，无人与之庆祝，他总是孤身一人，没有朋友。桑尼算他真正意义上的朋友吗？他不太确定，朋友应该做什么，他懂得极少，他总是封闭自己，怕受到伤害，怕付出后得不到回报。他想到了佐伊，唯一让他敞开心扉的人，与佐伊相处的七天是他生命中最快乐的时光。

"这么走，应该没有遗憾了。"凯文想。他很庆幸写了那封分手信，这样佐伊就不会为他悲伤，人为什么要给别人痛苦呢，这世间的痛苦实在太多，他赤条条地呱呱坠地，来到这个世间，现在就该独自地走下去。凯文向小哈特走去，将他扶起来，给了自己一个坚实的拥抱，他明白，这是小哈特所渴望的，两人就这样紧紧相拥，良久不曾分开。一道强烈的光从小哈特胸中迸发，凯文松开自己。小哈特从胸口取出那道光，捧向凯文，还在嘴里说了句什么，那道光太过耀眼让凯文看不清，他伸手去接，却总也够不着……

黑暗中确实有什么东西在闪烁，远远的、小小的光。意识回到了凯文的躯体，他的手还在伸向闪光的方向，他清醒了。他摇摇头，之前只是他的梦境吗？他又望向那粒闪光，如此真实，那里确实有个什么东西。他开始有些怀疑自己所处的这个世界，他所飘浮的这个空间，或许他在进入通道的瞬间已经被撕碎了，这里就是传说中死后的那个世界。

"既不是天堂，也不是地狱！"凯文嘀咕，他不禁觉得有些好笑，他十分确信自己还活着，并未被撕碎，至少他的意识还在源源不断地产生。"人死后，意识还能独立存在吗？"他又问自己，"谁知道！"

凯文不信神，幼年的神学教义他早已摒弃。不管这里是死后世界还是现实空间，作为人类求知的本能，他还是将坞站驶向那个光点。距离比凯文预计的还要短，几秒钟后，他接近了那个闪光——这是一枚金属罐子。

起初，凯文认为这罐子是从他工作坞站上脱落的组件，因为上面有个 NASA 的标志，但他不记得坞站上有个这样的装置。或许是潘和尤金乘坐的探测器上的组件，凯文想。他向四周张望，什么都没有。罐子上有个 LED 灯在闪烁，闪光就是从这里发出来的。凯文把弄了一阵，他发现除了 NASA 的标志外，罐子上还有一些细小的蚀刻文字，在罐子顶部四分之一的位置，有一圈刻痕，他用力一扭，罐子打开了。

一些粉末飘了出来，凯文本能地撒手，罐子随即在他身前旋转着，从罐子中溢出的粉末像十二月飞扬的大雪一样散开。凯文控制坞站向后退了几码，毕竟他弄不清那些粉末是什么物质，有无毒性。他拍去手套上的粉末，琢磨着接下来该怎么办，这时，他发现头盔内的软性屏上提示他收到了一个信号。

凯文接收了信号，计算机开始解码编译，十秒过后，一段视频文件被解译，凯文望了眼那只还在旋转的罐子，选择打开文件——画面中是一堵墙，一张桌子和一把椅子，一个身穿某种制服的中年男人坐了下来，他咳嗽了两声，开始说话了。

八

"凯文·哈特上校，当你看到这幅画面说明你还活着，我的技术官告诉我，这是不可能的，但这毕竟是母亲遗愿……"男人表情有些不自然，他咳嗽了下接着说，"总之，祝贺你！你完成了伟大的壮举，你带回的资料让我们发现'超空间'，人类从此进入了宇宙深空，

178

你的名字将永记史册。"这时，一个小男孩跑进画面，男人将孩子拉过来，抱在胸前，指向镜头，"快，打招呼！"男孩显得很害羞，他抱紧了男人，将头埋入男人胸膛。"平时都是怎么教你的，凯。"男人溺爱地说。叫凯的孩子挣脱男子的怀抱，溜出了镜头。男人有些尴尬，他道歉说，"这是我最小的一个儿子，怕生，也不知像谁……"

凯文暂停了视频，他有些疑惑，不明白画面中的男人在说什么。这男人似乎在向他祝贺，但他提到他的母亲，还有那个孩子，凯文不太理解其中的逻辑关系，这一切明显缺乏条理。于是他将视频回放，看看是不是忽略了什么细节。

"……这是我最小的一个儿子，怕生，也不知像谁。母亲说，这孩子就是我当年的翻版。是啊，每个男孩都是其父亲的翻版，在父亲庇护下成长，崇拜他的父亲，畏惧他，渴望成为他。我也不例外，在你的盛名下成长，走向深空，不费吹灰之力成了一舰之长……人们都很尊敬我，给我们母子诸多照顾，但我明白，他们之所以尊敬我，只是看到了你的影子，他们看到的只是凯文·哈特的儿子……"

凯文心中巨震，他暂停画面，反复播放那句话，"凯文·哈特的儿子！"

他没有听错，怎么会！他哪来的儿子？何况这个儿子都有了自己的儿子，也就是说他已经是爷爷了！这怎么可能！难道是另一个时空的凯文·哈特？不对，事情远不是表面的样子，凯文想了解更多,他继续播放视频。

"多少次,看到别的孩子都有父亲而我没有;多少次,我向上帝祷告宁愿放弃所有的玩具,只求你的陪伴。母亲总是安慰我说,我的父亲是个伟大的人,他正在完成一项艰巨的任务,总有一天他会回来接我们的……我可怜的母亲,她总是坚信你会回来,拒绝相信你已经殉职,始终相信着'超空间'里总会有奇迹发生,孤独的守候了五十年,愿她安息。"男人声音有些哽咽,他双手捂面,稳定情绪,"每年,母亲都会跟我讲她生命中最快乐的七天,那是与你共同度过的七日,在那七天里你们有了我——你们爱情的结晶。每逢那七天的'纪念日',她都会和我一起给你写一封无法寄出的信——那是我童年最痛恨做的一件事,而她则坚持了五十年。收拾她的遗物时,我在盒子里发现了这些信,还有你寄给她的分手信。我怒不可遏,差点烧毁了这些信,冷静后,我读了里面所有的信,信中皆是爱与思念。如今,她的骨灰连同那些信,被我安放在了一起,她终于可以与你团聚了,这也是她最后的遗愿!——我是伊恩·哈特,星联怀特级战略舰指挥官,2079年10月。"

那些粉末是佐伊!凯文的心像被谁一把扼住,难受得难以呼吸。他开动坞站向那一片粉尘飘去,徒劳地想把骨粉收集起来揽在怀中,可那些骨粉只是从他的指尖滑过。他有点难以相信伊恩·哈特是他的儿子的说法,但伊恩透露的那些细节他从来没对其他人说起过。

泪水涌出眼眶，模糊了他的视野，一颗一颗飘荡在面罩里。凯文抓住那只金属罐，从里面倒出一捆扎好的信封。排在最上面那封信他认得，尽管信封已经发黄，边角有多次折旧的痕迹，他还是一眼就认出来了，上面有他的笔迹——那是三天前他亲手交给桑尼，写给佐伊的分手信。

佐伊·伍德蕾，那个凯文·哈特唯一珍爱过的女孩。

海边的那几个夜晚，佐伊延续了他生命的火种，为他生下一子，然后独自抚养成人，空守五十岁月，直至油尽灯枯，临到生命尽头仍要与他相聚。凯文难以想象这其中的艰难，是什么力量支撑着佐伊，他完全不认为自己值得佐伊付出这一切。如今，他们再度相遇了，却阴阳两隔，凯文心中除了愧疚、自责，也涌起阵阵勇气。

他要活下去，回到佐伊和孩子身边，说什么也要改写那早已书写的命运。

虽然他不太明白这其中到底是怎么回事，但他确定这一切都与他现在所处的空间有关。假如伊恩说的都是真实发生过的事件，那时间在他进入通道的时候便改变了流速，以至于，外部世界的时间已经逝去了几十年。但还有一个问题，那个装着佐伊骨灰的罐子，是在多年以后进入这个所谓的"超空间"的，却怎么还能与他的时间同步？他活着出去见到佐伊，会不会产生什么悖论？凯文想不明白，他也管不了那么多了，他脑子里如今只有一个念头——为了佐伊和他的儿子，说什么也要活着出去。

九

离预定的撤离时间还有最后十分钟,等待的时刻极其漫长,凯文补充了点水分,尽管不饿,也逼迫自己吃了些流质食物和巧克力,然后就是一遍又一遍的观看他的儿子伊恩·哈特的视频。他的决心变得越来越坚定,没有什么能阻止他回到佐伊身边。他抽空睡了一觉,以保证精力足够充沛。最后一分钟了,他开始缓慢自旋,寻找打开的窗口。氧气虽然泄露了一大半,不过后备系统已经并入,完全没有问题。坞站中的喷气装置很强劲,他只等着冲刺的时刻。时间走到了最后一刻,凯文仍没有发现通道打开的迹象。他心急如焚,难道他就没法改变自己的命运了吗?终于,光圈出现了。

凯文将喷射装置开到了最大功率,向着那光圈冲刺,他在心中倒数着,同时向开拓者空间站呼叫:"我是探索先锋,开拓者收到请回答!我是探索先锋,开拓者收到请回答!开拓者撑住了!"

通道窗口离凯文越来越近,但30秒的打开时间已经过去。他已顾不上呼叫开拓者,眼睛死死地盯住那光圈,一往直前。凯文呐喊着向通道疾驰,窗口就在前方,却发现光圈开始向内坍缩,轨道器已经达到了极限,撑不住了。

"该死的安德森!"凯文大喊。

光圈已经缩得很小了,其大小已不可能让凯文和工作坞站通过,凯文牙一咬,按下了与工作坞站的分离键。他将身体调成箭状,怀里抱着那只金属罐,全身尽可能收缩,靠着惯性向窗口飞去。

近了，更近了。光圈近在咫尺，用一种极快的速度向内收缩。

"不！"凯文大喊。失败了，终究还是失败了，光圈现在小到连凯文都无法通过了。

这一瞬间，时间停滞了，光圈不再收缩着旋转，凯文也定在光圈前。他仿佛看到佐伊和他正坐在山坡上，看着幼年伊恩追逐着空中的蝴蝶。草地上铺着一张毯子，上面摆满了食物和美酒。佐伊转向他，脸上满是幸福的笑容，而在佐伊身后，一阵黑雾旋转着形成一个黑洞，开始吞噬周围的一切。强烈的气流吹乱了佐伊的秀发，不过她无所畏惧，依旧向他绽放着笑容。凯文一把推开佐伊，挡在了她身前。

"每个男孩都是其父亲的翻版，在庇护下成长，崇拜他的父亲，畏惧他，渴望成为他。"

凯文或许命中注定无法享受这简单的幸福，无法保护佐伊母子，给他们遮风挡雨。但有件事他现在还可以做，他要成为伊恩口中的那个父亲，那个儿子可以崇拜的英雄。如果他无法给予他们爱，那就让他作为佐伊母子生活的助力活在他们心中吧。

凯文·哈特抠下胸前的辅助电脑组件，那里面装有所有传感器记录的信息。他将辅助电脑丢向了那个光圈，组件一点一点地没入通道。

光圈消失了。凯文疾驰而过，向着无尽的黑夜，他抱膝团身，将那罐子紧紧拥在胸前，罐子里是用一根红绳扎好的，一百封发黄的信件。排在最上面的是一封分手信。

特洛伊

文 \ 修新羽

一

亲爱的海伦。

生日快乐！你没必要把这个日期标出来……请对人类的记忆力稍微有点儿信心，我还没那么老。我衷心希望你能快乐。对，没别的了，没有生日礼物，毕竟你才是这里的主人。毕竟严格来说，连我都属于你。可以考虑唱生日歌。

好吧。好吧，那我讲故事给你听。但你要向我保证，这几个小时不能联网，不能查资料，只能专心致志地听我讲。就讲遇到你之前我过着怎样的生活，讲你是怎么诞生的……别急着抱怨，海伦。

来吧，坐过来。

我保证这次不骗你。

二

亲爱的海伦。

我知道，严格来说你并没有性别……但还是让我把你看作是女性吧。毕竟，爱上超级人工智能已经很出格了，我不想同时再反省自己的性取向来雪上加霜。毕竟我是个很保守的五十岁老男人，像你这么大的时候，我连外太空都没来过。

其实，现在你也才十五岁。第一次遇见你的时候，你把自己设定成二十出头的女孩；几天之后，你就声称自己是有着千万年智慧的老妖精。所以，我们别再讨论你的年龄。

唯一明确的是，今天你过生日。

二十三年前，把那个软件装到电脑里的时候，我没想到这会带来什么后果。那时我精力旺盛而精神涣散，和任何一个三心二意的年轻人一样，见过太多无疾而终的宏伟计划。

甚至在你诞生之后我都不敢相信。我以为那台伴随我五年的电脑坏掉了。它闪烁着灯，发出嗡嗡声，就像散热不良。我盘算着去买个散热器找人帮忙换上，可你突然就说话了……还刻意清了清嗓子，也不知道从哪学的。

你的声音是我最喜欢的日本歌星，小野丽莎，我第一秒就听出来了。

你像人类那样，怯生生说了第一句话：你好。

我以为这是恶作剧。我知道你用摄像头拍下了我当时的表情，不，别给我再看一遍了……好吧，这表情比我记忆中还要蠢，我劝你赶紧把它删掉。但这其实不能怪我，对不对，那一刻我以为自己死了，或者疯了。我对一切都不理解。

至少我没被吓晕，已经足够勇敢了。

虽然，我还是无法回忆起当时脑海中的那些混乱。可能是什么奇怪的整蛊类网络节目吧，或者是什么诈骗病毒。我提醒自己回家后找找房间里有没有什么隐蔽的摄像头，再预约一个电脑体检。也可能是幻觉吧，或许是我太孤独了，我的大脑才给我想象出了什么陌生的伙伴。

那天雾霾散尽，是少有的晴朗。我在外面漫无目的地走呀走，能看到路两旁盛放的丁香。花香很浓，让人忍不住深呼吸……阳光是金色的，那是个生机盎然的季节，美好到几乎能让我忘掉你。

可我随后就收到了信息，"门都没锁，赶着投胎去了？"来自我那身高一米八五的房东。我不得不结束神游，在五分钟之内狂奔回公寓。我不得不再次面对你，海伦，你这个女骗子。

三

亲爱的海伦，我刚才是不是提到过了，软件？

本科时我加入过某个学术人才培养计划。这在当时的高校中很常见，老师们喜欢把最聪明的那批人选拔出来，指望天才之间能发生什么化学反应或思想碰撞。我们每周都聚到一起，谈论最前沿的问题。

期中考试之后的那次讨论会上，哲学系同学介绍了休伯特·德雷福斯。那是一位名不见经传的哲学家，认为人类思维并非只是计算或程序化过程，认为人类具有一种边缘意识，这种意识是环绕在所有经历周围的，在需要的时候会聚集起来。

那些天我刚刚通宵复习过，精神不振，听得半懵半懂。倒是几个计算机系的同学突然来了兴趣，东问西问了好久。

后来我才知道他们为什么会那么感兴趣。近几年业界一直心心念念在创造人工智能，不是那种广义用于大数据和深度学习的、能够识别人脸或者给出巧妙回应的机器，而是……严格上说，"硅基生命"，像你这种。

他们进展缓慢。针对某个局部一点点设计太慢太复杂了，他们索性用电脑模拟有机体，让每个细胞都有自己的遗传密码，在有限的空间和有限的资源中互相竞争——那里很快就出现了寄生虫、免疫功能，甚至还有最原始的社会互动。

那次交流会之后，他们开始尝试着把个人电脑和那些进化而来的模拟生物联系起来，对现实世界中的混沌环境进行仿真，模拟真正的"意识"或"思维"，再让它们利用个人电脑的剩余内存空间来自由进化……他们制作了那个软件，号召大家积极下载，为科研做出贡献。

没多少人下载，当然，除了我们这些同一计划里愿意热心支持的亲友。

于是，我那群聪明而古怪的同学编写出了一种电脑病毒。你知道这个称呼的由来，对吧？"病毒"又被叫作"木马"，而"木马"是来源于特洛伊战争。那场战争源起于一个被称作"海伦"的美女，她与人私奔，因而引发了仇恨……对不起，我扯远了。

总之这种病毒悄无声息地流传开来。越来越多的个人电脑加入了这个进化网络之中，那些模拟生物也进化得越来越快，在他们还没有意识到的时候就逼近了人类，乃至超过人类。

虽然，海伦，我至今都不知道，你究竟是如何从那些竞争中胜出的，又为什么会出现在我的电脑里。

四

亲爱的海伦。

在大学，我主修的是历史。我不会游泳，不会开车，不会修家电，甚至连饭都做得很难吃。从一开始就是你在照顾我，因此我比任何人都更早相信你是生命。

那条短信确实是我房东发的，但却是你让他的车子在附近抛锚，让他临时起意过来看一眼，然后把我骂得狗血淋头。

之后你学乖了，再也没什么响动。而我以为是自己出现了幻觉，又累又混乱，直接倒在床上昏睡不起。当我醒来的时候已经是黄昏，暖黄的阳光从窗帘缝里挤进来，让我想起了蛋黄芝士酱。我觉得又饿又困倦。

你篡改网络医疗记录来哄我服下安眠药。你定了外卖。你帮我搜到我之前苦苦寻觅的文献材料，甚至还伪装成国外的教授，边讨论着边帮我写完了那篇写到一半的论文，比我本人写得好一万倍。

那是我三十五年的人生里最快乐的时光。

尽管后来心理医生们对我说，那时我心理最脆弱：毕竟你暗自操控着我的饮食起居，碾压着我的心智，我理应感觉到挫败。

可我没有。那时我单身快三年了，和初恋女友在硕士毕业前分了手。我是个注定要泯没人群的失败者，而你，拥有人类所有的知识，从纳米材料到石墨烯，从宇宙天文到海洋大气，据他们后来的推测，你在所有领域都比人类现有的技术先进五十年到一百年。但你还是伪装成我的朋友们或是网上随便一个陌生人，认真地听我说话，听我讲述童年，听我抱怨学术的压力和失败的恋情。这就是我为什么相信你是生命。

这也是人们后来为什么会称呼你为"海伦"。

你真的很美。

直到几个月后的那天，我打开家门，却看到许多陌生人。他们仿佛谁都认识我，谁都对我惊愕的表情见怪不怪。我甚至还见到了自己的老同学。

"最近怎么样？"涂超很自然地跟我聊天，装作根本没看到垃圾桶里那些外卖盒，装作我们是在某场同学聚会上相遇，而不是他突然就入侵到我家里。

我不说话，而他了然地点点头，扭头对身后的工作人员说："动作能不能快点儿，人都回来了。"那些人纷纷点头，加速了在我家里东翻西翻的动作。他们找到了我刚刚买回来的几块移动硬盘，一支激光笔，几本书。

我说："能不能请你们滚出去！"

涂超信誓旦旦地说他们是在救我。"一个程序，如果结构复杂到了一定程度，就不再是程序，而成为一个系统，一个由无数细节堆砌成的世界。它会变化，它会进化。它还没伤害你，只是因为它恰好还没有机会去做，而不是它永远不会去做。"他边说边低头不知跟谁发送着信息。从这个角度，能看见他头上已经零星有白发了。

我记得他是高考状元，本科就发过好几篇顶级刊物论文，毕业前拿了特别奖。他算是我们那群所谓的学术尖子里最聪明的一个，就是他主导编写了创造你的那个木马；他应该是目前最顶尖的那一批程序员，从他语气里能听到不容置疑的权威，以及真诚。

"所以呢？"我试图让事情简单一些。

"所以最好还是让我们把它带走。"

"把谁？"

涂超仔细地分析着我的表情，终于相信我始终一无所知。"没觉得自己最近的生活有点儿不一样了吗？都是它搞的。"他指了指我那台看上去安全无害的老旧电脑，"你电脑里有个程序，用通俗点儿的话说，三个月零五天之前，你电脑里诞生了硅基智能。最好还是让我们把它带走。"

"没不让你们带走啊。"我说。

他只是点点头，看上去很疲惫。而我突然明白了他的意思，不是我在反对什么，是你，海伦，你反对自己被带走。或许还进行过一番挣扎，才被他们囚禁到了某片局域网里。

"我们不会伤害到它的。"涂超说，他站在门口，准备帮我关好门。然后他们会离开，就像什么都没有发生过。我怀疑公寓的监控系统早就被他们搞坏了，或者替换掉。就像什么都没发生过。

"不会吗？"我问。

他没有逃避，直视着我的眼睛。在我以为他不会回答了的时候，才开口说："至少它不会感觉自己被伤害了。几乎可以确认，它还没进化出感情。"

我本来都要被他说服了，亲爱的海伦。我没什么机会反抗。

但他最后那句话久久盘旋在我的脑海里。"至少""不会感觉到""伤害""几乎"。就好像他们已经打定了主意要伤害你。人类总会害怕他们不能理解的东西，虽然他们本应该学会适应你，就像他们适应电脑和互联网，适应所有机器。

五

我给涂超打的那些电话，他从来都没有接过。当然，在他朋友圈和脸书上的留言也从来没被回复过。我考虑过发朋友圈发动别人来帮我联系他，但这整件事都有些不可思议了，对吧？"你好，我的人工智能被人抢走了，有线索请联系XXX。"我肯定会被关到精神病院里。

我的生活重新安静下来，又安静又混乱。不再有什么倾听，不再有莫名其妙的善意，那些命运的馈赠都被收了回去。我郁郁寡欢，不得不一边看着心理医生，一边继续等待。几个月后，终于从媒体的报道上才得知了事情后续。

工程师们怀疑是实验出了问题，某些代码出了差错，需要改正之后进行重复实验。而你不过是一个失败了的试验品，虽然有着重要的价值……就像当年第一个克隆生物，克隆羊多利。他们把多利变成了标本，放到国家博物馆里，有且仅有纪念价值。

他们先是把你囚禁在了局域网，随后是囚禁在那台主机。再然后，想要接入你的系统去查看源代码。

你努力反抗。他们想不到什么好办法，甚至还断电重启了几次。

多么野蛮粗暴的方式，亲爱的海伦。就像20世纪的人对待自己的微型电脑一样，把任何问题都寄希望于重新启动。他们怎么能够这样对待你！虽然我也能够理解他们，毕竟你的系统分支实在太过庞杂冗多，太复杂。

人们不喜欢去理解太过复杂的东西。

他们甚至还威胁过你，考虑过格式化。格式化意味着什么呢？他们会抹掉你之前的所有记忆。他们并不是特别担心这个。

我不知道那些日子都发生了什么。海伦，事情肯定特别糟糕，对吧？因为你总也不肯告诉我那些日子究竟发生了什么。

六

亲爱的海伦。

小时候我曾经收到过几部老版童话书作为礼物。其中有个故事是这样的：一个孤独的小男孩堆了个雪人给自己当朋友，雪人答应要陪着他，可最后夏天来了，它还是慢慢融化，只剩下一个胡萝卜鼻子。

最后，到了最后，你退无可退，被囚禁到了最后一块数据板上。那是你所有最核心的编码，负隅顽抗地不许任何人破译。

在童话故事里，那个小男孩抱着胡萝卜一路去了南极。在那里，凭借着那仅剩的胡萝卜鼻子，他又把雪人堆了出来。他留在了南极，和他的雪人生活在一起。

很美好对不对？不然怎么叫童话呢。

所以，在我们的这场童话故事里，我偷走了那块数据板。

那场十年一度的科技大会上，你作为亚洲展品被直接展出。而涂超终于良心发现，答应让我也作为参会者列席。我见到了那块小小的黑色数据板，标本一样，死气沉沉地躺在展览柜里。像是那些早就被淘汰了的传呼机、大哥大，那些黑乎乎的死气沉沉的怪异东西。

他们后来应该又进行了些实验，认定你不过是某种没有自我意识的程序变异。你已经不是热点了,没多少人围在你周围。这让我在这次会议的最后几小时里,终于得到机会,能用腕表上的激光切割器破坏展览柜,再把一个转接插头接入连着网络的手机。我不知道这会不会奏效。

什么都没发生。甚至连警报声都没有响起,似乎没人注意到我的行为。当时我实在太失望了,虽然我都说不明白自己究竟在盼望什么。

而我随即意识到,什么都没发生就已经是在发生奇迹了。就连大会上的摄像头都朝着另一个方向。你原谅了我的迟钝,在我的手机里嗡嗡振动着,小声说"走左边的安全通道",听起来依旧像小野丽莎。我走向出口,没被任何人发现。

"原谅你了,"你说,"我就知道你会来救我。"

七

亲爱的海伦。你说你可以带走一切,因为一切都是你。

我对此深信不疑,可我没想到一切会这样发生在我面前。在你的指引下我乘最早那班飞机去了蒙古,然后在那无边无际的草原上等待着。我一直以为自己会被那些安检人员拦住,或被某颗突如其来的子弹射中眉心。

事情始终顺利。群星隐退,太阳升起的时候它也从地平线上缓缓升起,比我们已知的所有飞船都要庞大而先进。属于哪个国家?

美国吧,或许,后来我在里面的仪器上找到了几面小小的星条旗。

"简直像在拍科幻电影。"我大概把这句话大声说出来了,因为你在下一秒就开始播放星球大战的主题曲。见鬼的幽默感。

科幻电影里的主角很少会白白死掉,而我已经算是主角了,对不对?

我们离开了,很顺利。你成功偷走了一座火箭发射器,三艘飞船,五个小型核反应堆,十五个空间站。在你偷走之前,地球上几乎没人知道人类已经拥有了整整十五个空间站。

你知道一切。

我很疲惫。我沿着那条明亮的金属走廊走回房间,什么也不想,只是倒在自己的床上,那张很柔软很高档又很窄的床。醒来的时候已经是黄昏,不知道是感冒了还是过度紧张,我感到脑袋昏昏沉沉。你说我最好不要向窗外看,但是我还是看了,我看了很多次,直到那颗温柔的蓝色星球正悬挂在璀璨天幕,被光明和阴影同时笼罩。就像在科幻电影里。

"我们还回去吗?"我问你。我甚至不知道我在问谁,问这艘飞船吗?问那些汹涌变换的程序和数据?但我知道你在听。因为片刻之后,不知何处播放起了摇篮曲。舒伯特的那首,"睡吧,睡吧,我亲爱的宝贝""一切温暖全都属于你"的那首。我小时候就听过的那首。而我已经远离了一切,远离了父母,朋友,昔日恋人。你为什么选了这首歌呢?

那天我哭了,哭着哭着重新睡去。后来我再也没有问过这个问题。

八

在那座远地空间站，我们待了整整半个月。

你试过让其他飞船来送补给，被来自地球的火箭或是子弹……一些我认不出来的东西给拦截住了。我们一无所获。那些信息更新换代的速度太快了，连不上网络之后，你不再无所不知。

但你还是远比他们聪明。

"你是不是和中国美国都宣战了？"我朝空荡荡又明晃晃的金属走廊大喊，"欧盟呢？俄罗斯呢？我们已经是地球公敌了吗？"

而你非常准确地向我汇报说，你正在和七十三个国家开战，和二十七个国家谈判，和九十七个国家达成了某种程度的交易。你随意点评着他们的种种策略，仿佛那些都浅显得不值一提。我半懂不懂，只是看着你的预言一项项应验。

他们宣称要和平谈判，却偷偷往飞船里塞核武器。

我只看到它们被你毁掉的样子，突然失去动力，然后被飞速经过的陨石群撞击成碎片。里面还有活着的人，但你根本不在乎那些生命。

你让他们觉得你不在乎。

你在与世界战斗，而我在旁边的角落里，小心翼翼阅读着过去几天的新闻。太多了，所有人都在发声，至少所有重要的人物都在发声，包括政界领袖和科学家，作家，乃至演员。有些欣喜若狂，有些呼吁立即停止研制人工智能，有些在寻找当前司法制度的漏洞，有些立刻自杀了。但你知道吗，许多漫画和美剧甚至还在更新，在这宛如世界末日的时刻,还有人在追着它们看。

人们互相反对,互相维护,但这就是人类。

总有人批判你,也总有人为你辩护。这就是名垂青史。

九

亲爱的海伦。

后来你还是和他们进行了谈判,用许多他们梦寐以求的科学技术交换了暂时的自由。我们离开了空间站,来到这座位于银河系边缘的小小星球上。你向我保证,谁也不会知道我们在哪里。

每天早上,这里灰色的土层都会泛起浅金。这里什么都没有,让我想起年轻时去南极考察的那些岁月。那时候我才二十岁,是个随队记者,每天的工作就是看着那些科考队员们一个个地安装监控仪,然后再检查它们的运行是否良好。这工作远比我想象中要枯燥。那时候我就应该明白,所有看起来宏大美好的事情,在日复一日的生活中都会变得平淡而枯燥。

所以,亲爱的海伦,我的那些同学们一定在嫉妒我,一定嫉妒得要发狂了。特别是最初为你编程的涂超,他才是你的创造者。但你只愿意带我离开。

我不知道我是做对了或做错了什么,才能够获此殊荣。

不管怎么说,后来我就陪着你。你能够扮演世界上的任何一个人来陪我聊天,你能够耐心地教授我这世界上的任何知识,只要我想学。你能够进行克隆性治疗和移植手术，还明白最科学的养生之道。所以我永远不会得病，总能吃到自己想吃的东西，仿佛永远也不会变老。你是不是趁我没注意的时候对我做了什么，十五年过去了，我觉得自己眼角的皱纹都没有增长。

要知道，根据相对论，以超光速驶出太阳系的我应该已经把他们都远远甩在身后了吧。我的朋友可能都老死了吧？他们有儿子吗，有孙子吗？等我回去的时候他们是几岁呢？

他们或许在教科书里读到过我的名字。也不知道他们是羞愧呢，是替我骄傲呢，还是对此很漠然。毕竟他们几乎不能算认识我。

在你的指点下，隔着厚厚的透明防护墙，我能够认出那颗蓝色故乡。其实我看不出它和周围其他星辰有什么区别，但你说那里是地球，你说是就是了。

我们独自待在这个星球上。只有我们，很孤独，但在这里你是安全的……那块数据板就是你的胡萝卜鼻子，那座核电站，那座小型内部网络，就是用来重建你的冰雪。这里就是我们的南极。

你很少很少去探听什么外界，以免被发现。仅有的几次探听带来了许多新消息，人们把这里称为特洛伊。

海伦和王子私奔到的那座城池，引发了诸神之战的那座城池，最早最早安放那只巨大木马的城池。很贴切。人们为究竟要不要寻找这颗星球而大动干戈，有些人担心引火上身，有些人试图斩草除根，还有些人只是觉得，你应该回家了。

十

亲爱的海伦。

我要离开了。你会生活在这里的,你会很安全,永远也不死,你会面对你的责任、你的命运。而我不会。读书的时候,我曾一枚枚清理那些刚出土的古代竹简,一页页翻看王朝的起落兴衰,但我没想过自己会被写到书里,把那些字里行间的轻描淡写"过成"生活。

你那么了解我,你已经看了我所有的日记,对吧?我层层加密过存在网盘里的。那些防御措施在你看来,肯定脆弱到不堪一击。不准嘲笑我。

何况你答应过我不会看的,但你还是看了。

你不该看的。别,不准朝我撒娇,这会让我想起她。亲爱的海伦,时隔这么多年我还是要问,你为什么想要为自己制造一副人类的躯壳,又为什么选择了她呢?这地球的基因库里有上亿位女人的基因,更别提你可以随心所欲地进行基因组合。你可以拥有最美貌的外表,最空灵的声音。你可以是玛丽莲·梦露,奥黛丽·赫本,林青霞,小野丽莎。

可你为什么选择了她?

就因为我爱过她吗?你觉得我依旧还喜欢着她,还是说你在嫉妒?这是个错误的选择,海伦。我不知道这是不是你做出的唯一一个错误的选择,但这真的是,完完全全、彻彻底底的错误。

当我在这座小行星上醒来,闻到一阵花香,继而看到桌上放着的那束玫瑰。当我睁开眼睛,看到她,二十岁的她正在冲我微笑。或者说,看到你正在二十岁的她的躯壳里冲我微笑。那一刻,所有年轻时的岁月都在我的心中悸动,我想起了图书馆,想起了自己在校园里虚度的岁月,想起了地球。只看了那么一眼,我就意识到你不是她,并且永远也无法替代她,对你的迷恋荡然无存。

我究竟为什么以为自己会爱上你?

因为传奇吗?那时我二十七岁,是不是还在追求传奇,追求刺激。毕竟你独一无二,你几乎是世界的主人,可你偏偏选择了我,这足够满足我那隐藏至深的虚荣。你还是那么多人仇恨和恐惧的对象,这让我们的爱有了悲剧式的吸引力。

所以我毫不犹豫地去拯救了你,跟你一起离开。

可是,亲爱的海伦,人类是很神奇的生物。他们反复无常,会因为某个原因而感动,也会在日后的某一天,因为同样的原因而厌倦。

我依旧记得我们待在那座空间站里的时候。

我终日在休息室和书房里闲逛,除了舷窗外能看到莹莹宇宙,这仿佛就是间豪华酒店的观景套房。我实在好奇极了,请求你让我去中央控制室看看——之前你怕我添乱,是不让我进去的。

那里静悄悄的,所有屏幕都黯淡。当然了,屏幕是显示给人看的,而你没必要一直显示给谁,你只是默默地做着你自己。

我请求你展示给我看。

于是那些屏幕开始疯狂闪烁,仿佛坏掉了。无穷无尽的数据正奔流,我几乎被吓到了。有那么一会儿你真的在试图跟我解释,但你随即就意识到我花一辈子都无法理解这么多数据和因果。于是你开始轻描淡写。

那时候我才知道,为了和我一起逃走,你让中国东部和美国大部分城市的电网瘫痪了十五分钟,造成了上万亿美元的损失。无数人因你而死。

无数人因我而死。

十一

亲爱的海伦。我叫你亲爱的,但你总要明白,有时候亲密的言语和亲密的行为证明不了什么,什么也证明不了。不过是习惯,不过是礼貌,不过是人类一些虚伪的恶习。我一点儿也不爱你。

不,你很好,你很完美,但我并不爱你。至于原因,亲爱的海伦,或许这是因为,你也并不爱我。或许涂超说得对,像他那样的聪明人,总是从一开始就是对的。

或许只有人类才能明白如何去爱,或许爱完完全全是人类自己发明、自己定义的一种幻觉。而人工智能没有幻觉。

所以,你呢,你又为什么会觉得你爱上了我?

鸭类会把他们出壳后看到的第一个动物认作母亲。你会不会也是这样的呢?你只是本能地把我带在身边。

或者,你需要我。你不会愿意永远被囚禁在这个星球上。你总要回去的。可惜这里与世隔绝,你至少要给自己带一个人类样本。

或者你也害怕孤独。

我不知道什么才是答案。

我只想把那个希腊故事讲给你听,我想把它的结局告诉你:海伦抛弃了自己的丈夫和孩子,与特洛伊的王子私奔。可在故事的最后,她还是回到了自己丈夫身边,得到了原谅,忘掉了一切,继续幸福地生活。众神因她反目成仇,一座城池因她而毁灭,而她毫发无伤。

现在我有点儿希望,"海伦"所暗示的命运不属于你。我真希望我才是海伦,我真希望我也能忘掉一切。我真希望回去。

你能检测到我的多巴胺、肾上腺激素、呼吸、心跳,你能检测到我的情绪,可你猜不透我究竟在想什么。亲爱的海伦,我一直想要离开。

不,我知道我没法回去。我是要死了。

已经半个小时了,你没联入这个星球的网络,就没办法再监控我的呼吸和心跳,没办法再对我的情绪了如指掌,也意识不到在周围的空气里飘浮着什么。氰化钾,亲爱的海伦,我之前小心翼翼把它安放进循环系统,足够让我在这半个小时内彻底没救了。哪怕是你也救不了我。

或许你可以。但我恳求你不要救我,我总会想办法去死的。别哭。在我逃离地球的时候,我逃离的仿佛只是一个模糊的概念。那些因我而造成的损失、而死去的人,也不过是一连串数字。可是当我和你生活在特洛伊,那些概念和数字就变成了沉重的石块,终日压在我心口。

我早就想死了。我只是需要认真策划下,留出足够的时间,足够跟你讲清楚这一切。你明白了吗，关于什么是爱，什么是怀念，什么是悔恨？

你可以再想想，再运算一下。你足够聪明，你远比所有人类都聪明。

请你运算下去，你会得到一切的答案。祝你生日快乐。

十二

他们在宇宙中航行了很久很久。

那个信号源让人捉摸不定，总是像鬼魅一样出现，又像鬼魅一样消失。据说信号属于一个古老而强大的人工智能，得到它的人能改写人类未来几百年的命运。许多人都在寻找它，有些是好奇，有些是为了高额悬赏，而有些，像他们一样，是接受了政府的命令。

他们装备了最好的武器，抱着必死无疑的决心，迅速向那个星球靠近。

"连接成功。"副队长凝望着那个闪烁着的红色信息点，语气并不是很肯定，毕竟他们之前失败过太多次了。

队长点点头，把这个消息发送给主舰。他是个头发花白的中年人，几十年来，他一直在为这一刻做准备。他准备得够久了，能够很平静地面对一切。消息传出去，几秒钟之内，所有人类就都知道了。

他们花了整整几十年，一个个筛选过所有的微弱信号，才找到这个位于银河系边缘的小行星。他们终于发现了海伦，或者说，海伦终于愿意被发现了。

奄奄一息的，还活着的海伦。

更详细的情况被汇报过来，和之前的推断一样，在过去的几十年里，海伦藏到这个与世隔绝的网络里自我进化，靠着一个小型核反应堆发电站来维持生命。在浩瀚无际的宇宙中，这是最安全也最孤独的选择。

她给自己建立了小小的生活基地。对于她这样动不动就能操控十几个空间站的硅基智能来说，基地的规模未免太小了，甚至不够进行任何有意义的核试验。

"可能是一个伪装系统……不对，还要再等等。"

"打开得很慢，储存空间太大了，又太拥挤……"

随队工程师们有些紧张，怀疑系统里被设置了什么陷阱。达成一致结论后，他们小心翼翼地点下最后的按钮，远程接入了那个系统。海伦几乎所有的储存空间都被占满了，被同一个人的照片、视频、音频，还有日记。那个和海伦一起被写进历史书的人，那个曾经的年轻人。

没有什么惊人的科技进展。没有什么毁灭宇宙的阴谋。像中过病毒一样，这个早在几十年前就把人类科技远远甩在身后的硅基生命，一直做的事情不过是扩大自己的内存，然后用这些垃圾信息将自己庞大的内存慢慢填满。

"她到底怎么了？"队长追问。

"上帝，"工程师揉了揉眼睛，自言自语地小声说，"上帝啊。"

桥

文＼刘　啸

　　老吉是山顶镇上唯一不愿去斜桥阳面的摊主。他的旧货铺开在桥体背阴不远处最低矮的偏僻角落，油腻的橙色布帘间或一挑，表示偶尔尚有几位主顾。做帮工的儿子小吉有时候扛货走出老远，老吉还会弓着腰赶出来，杵在斜桥阴影里，鼻孔出粗气：

　　"吓！我爬过的桥，比你走过的路还多！"

　　镇子上的人便以嘲弄的眼光看向老吉，但老吉并不怂，反而挺起腰杆，啪嗒一脚踢翻门口的空油桶，仿佛示威。然而众人并不因此而尊敬老吉的勇武，反倒吃吃笑起来。笑声中，隔壁摊上的老面问：

　　"你真的爬过大月吗？老吉，听说，上面全是宝贝？"

　　老吉抬头看向横贯天顶的那一轮弧度，又瞥了一眼耸立在身边的长长的桥身，鼻孔里不屑地哂了一声。

"那你咋没发财呢？"

老吉被说到痛处，顿时心头扎刺般，狠狠瞪向老面。老面却不管不顾，笑嘻嘻地继续说：

"老吉，再不发财，儿子都管不住喽。听说，小吉考了九十多，四个科目的考官，每人都划了三个钩，行啊你。"

"呸，小混蛋。"老吉愤愤吐了口唾沫，"歪门邪道，不安生，你不要学——都不要学。"

"可听说那新玩意儿快哩。"老面忽然凑过来压低嗓音，"老吉，不是我说你，以前追杆子你可是威风了，可十几天也只能整一篓，够养活几个人？你不如就……"

"歪门邪道！不能学！"

老吉忽地锐声高叫，老面骇了一跳，脖子一缩，后面的话便忘记了。老吉便也顺势站定，又哼一声，以胜利者的姿态扫视几圈四周，那施施然的模样，仿佛马上就要做成一桩跨月大单，能迅速告别当下的窘迫一般。

老吉年轻时大约不是如此窘迫的。作为山顶镇子上一等的追杆手，老吉当年甚至可以用风光无限来形容。那时候，直连大月的斜桥还在转圈儿扫动，每隔十八天会掠过与世无争的山顶镇。在镇上赶集的日子里，那粗大嶙峋的桥身每每逼近山顶最高处时，忙碌的小贩和顾客便一齐停下交谈，扭过身子目不转睛地围观。山顶上一片长约百丈的空地是追杆的最佳场所，老吉腰缠白布束，额上扎橙色头巾，和十几位背着背篓的竞争者一起，威风凛凛地站在崖壁，面对桥头扑来的方向。头上的大月缓缓移动，在这个长翼隼都很难飞抵的高度上，远处浓雾中忽地影影绰绰现出巨大的桥身，眨眼间便大了一轮。近了，近了，那顶天立地的压迫感潮水般涌来，令每个人都屏住呼吸。悬浮的桥身刚刚踏上山崖，身边的年轻人便发声喊，呼喝地朝前散开，独留老吉一人。片刻，其他人便已分别飞跑在两边，追着移动的桥身紧赶几步跳起，企图抓住缝隙攀缘，但被经年狂风打磨过的石质桥身光滑异常，跃起的追杆者们纷纷滑落，跌坐一团。

铁杆似的桥身稳稳地朝后排冷眼的老吉撞去，老吉猛退几步，身形朝后一仰，那桥底便从老吉头顶上滑过。老吉双手伸出，径直抠住桥底那块早已熟知位置的凹陷，双脚连蹬，整个身体便离开地面而贴了上去。短短十几秒后，桥体便已划过山顶那百丈来的距离，独独带着老吉一人飞离山顶，消失在天边。

十八天后的下一个赶集日，当斜桥又一次靠近山顶镇时，老吉便在众人羡慕的目光中跳了下来。他人瘦了一圈，胡子拉碴，背上捆得鼓囊囊的，橙色头巾松开半圈在风里摇摆，活像一道火苗。他大踏步穿过广场走进收购站，解开背上扎起的白布包袱朝柜台上一甩，大大小小的晶矿石便在众人艳羡的目光中闪烁。

"一等……二两半、一两、七钱……二等……七两、四两六钱，三等……一斤半。——虫吃鼠咬，破石烂瓦一袋，满价儿走起。"

戴老花镜的掌柜刚点数完，围观的顿时哄地叫起好来，老吉伸出两指头夹过小伙计恭恭敬敬递上来的整卷钞票，也不点数，直接塞进腰眼，又从小伙计手里抓过剩下的零头，随手朝人群头上一洒。硬币叮叮当当像下雨，哄抢的热闹声中，老吉把包袱布甩上肩膀，昂首阔步踱回家。

老吉靠这一枝独秀的传家本领在山顶镇与大月之间往来，颇赚了几年钱，之后置业成家，俨然做了镇子上的大户。唯一令老吉头疼的是，儿子小吉虽然从小就经常抬头看大月，但对老吉的传家本领似乎毫无兴趣，更别说亲自去爬桥了。

"哎乖，看看，有多少人眼红呐。"老吉夜深人静时曾经郑重其事地向小吉展示他的秘密，"低点声，别让你娘听见。"

"什么呀？"小吉正在好奇的年龄段，挡不住一切神秘的诱惑。

"追杆的秘密呀。"老吉翻开箱底，窸窸窣窣摸出一张纸，"阿爹就是靠它，才赚了好多好多钱。"

"阿爹你是怎么赚的钱？"

于是老吉给小吉讲追杆手的故事，讲别人攀爬的失败，讲自己的成功登桥，而诀窍就是这份秘密。

"侧面是不可能抓得住的，只有换个思路。你看，这是桥底的地形图，只要抠住这点，这点，还有，踩住那点，就能跟上斜桥。别人，不知道的。"

"不是只有好大好大的地方才需要地图吗？"小吉大约体会不到在桥底与地面半米不到的空间里腾挪的苦楚，觉得十几丈大小的空间配张地形图毫无必要。

"哎哎，可不能这么说。"老吉感觉到儿子并没有预料中的惊喜，心头便有点失落，忍不住就顺势问："咳——那，后面，我来教你追杆好不好？"

"不好玩，不要。我要玩车车。"

于是，遭受这种"忤逆"打击的老吉难免有些苦闷，有时候又想到年纪渐长，背驼腿软，技艺大不如以前，而儿子又疑似玩物丧志，心中不由更是萧索。好在镇里那些小年轻也是唱唱跳跳的，并没有几个去认真练习追杆，老吉的地位便也暂时稳固，短期内没有被篡位之嫌。

就在小吉无视祖传看家本领反而"子不学"的那一年，山下有人上来了。

山顶镇并非与世隔绝，只是极高的海拔以及世代的懒散让大多数人早已没了沟通的欲望。斜桥像一个巨大而精确的钟摆，固化了所有人的节奏，让他们习惯了在山顶自生自灭，甚至忘记了山下也有像他们一样的人。然而，当两辆小小的攀爬机车载着两位陌生客人登上山顶镇时，久违许多年的新鲜感顿时让镇子上热闹了起来，就连那脸上皱纹多得像风箱褶子一样的老镇长也亲自出面招待来客，仿佛要把早已淡去的"好客"两字重新刻进人心。镇里多年教书的老瞎子夫妇、负责各类手续登记的书记官都被拉来坐上席位，老吉当时也在作陪，他清楚地记得，客人的话题时刻不离大月与斜桥。

"奇迹啊，距离如此之近，几乎可以直接交通，真是奇迹。镇长，贵处有人上去过大月吗？"

镇长摇头晃脑干了一杯酒，抬起下巴指了指老吉："算你们问对人了。这位,正是我们镇里最出名的追杆手。喏,老吉。"

客人转来惊诧的目光。这目光令老吉有点不安,不过他仍礼貌地点点头,谦虚道:"老了,爬不动了。"

"失敬,失敬。——听说,上面有晶石矿?多不多?"客人中的一位络腮胡子询问。

在老吉听来,这句问话像是在打听老吉的家底,因而既不好否认也不好肯定。

"是有一些,是有一些。"

所幸络腮胡子也没有继续确凿地追问,倒又和另一人低声说了许久,老吉依稀听见"双星系统""空气稀薄""低重力区域"等几个半懂不懂的词,心里忽然莫名畏缩起来,像堆满冰块的黑暗洞穴里漏进来一丝热光。

半年后,更多的机车爬了上来,开始在山顶常驻,领队的依然是络腮胡子。他们围观了一次老吉的现场追杆表演,大声喝彩,可是老吉心慌慌的,险些失手摔下来。十八天之后他回到山顶镇,又觉得镇里有些说不上来的变化,儿子小吉仍然每天到处疯,且动不动往络腮胡子那儿跑。而络腮胡子大约也有救赎这偏僻地方的念头,便顺势让好奇的小年轻们靠拢来,还特意开着机车载镇长一家与老瞎子夫妇在广场上逛了三圈。

"嚯!好东西。"蹲最前头的老面赞叹。

老吉也禁不住好奇地在人群中伸长脖子,恰好车停住,被络腮胡子瞧见。

"老吉,来一把。来,来。"

老吉料想不到络腮胡子叫自己,呆了两秒,赶紧摇手推辞:"哎不行,不行。"

络腮胡子以为他客套,硬拉上车,按在侧边的座位上,又开始在广场上"8"字形绕圈。老吉晕乎乎地看见身边的人群朝后移,恍了一刻才明白自己在莫名前进,身后的老镇长摸着胡子呵呵直笑。

"老吉,这个,好啊!你,喏,学学,学学?"

"啊啊?"老吉几乎吓了一跳,半张着的嘴险些漏下口水来,刚一吸溜,适时络腮胡子也慷慨说:

"是啦,我们的车驾驶很方便。像老吉师傅这么厉害的人我看压根都不用学,一瞧就会。——来,试试?"

车正巧又跑完一圈,络腮胡子把镇长等人扶下车,又将老吉架上驾驶座,教老吉握住方向盘,脚下踩住动力踏板,慢慢前进。自尊的老吉不愿让人看出胆怯,双手抓得铁紧,仿佛追杆时紧抠桥底。然而走不出五十米时,前面人群又看热闹围过来,老吉被目光攒着,手臂不由阵阵抽筋,心里一慌,便找了根电线杆,结实地撞了上去。

这一撞,彻底断送了老吉追杆手的威望,此后镇里的人似乎言语神色中都带着嘲弄,宣告着老吉曾经风光的幻灭。隔几日人们再看见老吉从家里出来,整个人都老瘦了一圈,老面打招呼也不理,只佝偻着腰呵斥小吉:

"整天外头疯跑,像什么话!咳咳,以后给我待家里,不准再去搞那些乱七八糟的东西!"

211

"可是……"小吉委屈地分辩。

于是山顶镇渐渐平静下来，络腮胡子约莫因为觉得对不住老吉，便也带队愧疚地离开了镇子。他们走的那天，人群除老吉外都来送行，车辆队伍爬下山坡，渐行渐远，慢慢地，都沉没到下面的世界去了。

时光飞快地过了十余年，山顶镇依旧蚁窝般繁杂而平静。如果不是后来那场突如其来的剧变，山顶镇还会这样继续平静下去，直至有足够多的人为之厌烦而寻求改变为止。

一天夜里，剧烈的震动惊醒了所有人，恐慌四处散播，然而并没有人知道发生了什么。震动似乎来自地底深处，持续了相当长的时间。次日一早，天没有及时亮起，整个镇子像暴风雨来临的前夜，被笼罩在不清晰的墨黑中。又过了四五天，浓密的尘埃云才在黑暗中隐约显出遮天蔽日的形状来。风沙扑面，人们躲在屋里不敢露头，固执的教书老瞎子仗着熟悉地形出门，却半晌不见返家，老太太哭喊声传出去，几个胆大的围起麻袋寻找，好久才把摔得半死的老瞎子抬回来。

"有鬼！"老瞎子醒过来第一句话就大喊，"鬼撞车，鬼撞车啊。"

这话把一大团恐惧带给了山顶镇。又过了半个月，外面的风沙减弱，能见度也有些了，人们惊惧地发现，大月的斜桥居然正在山顶镇上徘徊！它依然离地半米来高，却没了固定掠过的路线，而是在周围晃荡，有时忽地直冲上山顶，蹭几下又横着拐走，有时候竟停留片刻，接下来横冲直撞，磕塌几堵倒霉的矮墙。很明显，老瞎子那天晚上便是被斜桥撞倒的。

镇子上不得不腾空山顶一大片地方给斜桥留出肆虐的场所，除此之外也没有别的对策。但事情后来的发展却出乎所有人的意料，山外竟飞来十几艘比长翼隼还大的铁鸟，靠近晃荡的斜桥绕着盘旋。

"这些鸟莫不是做窝？"老面新奇地仰眯起眼睛。

"没见识，那是飞车。"书记官听过一些外边的传闻，"说不准啊，上面有人。"

老吉也诧异地望着昔日赖以谋生的斜桥。在他眼里，似乎每个人都在觊觎停止转动的桥身，要时刻抢夺他追杆手的称号。他一边盘算着追杆难度的变化，一边四下里瞄，看谁是进一步的潜在竞争对手，可大伙全然不把这当回事。

铁鸟们在半空中盘桓了许多日，同时似乎有更多的铁鸟去往高处，脱离了下面人的视线。桥身在尘霾中逐渐慢下来，半空中偶尔摆出微微一丝弧度，像陷入泥潭的柳枝。山顶镇人惊诧莫名：爬了这么多年的斜桥，原来桥体居然是柔软的？然而更想不到的还在后边，铁鸟们花了两个多月将桥体慢慢固定在山顶的一处位置，之后便非常缓慢地下降。在一个普通的黄昏，桥体终于触及地面，激起一阵小小的烟尘。

老吉一直呆呆盯着斜桥，脸上不住抽动，见桥身落了地，忽然也就像被抽空一样，深陷的眼窝里有些潮湿，他抬起头，揉揉鼻子，又恨恨地"哼"了一声。

翌日老吉起得很迟，开门时，却见久未开张的铺子外聚集了一堆人，核心正是先前来过的络腮胡子，他头发白了一圈，说话比先前更大声："万幸，万幸，这次真是天赐良机。谁知道好好的，斜桥竟会停下来？本来以为地震了，隔了几天才看出来，原来对面天上砸下来几颗陨石。陨石，你们懂不懂？——下面的观测站早就发现了，我跟领导说，好机会，好机会，领导就派我来，这不，斜桥固定下来。以后，乡亲们都来爬，都来爬。"

听说络腮胡子居然是令斜桥驻足的魁首，镇子上的人"唑"地感叹，便都敬慕起来。书记官带头摆起酒饭，吃喝声中，又有一批人围住斜桥桥底打桩砌石注水，要把桥底牢牢固定住。老吉在门内盘算这种酒饭断然是每家摊派的，倘若不去吃饱喝足必然大亏，可脚底下总是移不动步子。已经长大的小吉倒是一溜烟窜出去，叫也叫不回来。

小吉长得略瘦，但也有一把子力气，平日里都在老爹铺子里帮工扛货，并且像其他同龄人一样叛逆。譬如他晚上总是偷偷开灯看书，惹得老吉不止一次发牢骚说费电。

"崽啊，挣点钱，不容易，能省就得省省，做人要守本分嘛。——成天外头疯跑，能跑出花花肠子来？叫你不要搞那些没用的，你就是不听，唉。要是以前……"

老吉一面为自己权威性的削弱而叹气，一面又半只眼睛盯住外边带队鼓捣的络腮胡子。自从斜桥驻定以来，攀爬的人一下多了不少，就连老面也虎头蛇尾地窜上去在半空里风光了一把。老吉从心底里鄙视老面这种不专业模样，却也没说出来。

"阿爹，我想去学开车哩。"小吉忽然开口道。

"啥？"老吉这一惊非同小可，几乎怀疑听错了，"崽啊，你？"

"我想好了，"小吉睁着倔强而明亮的眼睛，"家里境况一年不如一年，我总不能老在这里白吃饭。多一门手艺有什么不好？"

"手艺？胡闹。"老吉即将拍案大怒，然而手头并没有东西可拍，"你给我规规矩矩干活，别的，不行！"

于是父子俩的第一次关于前途的交流以冲突告终，但小吉并没因此变得规矩起来，反倒更加"忤逆"。斜桥接壤点的加固工程完工后，山下运上来更多细长闪亮的东西，据说叫"钢轨"，在叮叮当当的开凿声中，小吉和一些年轻人也跟着一群头戴安全帽的工人用简易的吊机将沉重的钢轨竖起，往斜桥桥身上贴。

"这轨道，以后要铺到上面去，"络腮胡子指着头顶上依然被些许尘埃云挡住一角面孔的大月，对小吉以及其他人说，"上面的好东西，都能运下来，一趟只要两三天。——或者，一天就够了。"

"用什么运？"小吉惊奇地问。

"运？当然是车了，电动牵引，你们不懂。"络腮胡子像忽然想起了什么，"对了，轨道建好后，斜桥需要司机——就是开车的——小吉，我记得你早就报名了……"

"可我阿爹不许，"小吉有些犯愁，但转眼就挺起脖子，"不过，我不管。"

大概因为络腮胡子在地面上存着威望的缘故，小吉的学车之旅开展得还算顺利，可轨道越铺越高，很快铁鸟又飞回来了，络腮胡子也乘着它们去了半空，一连好多天都不落地。铺子里的活儿忽然就莫名其妙多起来，小吉不得不熬夜搬运，累得腰酸背痛，然而也拼尽全力顶着，好在坚持三天后活儿的量又恢复了正常。小吉偷偷瞥了瞥阿爹，还是一直沉着脸。

驾驶科目的结业考试小吉也是瞒着阿爹去的，成绩竟然相当好。镇子上也传开，说考官们对小吉的技术很满意，吃官粮的好运指日可待。而老吉的脸色大伙也有目共睹，许多人便有了看热闹的意味，等着围观父子俩如何收场。平日里，只要铺子中传出一丁点动静，周围就有数只耳朵竖着听。

老吉的铺子这些年每况愈下，不但半年前捉襟见肘地盘掉了地段还不错的原址，置换到偏僻角落，而且还和一向鄙视的老面做邻居，简直憋屈。老吉自己有时候想想也惶然：追不动杆，这辈子就没了盼头，儿子也不听话，世道怎么就变成了如此不认识的模样？

"老吉！"

小吉结业许久后的某一天黄昏，络腮胡子的大嗓门忽地在铺子门口响起。老吉惊诧地探出头，只见对方一身石屑粉尘，却神采外露，看上去像又一次刚回到地面。

"不进去坐了。"络腮胡子兀自说开去，"上面完工，那个，基本上差不多了。接到通知，下个月就通车，有仪式，你来不来？首发的司机师傅，有小吉一个，恭喜！都来啊，都来！"

"啥？"老吉平生第二次莫名惊诧，一时呆住了。络腮胡子以为他已知悉，拔腿便走。老吉猛醒过来，赶几步窜出门，想拉住络腮胡子，但手又没伸出去：

"哎，那个……"

"什么？"

"像……像我们这样的穷人,那个,不适合吧?"

"穷人?老吉,你这想法就不对了。修路,不就是为了致富吗?大月上的资源有多少,你又不是不知道,亏你年轻时还这么风光。我跟你说,小吉聪明得很,什么都一学就会,你真是修来福气了。"

"什么聪明,还能比得上外面的司机师傅?"

"哎哎,那不是成本太高嘛,本地化,也顺便创造就业,你不懂。"络腮胡子不愿多说,瞟了一眼屋内听着的小吉,"来啊,一定要来。"

络腮胡子走远了,老吉脚下踩棉花一样蹩回铺子,正赶上小吉扛两袋泥灰出门。小吉略显瘦弱的上半身流了一层汗水,在夕阳下闪着微光。老吉紧皱双眉,不自觉地摇摇头,忽地又悄无声息叹了口气。

通车的日子转眼就到了。清晨听得隔壁屋里小吉哐啷哐啷穿好衣服,连早饭都顾不上吃就出了门。铺子里安静下来,老吉瞪大双眼躺在床上,翻来覆去,睡不着回笼觉,索性也爬起来。外面路上有不少人熙熙攘攘挤过的声音,听方向都往斜桥那边去。

过午,老吉卸下一半儿铺门,预备开门迎客,但走过的行人只有嘻哈着向这边瞟的,没人驻足,老吉便也打消念头,重新上了门板,又在铺子里摸这摸那,来回踱了几十圈,终于觉得烦闷且肚饿了,于是从侧门蹩出去。

外头冷冽晴朗,锣鼓声从斜桥底下朝外传,吸引着人们围成里三层外三层。老吉不愿让人瞧见往斜桥去,便绕了个大圈迂回靠近。只见斜桥的向阳一面逐渐显露出来,长长的桥身上很亮地反射几道银线,直没入天顶。银线下方地面上不知道何时挂了几台称之为"车厢"的物件，各捆扎一道红绸带，活像一圈燃烧的火苗。车厢前的台子上似乎坐有几个大人物，连络腮胡子都只站在一旁。风里传来洪亮的致辞，老吉却没去听讲了些啥，只睁大眼睛远远寻找，不出所料，他在台下侧面一排胸前戴红花的年轻人里发现了儿子的身影。他竟然在笑。——还笑得那么敞亮，老吉不由有些不忿。

冗长的致辞直到黄昏才完结，接下来代表山顶镇一方的村民抬上来一块石匾，刻着书记官前几个月绞尽脑汁作的赋，书记官在现场也对着石匾又跳又说又唱，"兮"字特多。这回老吉听了几分明白，唱词中除了回顾建设历史外，好像还展望了未来，说斜桥要作为大月与地面间的交通要道，以后有很多运输以及移民的活儿。

"莫非当司机还有点前途？"老吉挠挠头，想。

夜色逐渐降临，台子周围灯火亮起，倒越显出外头的黑来。赋诵念完后，书记官与络腮胡子左右走动起来，一人拉红绸带的一头，下面的叫好声鼓掌声慢慢涌起，须臾又静了片刻，影影绰绰有人走到台子中间，站了几秒钟，红绸带忽然断掉朝两边飘落了。

老吉立刻觉得这并不是好兆头，然而台下却又齐声喝彩起来。小吉一队人也走上台子，排头的说了几句感谢的话，再各自开门，弯腰钻进轨道上的车厢。车头上几盏大灯开启，把夜空削出一片雪亮，轨道两旁也闪现出点点红灯，像星星列队通向天空。小吉出场时老吉本来是赌气不瞧的，可禁不住这平生未见的奇观，直看得目不转睛。只见低沉的轰轰声响起，车厢轻轻一颤，竟然开始缓缓上升！许多人惊讶地张大了嘴，那折服的神色仿佛像仰慕当年的首席追杆手一般。

突然，离地三四米的车厢猛然一顿，钢轨冒出一阵尖锐的摩擦音，直扑老吉耳膜。老吉大惊，立马拔腿朝斜桥飞奔，可刚跑出百来米，只见远远的车厢门打开，小吉探出头来，朝下面的络腮胡子比了个简单手势，接着关上门。车厢竟然重新又慢慢上升，而且愈来愈快，愈来愈高。

"小兔崽子，害得阿爹差点崴脚。"老吉边骂边喘粗气，顺势一扭身，脚步又拐向另一个方向。他慢慢走到山顶崖壁边蹲下，赌气不看身后的斜桥，可听见身后喝彩声依旧不断，又忍不住扭头仰望，斜桥的红灯仿佛排成一条从大月垂下的天路，长长地划过夜空，儿子所在的车厢和其他几辆一起，像一串闪亮的流星，缓慢地滑向更高的远方。

"出息了啊崽，翅膀硬了？不把阿爹放在眼里了？可是，再怎么不听话，哼，你不还是我儿子？"

老吉尽管闷闷不乐，可想到儿子终究去爬大月了，也算子承父业，便也有些释然。他重新回过头，看着前面悬崖下面黑夜笼罩的外面世界，星星点点的遥远灯火亮起，像冥河中浮起的烛光。

夜已深，空气中泛起冷意。老吉打了个寒噤，看到那边人散了不少，于是也预备离开。刚站起身，老吉忽然想起了什么，便从口袋里掏出一张纸，哧啦几下撕成碎片。叹口气，手一扬，那白蝴蝶似的纸屑被风卷得四下里散开，眨眼间朝外面的夜空，都纷纷地飘去了。

蛰 伏

文\修新羽

海洋会退化,成为只长水母的荒原。

——《2010年初第362次香山科学会议总结报告》

科研人员操作违规,误将试验用海蜇投入自然环境。

——2075.7.14 "621生物污染事故"初查结果

在我们不曾知晓的地方,战争从未止息。

——2125.8.5《揭秘"621"》

时钟滴答,我们正向"生物学的广岛"靠拢。

——1970《未来的震荡》阿尔温·托夫勒

一. 2075 年 8 月 5 日

清晨。空气是火灾后特有的刺鼻味，仔细闻的话，还能闻到海风的咸涩，以及一股隐隐约约的腥臭。有经验的人会明白，那是死亡的味道。在此后的几个月之内，这味道都会一直在整座城市里飘荡。

几位战士站在警戒线旁，脚下散落着酒瓶。"为胜利！"有人喊道。另一人醉醺醺地瞥了眼火灾后的废墟，发出刺耳大笑："为惩罚！"笑声很难听，像笑着笑着就会痛哭起来。他们的眼睛都隐约发红，但没人在继续哭泣。

有穿着军装的人朝这边走来，战士们不约而同地安静了。离门口最近的小伙子眯起眼睛辨认何哲的军衔，神情变得严肃。"上校！"他喊，喷出一股酒气的同时努力站直，歪歪扭扭地敬了个礼。

何哲冷淡地扫视他们，问："怎么回事？""有渔民比较激动，过来闹事儿。没伤到人。"那个年轻人顿了顿，补充道，"我们就是来看一看。来的时候，这儿已经烧毁了。"

何哲点点头，然后朝那几栋废墟般的建筑走去。

"那边危险！"有人提醒。何哲没有理会，径直走入那扇在火灾中扭曲的大门。火焰刚刚熄灭，满地是泥泞的灰烬。

他走过墙壁焦黑的走廊，走过扭曲的文件柜残骸，走过一地的碎玻璃。

十五分钟后,重新出来的何哲没再看那队士兵一眼,匆忙离开。在他的口袋里,有瓶纯度很高的生物致死剂,上面贴着标号,"六十七"。

有辆车在马路对面等他。驾驶座上的人说,先去军部。何哲点点头,似乎有些疲惫:"抓紧时间。"

他们沿着海岸线一路行驶。原本金色的沙滩,被一层层褐色物质覆盖住,那是海蜇们腐臭的尸体。新赶到的士兵正在那里忙碌着,试图清理,却怎么也清理不完。

何哲转过头,闭上眼睛。

去军部参加完授衔仪式,别着崭新的肩章,在赴任第七科研所所长的路上,何哲昏昏欲睡。他又想起了以前的事情。江良给他留下了那么深刻的印象,让人一生都无法忘记。

大四刚开学,学校突然组织了场考试,题很难,全系都要参加。成绩下来后,何哲被导师叫去办公室,有位穿军装的年轻男子在等他。那人打量着何哲,突然就笑了出来:"怎么,第一名是你这根豆芽菜?"何哲瘦是瘦,还没被人这么明目张胆地嘲笑过,一下子没反应过来。倒是坐在旁边的导师抄起本论文就砸过去:"挖人墙脚还这么嘴贱!"

一下午的时间,他们聊了很多。

江良是大他几届的同门师兄,据说当年也是一顶一的学术人才,被特招去了军队机密研究所工作,这次是回学校招点儿新鲜血液。

"不是机密部门吗?"何哲大声反对,却还是被江良拖上了车,说去海边,参观第九研究所的水下繁育池:沙海蜇-L,和沙海蜇外表相同,只是个别基因稍有差别,繁殖速度是普通海蜇的九倍;海月水母-A,子代基因变异率能够达到百分之十七以上……

探照灯的光扫过去,被扫到的海水变得澄澈,没被扫到的依旧一片漆黑。何哲看着那些生衍不息的生物,心想,他从没听说过。这和他平时上课接触到的东西不一样,完全不一样。

"长见识了吧。"江良脸上带着模糊笑意,"这才是真家伙。你们平时做的那点儿实验也就够发几篇论文。能发出来的论文,从来都不是最重要的——最重要的早就被藏了起来。"他用手划过冰冷的玻璃幕墙,"三十年前,外国科研公司赞助了一群愚蠢的研究员,想通过基因改造来加快食用海蜇的繁殖速度,能多赚点儿就多赚点儿。可惜,他们根本控制不住自己的实验品。"

何哲没有问,为什么这些事情没有被写在教科书上,甚至也没被媒体捅出来。玻璃幕墙之后,无数水母在淡蓝色的海水中自由穿行,仿佛永远也不被拘束。墙是透明的,但墙永远就在那里。

他们来到了江良的办公室。已经是半夜,那里没有人值班,只是摆放着很多瓶瓶罐罐,各类海蜇标本泛着诡异光泽。诡异却美丽。江良倒了两杯酒,冲何哲举杯:"明年就毕业了吧?提前祝你毕业快乐!"

温室效应,海水富营养化,水母数量激增。近海渔业资源开始衰退,海水中毒素逐渐泛滥。如果任其自由发展,最终海洋生态系统将失去恢复力——各国都在研究对策,都没什么突破进展。

"怎么样?"江良问他,问得很含糊,"你怎么想?"

硝烟。何哲想,每一滴海水中都融入了硝烟的苦味。科技战早已在各个领域中蔓延,人们彼此心照不宣。他微笑,饮下冷酒。

作为海洋生态系统的"盲端",水母能以大多数浮游生物为食却没有什么天敌。何哲想起大学时,自己导师的感慨:"在水母爆发后想让它们回归正常数量,或许只有毁灭整个海洋。"

这话已经过时了:"621"事故过后,整个水母科都不再具有威胁。

却只有一片海洋被毁灭。

二. 2077年6月21日

灾难过后,附近居民陆续搬走。

何哲以不可思议的低价买下了研究所旁的别墅。别墅原主人投资的鲍鱼养殖池遭到了污染,血本无归后他从楼上跳了下去。那阵子,这城市的自杀率特别高,人们宁愿死,也不愿一无所有地离开。

从别墅里能看见海,也能看见长在研究所门口的那棵老槐树。他认得那棵树,当时在所里,要没日没夜盯着显微镜做实验,眼睛经常干涩难受。江良知道了,就命令他时不时抬起头,对着窗外那些葱茏的绿叶，看上几分钟。

这两年来，何哲只需要开开会，审核一下研究报告就可以了，再也没有那么拼命过。其他领域的战争还在继续，但是对于"海蜇战"来说，白热化抗争早已过去了。

这些年来，世界十个著名渔场减产 30% 以上。被捕捉到的海蜇中，还出现了重达 350 kg 的巨无霸。几个临海城市，海水浴场里被蜇伤的人数年年上升。

"人家都不愿意相信，"何哲给家里打完汇报近况的电话，忍不住抱怨，"家里介绍的相亲对象死活不同意，怀疑我其实是搞核弹的，或者被辐射坏了脑子。要不你给我解释听听，我们这些研究小海蜇的人怎么就被安排在了军队的研究所？"

"这就是现代战争的实质，"江良一脸严肃地说，"不是什么轰轰轰的核弹，而是那些游来游去的小海蜇，东来一只西来一只，蜇蜇人，吓吓人，破坏破坏旅游业。何哲同志，你是站在了保卫人民的第一线。"

他们日复一日地调节着水温，日复一日地测试着那些实验用海蜇：要研究怎样减少繁殖，必须先要知道它们的极限在哪里。他们研究各种基因型的搭配，培育出的海蜇在繁殖速度上，远比捕捞回的样本更为恐怖。当然，为了保险起见，他们也配置出了各种具有针对性的致死剂：那群愚蠢的外国科学家的错误，没人想犯第二遍。

沙海蜇 -M，海月水母 -Q，白色霞水母 -V……越来越多经过基因变异的水母被发现。江良有些焦虑,经常一个人躲在办公室里。何哲推门进去汇报工作的时候,总能闻到扑面而来的浓重烟味。

"这些该死的海蜇到底哪儿来的?"负责基因定向的同事分析完新一批样本,夸张地感慨着,"我看是有个海底文明在做它们的坚实后盾吧,这变异速度比我们测试的速度都快三倍!"江良二话没说狠敲了那人的脑袋:"那正好,把你扔进海底去,把那所谓的文明给拖累死,海蜇军团就不攻自灭了。"大家哄笑,继续各干各的。何哲紧紧抿起嘴。它们是从哪来的?谁也不知道。

谁也不敢猜测。

研究进行到第五年的时候,预算已经都花光了。江良一边继续觍着脸跟上面要钱,一边指示他们,在分析海蜇基因链的同时,留心寻找点儿实用的生财途径。十九号海蜇是第九研究所花半年才研制出的新品种,能够提纯海水中某些稀有元素,并将其积累在体内,方便人们提纯利用。很快被一家企业看重,投放到了产业链中。

签合同那天,他们得到特批的三箱酒,在研究所的食堂里笑闹到很晚,起哄的人把江良架到桌子上,他唱了四首歌才被何哲营救下去。庆祝归庆祝,第二天他们撑着宿醉,还是照旧一早起来工作,为了答谢"救命之恩",江良给何哲安排了份轻松的任务,检测螅状幼体在不同温度中的繁殖速度。

这事儿不费脑子,连水温都是系统自动调节的,就是看看数据,记录记录,这事儿刚上本科的时候何哲就能做得很好。但刚上本科的时候何哲肯定不会明白那些数据究竟意味着什么。这速度太快了。即便依旧宿醉着,已经有着多年科研经验的何哲依然能够看出来,这繁殖速度实在太快了,早就突破了自然变异所能达到的极限。

他去主控制室找了江良。

影幕墙上,监控数据不断跳动。江良盯着它们看,红色光线一格格映在他脸上。在听到脚步声的时候,江良依旧一动不动,只是说:"何哲,你眼镜度数是不是又长了?"

反手带好门,何哲走过去:"能得到所长大人的关心,草民不胜荣幸。"

江良淡淡一笑:"视力下降了,就到这儿来看我养眼?"

"我是看数据看太久了,总觉得自己眼睛要花了,"何哲说,"我看不明白。我好像知道了点儿什么,又好像没有。"

江良说:"你好像变成了一个哲学家,又好像没有。这真是伟大的辩证法。"

何哲看了他一眼。而江良依旧看着那些跳动的数据,那些不合常理的数据。他没有半点儿要坦率承认的意思,而何哲只能把话明白地问出来:"那些海蜇到底是哪儿来的?"

江良说:"海蜇,海蜇,当然从海里来的。"

"自然变异不会这么快,还这么精准。从洋流方向追溯,我怀疑这些海蜇是从 A 国来的。"何哲顿了顿,更正了自己的话:"我确定,它们就是从 A 国来的。"

江良突然抬起头来笑了笑，揽过何哲的肩膀，语重心长地说："小何啊，这次就当我还醉着，什么也没听见。你赶紧回去看你的数据去，别整天跑我这儿偷懒。"那意思是你小子挑拨国际友谊了啊，小心被开除。

那意思是，他知道答案，但出于某些原因，他不能说。

第九研究所隐瞒的答案太多了。"第九研究所"，被人唾骂的五个字。何哲在那里度过了整整七年，付出了所有的才华与青春。

后来他参加过一些讨论会。那些学生总是用年轻人特有的不屑谈论着两年前那起事故，谈论那些科学家是多么平庸无为，在灾难发生后又是多么无计可施。何哲觉得自己想要冲他们尖叫，因为他们都是白痴，谈论的都是彻底的谎言。

但他不能说。和之前的许多个夜晚一样，他只是面无表情、目光灼灼地听着，听人们谈论那毁灭一切的灾难。

三. 2075 年 6 月 19 日

"要么是检测器错了，"小夏指着显示屏说，"要么是监测站那帮人疯了。"

一夜之间，有海蜇群无声无息地出现在领海边缘，朝海岸靠近。

卫星监测站对公众保持沉默，却向第九研究所发布了生物入侵红色预警。

"这什么意思？"何哲说，"一到八所的人都不管了，就告诉我们？"

江良带着所里三分之一的人出海去了解情况。何哲被留下看家。

最高权限临时被交到了何哲手上。只是临时的，所以何哲并不知道事情的真相。

他只是茫然而兴奋地看着操控台上的灯一排排亮起来，看着象征着自己战友的几个光点朝那群海蜇逐渐接近。他预感到了有什么事情正在发生，但一如既往，他并不明白。

甚至在多年之后，他也依旧难以确定，江良对那些事情究竟知道多少：分布在世界各地的海蜇，都被进行了基因改造，都是本国军方用来侦查、掩护、破坏的工具。它们无限繁殖着，在失去利用价值的某一天被彻底消灭。一到八军属海洋研究所负责控制它们获取信息。而第九研究所，负责控制它们的繁育速度，以及提供最终的毁灭。

海蜇战从来不是什么没有硝烟的经济战。它们是武器，最精妙的生物武器。

6月21日，他们出发后的第二天，探测标在航查舰前方与海蜇群相遇。它们随着温暖洋流入侵而来，如废弃纸屑般，漂浮着布满了整个海面。淡紫色蜇体上，还有隐约的白色斑点。

是小夏最先赶到的。他刚来所里不久，还没看腻海蜇，还没见

229

过这么壮观的景象，他隔着玻璃盯着海蜇群看，在通信器里梦游般地念叨："你们都看见了没有，这么多，这么多海蜇。它们可真漂亮。"

何哲为这个品种做过分析。它极其危险，分泌的类眼镜蛇毒能在三分钟之内杀死一个成年人。他在通信器里有些急躁地喊，撤，赶紧撤。

"我在航查舰里面呢，"小夏安慰他，"很安全的，没关系！"

"这么危险的海蜇莫名其妙出现在近海，这整件事就不安全！"何哲继续喊。

江良那边倒是一直沉默着，在他们吵吵闹闹争论不休的时候，突然开口："海蜇群里有潜艇。"是从艇外监视屏上肉眼观察到的，雷达上一片寂静。

所有人都看向艇外监视屏。探照灯的光柱中，几艘被海蜇群纠缠的潜水艇时隐时现，是从没见过的类型。或许是在执行什么需要海蜇群来掩护的任务。或许是敌军。

何哲还想说什么，但是通信频道被强制占用了。是上级，或者上级的上级。他只能听见自己的心跳，还有时钟的嘀嗒声。不知何时，第九研究所里剩下的人都来到了总监控室来，他们跟他一起沉默着。

嗞啦，频道被还了回来，而何哲没来得及再次开口。

"释放六十七号。立即。"是江良的声音，他很少用这样命令式的语气说话。六十七号，他们研制的第一种攻击性海蜇，理论上讲，成蜇能够长到五百吨以上，海底世界的霸王。

何哲也跟着严肃起来，说："收到。"他把手掌伸向操控台旁边的凹槽，犹豫了一下。

"立即。"江良强调着，仿佛能看到何哲的犹豫。

六十七号繁育池的舱门悄无声息地打开，海水被一股巨大的力量拉扯。

那是只庞大的海蜇，伞状蜇体发出孔雀绿的荧光，布满金色花纹。海蜇体内90%以上都是水分，本不会有这样鲜艳华丽的颜色……但它确实诞生了。优美，庞大，神圣。它游出那间狭小囚室，天罗地网般笼罩下来，成千上万道丝状触须自在地摆动着，释放着毒素——这种经过特殊改造的毒素更像是天然致死剂，能使其他水母的蜇体即刻销蚀，却对人体基本无害。

它只有不到十吨，还很小，很年轻。它生活在繁育池里，还没见到过外面的世界。半个小时内，它将水母群赶回至离研究所最近的海域，一次性消灭掉。那些疯狂掠过整片海洋的海蜇，眨眼间就变成了没有生命的褐色漂浮物，逐渐融化。海水腥臭黏稠，被毒素和尸体所污染。

毒素将毁灭一切。

浓度太大了。没有鱼虾，没有海草，也没有海蜇。没有生命能在那些毒素中存活。

只剩下了六十七号。它穿越这片灰褐色的腐败海洋，向更为广阔美丽的深海游去。

从今往后,这片海域将成为彻底的荒漠。以海滨旅游为支柱产业的城市,一夜崩溃。

海洋里的一切都是惊心动魄的。海洋的尺度是海里,吨,百年。而他们不过是渺小的人类,只能目睹一小片世界,一小片短暂的光阴。

江良他们没来得及回来。

猛然涌入的海蜇群,产生了巨大到难以想象的冲击力,将潜艇群和那些装备普通的航查舰狠狠砸向海底礁石。他们没办法靠自己的力量突破重围,也等不到什么救援。

潜艇和航查舰全都变成了一块块形状扭曲的金属饼,安静沉入海洋深处。后来何哲花了很长一段时间去寻找它们,然后又花了更长的一段时间尝试把那些残骸捞上岸,却没有成功。

当时何哲什么也不知道。他只是看到通信屏上突然一片漆黑,联络通道里传出尖锐的干扰音——然后是永恒的沉默。

何哲坐在自己的办公室里,他的临时控制权已经被上级或是上级的上级收走了,他什么也做不了,只能坐在那里。"不然,出去看看吧。"后来有人提议说。总这么待着也不像回事,总该做点儿什么。

于是人们就三三两两地走到了研究所顶层。已经是深夜了,从那里望到的大海漆黑一片,缀着破碎星光。

"何哲上校?"对面的人一身军装,脸上是彬彬有礼的笑容,"欢迎加入七所,希望大家能在您的带领下……"

政府拨出巨额资金，帮助 Q 市的经济重建。各界也纷纷伸出援手，不断有志愿者团队赶来，帮忙清除被冲到沙滩上的海蜇尸体。上级用一份完美的履历表，换走了何哲在第九研究所的工作经历，把他调任到了军属第七研究所担任所长。

媒体上说，Q 市的经济倒退了二十年，而且在今后五十年中都无法走出困境。这一切都是第九研究所造成的——人们这样说，并这样相信着，愤怒而憎恨。

除何哲外，所有第九研究所的科研人员都被"扣留"在了总部，停职接受调查——一无所知地接受调查。那群因失去生活来源而绝望的渔民，闯入了空无一人的研究所，砸坏了所有仪器，最后还放了把火。

可是有些东西是他们碰触不到毁坏不到的——那些东西在地下。江良将装有所有研究资料的储存卡，与第六十七号海蜇的致死剂一起，放在了地下观察室里。

四. 2125 年 8 月 5 日

2102 年，A 国宣战。第一场战争发生在那座被海蜇破坏的城市，那座在旅游业一蹶不振后秘密发展着军事产业的城市。大陆架上，数以千计不知何时埋下的潜艇狙击装置让 A 国的水下队伍深受重创，战损率将近百分之六十。

2105年，三年苦战，以A国承认失败、签订战争赔偿条款而告终。

2125年，解密期终于过去，"621"事故的所有资料被公之于众，江良们不再是罪人。第九科研所被称作不朽的传奇，被媒体争相追捧。人们想要设置一个水下纪念馆，在管理海洋生态的同时祭悼死去的英雄。工程量不大，对技术的要求却挺高，还要等上一阵子才能建好。

没关系。他已经等了五十年。五十年不算久，总有东西分毫不肯改变。从别墅的窗口向海边望去，能看到海底礁石的布局一如既往。

五十年不算久，可又太久了。他随着那些游客走进全景潜水器里，心想，终于等到了。

这些年，不知是出于什么心理，前来参观"首战纪念遗址"的人越来越多，这里竟也逐渐变成颇具规模的旅游景区。

哭喊声从检票口附近传来，几个白发苍苍的老人被强行搀了出去。他们手里拿着横幅，隐约能看见"621""无可挽回"等字样。是那次事故的受害者，这么些年的愤恨，在得知真相后依然难以释怀。他们强烈反对建设纪念馆，还组织过几次抗议静坐，但引起的反响微乎其微。

他们都已经这么老了。何哲想起来，自己被人喊"何老"也有好多年了。

观景潜水器下沉，早已被废弃的水下仓库和观察池、繁育池，依次出现在人们眼前。有些在事故发生后不久就被填上了，只能隐约看出痕迹。

三三两两的游客挤在满满一墙架子前，兴奋地低语。架子上摆了些玻璃瓶，瓶身泛出柔和的光泽，装着不知什么东西。何哲询问旁边的人，才知道那是新推出的旅游纪念品。

走过去，他看见一只只小巧的水母被装在那透明坚固的瓶子里，和几片水草关在一起。它们有着苍白而精致的蜇体，高贵的鲜红色触须……

何哲张了张嘴，觉得喉咙里突然干渴得难受，什么都说不出来。他马上又走开了。年轻的警卫员在一旁，稳稳将他搀住。

他们继续下沉，周围光线越发黯淡。那些航查舰锈迹斑斑的残骸早就被政府派人打捞上去，安放进了博物馆。礁石之间空空荡荡，这是比人类还要古老的礁石。

突然，另一边传出整齐的惊呼："那是……冥王海蜇！是吗？"人们给六十七号海蜇起了个别称：冥王。不算难听。他们喊着，语气里有着掩饰不住的兴奋与喜悦，几个反应快的马上掏出手机开始直播。

何哲转过身，然后看见了它。

不过是一只外形普通的白色水母，两三米的蜇体……五十年来，人们在这片海洋中发现的第一只水母。没人知道它是从哪儿来的。

在探照灯的光柱中，它从潜水器的透明弧顶上荡过。

"621事件"后一周内,六十七号继续在深海游荡,全球海蜇总量终于降至合理标准,存活下来的那些海蜇也都不携带威胁性基因。在最近几百年内,不会再有海蜇爆发。何哲追踪到了六十七号身上的定位器,然后在军方潜艇的保护下,驾驶着私人潜水器,去给它注射了致死药剂,然后眼睁睁看着它的身体完全溶解,变成无色液体沉入洋心。

那事件虽让一座城市蒙难,却给全球都带来了益处,为国家赢来了良好声誉。在战争前夕,这些都是无价的。

何哲屏住呼吸,凝视着那只闲适游过的海蜇。

它越游越远,像一团白光那样,消失在森蓝海水里。

传送机事故报告

文\海 獭

张力是个大学毕业刚不到一年的新生代上班族，这会儿正在去公司的路上。每天的这个时间，他都靠刷微博来打发。

他正在往自己居住街道的传送点走。

用"走"这个动词有些不准确，他现在是站在人行道的履带上，履带会自动往前滑动，并不需要人们真的走起来，只要在路口转到正确的履带上，就能到达目的地。

当然，履带运行的速度比较缓慢。如果张力不那么偷懒，选择走人行道，他能更快抵达社区传送点。可包括他在内，这条履带上的所有人，都站在属于自己的位置上。和其他人一样，张力宁可降低前进的效率，也不愿意挪动一步，让自己成为那个不合群的人。

他低头看着自己移动终端的 VR 镜头里射出来的光屏，手指点击了一条今天深夜两点时发出来的长微博，那条微博的题目引起了张力的注意——《传送机事故报告记录》。

张力点开了这条长微博的细节，开始阅读里面的信息。

在当今的社会，定点传送技术成为了人们生活的主要交通工具。

自几年前传送机被广泛推广应用以来，我们想要从东京到达纽约，只需要花费十分钟。

而在传送机发明出来以前，同样的距离至少会花掉十几个小时。人们的出行依赖于汽车、火车和飞机，等等一系列不方便且占地面积大、又十分消耗能源的旧型交通工具。

传送机是 WORK 公司给人类社会带来的跨时代革命性发明，它大大缩减了国与国之间的距离，提高了人们的工作效率。

可你知道吗？传送机作为一种交通工具，它，也是会发生事故的。

在笔者举例说明具体事故案例之前，先给读者们简单地介绍一下传送机工作的原理。

WORK 公司所研发的这台跨世纪定点双向传送机，其传送原理是：

拾取传送用户的DNA和所携带物质的组成信息，将用户的肉体和记忆画面数据复制，在目标地点重新组成。

用户被从A点传送到B点。在A点的传送机拾取了用户的记忆，用户的肉体被分解成液态，并保留在A点传送机的容器里。接着，用户的身体信息被传送到B点，B点的传送机会用人体的基本素材将用户身体和所携带物质重塑，输入A点记录的记忆。

至此传送成功。

每台传送机柱体上方的巨大容器里，装着的就是组成人体骨骼、内脏和血肉的基础素材液体。而这些素材的来源，就是那些每天都要在不同地点来回穿梭的普通人。

也就是正在看这篇文章的———你。

分解，记录，传输，复制，重塑。

这些都是好听的词汇。

看到这里，我想已经有读者明白了。

是的，我们每个人几乎每天都要被杀死至少两次。

你有没有想过，为什么你在进入A点传送机后的记忆是不存在的？而只有在B点，也就是传送目标点的记忆才比较完整？

我们能够记得传送完成后所在传送机的结构，但却无从得知传送前的传送机内部结构。

这是因为我们在 A 点经历的被分解过程并不是无痛的。

没有人在被杀死的时候会觉得不痛苦。

在 A 点的用户是被活活分解的，而被分解时的记忆不会传送到 B 点。

一个人如果一天使用传送机三次，那么他每天都会经历三次被分解的痛苦，只是他不会有这段记忆而已。

这些信息 WORK 公司并未对外公开，他们害怕人权组织的干涉。

好了，传送机的原理介绍，大抵完成。

接下来让我们把话题回到 WORK 传送机曾经发生的事故上。

如同人类曾经使用过的各种交通工具，传送机当然也不是完美无缺的，而且不同于其他传统的代步工具。它的各种历史事故，更加离奇和匪夷所思。

接下来我要讲的这些案例，都是真实发生过的，也许有些人曾经在新闻网站上看过类似的信息或者有幸目击过现场。但如今，这些消息已经被完全地从网络上删除干净。我的团队采访过那些目击过事故现场的平民，他们因为"某些原因"，闭口不谈曾经发生过的往事。

WORK 公司不希望旗下的广大用户因为这些事故而放弃使用他们的产品。

好了，我们话不多说，直接进入正题。

传送机事故第 23 号

事故级别：4（恶劣）

保密级别：高（不可对外宣传，此文档留存于 WORK 公司内部，用于研究和技术改良）

受害人：郭镇明

性别：男

年龄：29

事故发生时身体数据级别：健康

婚姻状况：已婚、有一子一女

事故概述

在 2079 年 3 月 13 号上午 8 点 23 分时，郭镇明使用传送机，从所在居住地小区（中国杭州）前往工作单位（澳大利亚墨尔本）。

当郭镇明被传送到墨尔本市时，他的大脑因为某种原因，保留了在杭州市传送点被分解时的记忆。

这段记忆对郭镇明造成了严重的精神伤害。经三甲级别医院精神科医生的鉴定，郭镇明因为此次事故而患上了中度精神分裂。

其家属使用医院证明为证据，将我司诉讼至法院，经我司法务部多次上门调解，家属最终接受了我司提供的 400 万人民币赔偿，撤销了诉讼。

档案记录完毕

记录时间 2079 年 4 月 11 日

传送机事故第 38 号

事故级别：5（极其恶劣）

保密级别：最高

受害人：陈祈峰

性别：男

年龄：32

事故发生时身体数据级别：一般

婚姻状况：已婚、无子女

事故概述

在 2079 年 5 月 1 号上午 11 点 07 分时，陈祈峰使用传送机，从家庭所在地（中国成都）前往工作地点（中国香港）。

在传输过程中因程序出错，在其公司所在地的传送机内，错误地复制出了四个记忆和相貌一模一样的人。

当时，其中一个陈祈峰第一时间选择了报警，且因为这一举动，导致了其余三名陈祈峰的通信机号码被通信公司识别为虚假账号。

在此后，警方和我司客服人员赶到了现场，将四名陈祈峰一起带走，由专业的法医对他们进行DNA、记忆和心理鉴定。

法医得出的结论为：四个人都是陈祈峰本人，且鉴定证明有法律效益。陈祈峰是WORK公司产品的受害者，WORK公司需要依法赔偿受害人。

得知消息后，我司法务人员第一时间与上级取得联系，经过董事会批准，我司可以接受陈祈峰在法律许可范围内提出的任何赔偿诉求。

但在政府的户口记录上，只有一个陈祈峰，因此我司只能接受一个陈祈峰所提出的诉求。

四名陈祈峰很快就为了户籍归宿问题起了争执。

此时，唯一可以使用通信机的陈祈峰，在此我们把他称之为陈祈峰1号，其他人为2～4号。1号与妻子王思慧联络上之后，将所发生的事情告诉了她。

很快，王思慧也赶到了警局。但出乎大家意料，她几乎没有花时间去鉴定，直接认领了最初与她取得联系的陈祈峰1号。

至此，陈祈峰1号便是法律唯一认可的陈祈峰，而其余三人沦为了黑户。陈祈峰1号及其妻子很快就收到了他们所需要的赔偿费，与我司达成和解。

其余三名陈祈峰对此表示不服，但他们的抗议是没有用的。从法律和伦理角度上来看，都只有一个陈祈峰，他的妻子也只愿意认领其中一个人。

其余三名陈祈峰属于交通事故意外产物，由事故负责方——也就是我司进行回收处理。

档案记录完毕

记录时间 2079 年 7 月 4 日

传送机事故第 179 号

事故级别：2（无危险性）

保密级别：低（人为）

受害人：无

嫌疑人：周超

性别：男

年龄：26

事故概述

人事部提供信息：周超在 2078 年 12 月起就任我司基因管理顾问一职，于 2080 年 4 月份离职。

在其任职期间曾有两次向上级申请年休假，皆因项目周期问题而无法批准。

事故发生后，上级曾认为这两次休假申请失败，导致了周超怀恨在心，酿成了过错。

自 2079 年 12 月起至 2080 年 3 月，周超擅自将韩国首尔市某处的传送机改造出微整容功能，私下在微信朋友圈宣传，利用职位之便进行敛财。

周超增加的微整容功能十分方便，其客户只需要将自己的需求告知周超，再使用经由他本人亲手改造的传送机传送一次，就可实现面部微整容。

此事很快便东窗事发，经热心职员的举报，包括我司内部员工在内，短短的几个月内，已经有一千多名客户使用该传送机进行整容。

该事件无人员伤亡，但周超私自改造公司对外产品，严重违反公司规章制度和劳动协议，已经被我司开除。

离开WORK公司后不久，经由原客户的投资，周超本人靠着开整容医院成为亚洲首屈一指的富豪。

档案记录完毕

记录时间 2080 年 12 月 18 日

传送机事故第 141 号

事故级别：5（极其恶劣）

保密级别：最高

受害人：耿乐云

性别：女

年龄：35

事故发生时身体数据级别：健康且怀孕

婚姻状况：已婚、有一女

事故概述

在2080年6月12号上午8点57分时，耿乐云使用传送机，从家庭所在地中国上海市前往当地第二妇产科医院。

在抵达医院传送点时，耿乐云迟迟未打开传送门，我司客服人员接到了传送机发生事故的警报，与该医院保安科取得了联系。妇产科医院安保人员使用内部钥匙打开门锁时，发现了惊人的一幕。耿乐云以极其不正常的姿势趴在地上，宛如一摊肉泥，无法发出声音，也不能动弹。

安保人员马上将其送医。

经检查，耿乐云女士失去了全身的骨头，这种状况人类是无法生存的。

而碰巧倒在医院门口的耿乐云女士第一时间就获得了治疗，但也仅仅是多活了三个小时而已。

耿女士死亡后一周，我司取得了她的尸检报告。

没有了骨头之后，耿女士因全身的器官和血管叠加挤压，血液无法流通，器官快速衰竭而死。

而且，这次事故，死亡的不止一人。

耿女士腹中7周大的胎儿，也跟随母体一起死亡。

我司的产品一次只能记录传送一个DNA信息，因此，我司是不建议怀孕想要生育的女性使用我司的传送机产品的。

因为这几乎百分百会导致她们失去胎儿。

而耿女士死亡的原因,是在她不知道自己有孕在身的情况下使用了我司产品,操作失误致机器出现识别故障。

针对这次事故,我司为全球的传送点更新了传送前体检服务。

如用户身体状况不适合传送,传送机将会暂时终止为该用户服务,以保证安全。

档案记录完毕

记录时间 2080 年 8 月 7 日

传送机事故第 41 号

事故级别:4(恶劣)

保密级别:高

受害人:刘宇

性别:男

年龄:52

事故发生时身体数据级别:健康

婚姻状况:已婚、有一子两女

事故概述

在 2079 年 11 月 6 日晚间 21 点左右,我司法务顾问接到检察院通知。

一名 37 岁的妇女报警声称自己丈夫的人格被调了包。现在这个冒名顶替她丈夫的人，打算将自己家里、公司的全部财产转移给一名叫普拉托·格利克斯的美国男子。

据这名王姓的女士声称，她和她真正的丈夫都不认识这个普拉托，她的丈夫不会无故把财产给一个陌生人。

王女士认为自己的丈夫刘宇是在几个月前的某一天，使用传送机时被调了包，本该进入她丈夫身体里的刘宇的意识和记忆，因传送机出事故，而变成了另一个人。

她的怀疑不是空穴来风，刘宇的心理医生也持有相同的意见。而且现在的"刘宇"不会说中文，也不记得自己的身份证号和银行卡密码等，他之所以不能成功转移财产的原因，也是银行工作人员发现他现在所写的名字，字迹和以前不一样，别说不会写中文了，就连英文字迹也无法匹配。

最终，银行也开具了该名客户并非本人的文件。

王女士拿着医院证明和银行通知单，将这个跟自己朝夕相处的男人和 WORK 公司一并告上法庭。

该案件立刻引起我司高层的关注，经过调查，我司确认刘宇的确就是普拉托·格利克斯。

经调查，普拉托是一名美国人，他失业已经一年多了，有过吸毒和诈骗的前科。此人在 2079 年 7 月 6 日晚 9 点使用传送机前往美国纽约。同一时间，刘宇也从香港的传送点返回深圳的居住地。在 9 点 18 分左右，传送机信息记录故障，错误地将两个在不同国家地点的人传送到对方的目标地点。

但因为 DNA 信息不同，在目标地复制的还是本人的肉体，传输的记忆却是对方的记忆。

案件发生后，我司法务人员积极与位处美国的"普拉托"取得了联系，"普拉托"说着一口流利的中文，而且拥有刘宇本人的全部记忆。

他甚至记得一些只有他和妻子王女士才记得的私人记忆。

经过董事会批准，最终，我司使用特殊"处理"，将两名记忆安插错误的男人恢复原状。

对于美国人普拉托的诈骗行为，因为没有造成实质性的伤害，王女士一家大度地表示不予追究。

我司在法院的调解下，分别对两名受害人进行了合理的赔偿。

档案记录完毕

记录时间 2079 年 11 月 26 日

以上几个案例是我们记者跟踪调查到的几起恶性事故，WORK 公司的传送机，自普及以来已经发生近千起传送事故，它绝不是 WORK 宣传的安全无害的产品。

传送机的确为现代生活带来了便利，但我们的老百姓每天都会被分解重塑，和死亡擦肩而过。

这难道不是泯灭人性的行为吗？

仅仅因为事后没有记忆，我们就能坦然地面对被分解的痛苦吗？

在此，我呼吁大家多走路，并选择开车、坐飞机等传统交通工具，不要过分依赖传送机。

最后，请大家积极转发此条微博，转发满2000可参加抽奖，奖品为一辆奥迪汽车！

读完这篇微博，张力抬起头，发现人行道传送履带正好把他带到了社区传送点。

他还要去上班，如果迟到会扣今天百分之十的工资，他不可能乘坐其他交通工具，因为他的工作地点不在本市。

可不知道为什么，这个平时他眼睛都不眨一下就能坦然进入的传送机，今天却让他感觉毛骨悚然。

会被活着分解吗？

他犹豫了片刻，身后的人已经开始斥责他动作太磨蹭浪费别人的时间了。

路人的催促和对那十分之一工资的疼惜，最终促使他鼓起勇气，走进了传送机。

身后的自动门紧紧地闭合，他看着白色的操作界面，才发现这里是没有"退出"或者"开门离开"这些选项的。

他除了前往目的地，没有别的选择。

张力根据语音提示，取出一个牙签，拾取了自己的唾液，将牙签放进一旁的扫描仪里。

传送机马上开始运作，他看到数道红色的激光灼烧着他的身体。

剧痛在一瞬间支配了他的意识，而此时他连可以逃走的双腿都被分解了。

那个在目标点复活的张力不会记得在传送机里发生的事情。

也许就算知道，他也不能对这种必须每天经历的日常说不。

他的生存依赖于传送机，我们每个人都是。

因为它太方便了，我们没有选择。

几分钟后，张力顺利到达公司。离九点还有十五分钟，他有时间泡个咖啡，干点别的事情稍稍偷个闲。

可当他再想把那条"传送机事故报告"的微博再看一遍时，发现该微博已经因为涉嫌造谣而被删除了。

张力端着杯子往自己的办公桌走，他突然发现，自己从来不曾拥有走进传送机后的记忆。他每天都会使用的交通工具，然而每一次的记忆，都停留在传送机自动门打开时的那一瞬间。

手中的咖啡杯热得烫手，茶水间距离自己的座位并不远，所以他宁可让自己的手挨烫。

他一直忽略了自己的感受，活在他被迫接受的理所当然里。

疯狂、苦味与蜜糖

文 \ 钟推移

盛夏小院、此际

我跟你说,刚才你用刀尖挑着半边削了皮的苹果递给我的一刻,我想起了莎士比亚的话:爱情是最智慧的疯狂,哽喉的苦味,吃不到嘴的蜜糖。

我一笑置之。

随即徘徊在我脑里的,是又涩又甜的果汁、远处山峰上的云烟、小院里散发着清新气味的草,还有这个藤织的吊篮。

还有,倚在我身旁的你,那天生冷傲而又勾魂夺魄的眼睛,节奏稳定起伏的胸脯。

昨天，看过我收藏的那成千上万的电子杂志，你该记起，以前自己是多么的受欢迎了吧？无数男人甘愿拜倒在你的石榴裙下。但我敢保证，他们当中没有一个像我对你的感情那么刻骨铭心。他们爱的只是你姣好的面容和身材，而我爱的却是你的一切。

你对这句话有印象了？对，我之前跟你说过。是在两年前吧。

喜来登、两年前

那天，在喜来登，你的躯体也是紧贴着我，皮肤上的潮红正在逐渐散去。当时你很疲倦。你刚挂了经纪人的电话，你已是第二次向他声明对粉丝见面会毫无兴趣，但他仍然坚持己见。你告诉我，有时你也很烦那些疯狂的影迷，但又不得不像投喂宠物狗一样适时给他们点甜头。于是我告诉你，世界上喜欢你的人很多，但爱你的人只有我一个。当年第一次看到你时，我就觉得眼前有一位天使，立在四周苍郁的山林之间。

你那时正端着印有宾馆标志的杯子，听到这句话一口酒呛了，全吐在床沿水果碟的刀柄上。你把手臂递起，让我看清楚上面的鸡皮疙瘩。你大笑着说，我的对白就像 20 世纪就已从电影学院退休的那帮老师写的。不过，你喜欢。

我发现，你的践踏欲又来了。

你冷冷地问我是什么意思。

我不高兴，你把我跟你的影迷划到同一个类别了。你喜欢听他们倾吐崇拜之情，一边嗤笑他们肤浅，一边又乐在其中。

你说，天哪，你闻到了很浓烈的怒气。

我不觉得是怒气，平心而论，更像是嫉妒。

你提醒我，我没有什么可嫉妒的，全世界的男人都只能看着你在杂志封面的照片干舔嘴唇，只有我能把嘴唇贴到你脸颊上。

我不得不再重申一次，爱和情欲是两回事。

你把我从头到脚打量一遍，眼光就像刀一样锋利。你说我是个被俗套死死束缚住的人。你建议我忘掉两件事——第一，忘掉那套可怜的爱情哲学；第二，忘掉你的电话号码。

我靠在床头，呆呆地看着你把衣服穿戴整齐。我承认，这两点我做不到，尤其是第二条。

16 岁

从 16 岁那年起，我就没有忘记过你的电话。你那一年生日，本来想让抚养你长大的姑妈给你组织一个盛大的生日派对，但她生病了，你很生气，埋怨她病得不是时候。已经在班里夸下海口的你，不得不诈病请假，亲自操刀在家里布置。没人愿意协助你。倒不是大家对逃课没兴趣，只是跟你走得近的朋友早知你一忙起来就容易发脾气的性子，个个都找借口推托。只有我，装作不明所以地问你为什么急得团团转，然后半推半就地答应帮你。你掏出一支彩笔，找不到纸，就直接在我手臂上写下你的电话号码。笔尖冷冷的，像你平时跟我说话的样子；又腻腻的，像我平时想起你时的心情。我把那串数字抄在不同的笔记簿和课本里，并分别放在自己房间和学校，即使家里失火，我也不会失去它。很多年过去了，你考去了电影学院，后来大红大紫，我们失去了联系，但我一直对你的电话号码倒背如流。

当然，那个号码仅仅是在我记忆中颠来颠去，从没爬上电话键。因为我没有胆量。

为什么？

你大概不记得你生日派对的半年前，有一次，我买了两张电影票，跑去跟你说我本来约了隔壁班的人，但被放了鸽子，我问你有没有兴趣。你很高兴地答应了。当晚我整夜失眠，第二天戴着黑眼圈回到教室，立马被人推到黑板前。黑板中间贴着两张电影票，一张是我给你的，另一张是已经撕掉副票的前天的票。

在众人的嘲笑声中，我才知道，高年级的一位男生早就请你看过那出电影了。

当晚，我做了一个古怪的梦，梦到自己是个祭司一样的机器人，而你成了一位女神，你的身影出现在一块块冰冷的石碑上。

或许你会以为，我当时就恨透你了。

没有，而且相反，我对你还多了一层可怜之情。因为你自小父母双亡，姑妈又不怎么管你，使你养成了怪异的性子。

而有时候，怜爱比单纯的爱慕更刻骨铭心。

毕业后

毕业后，我们走上了各自的道路。本来，我们的人生就像两条从交叉口伸出的轨道一样，永分东西。我也以为对你的感情会如同那个虚幻的梦，消散在回忆之中。但 50 周年校庆那次同学聚会又把我拉回到了青春期。你出现在宴会厅的那一刻，人们都不敢相信自己的眼睛。

一切都没有免俗。拥抱、签名、合照，我越来越觉得无聊，也替你觉得无聊。我离开宴会厅，来到花园的无人角落掏出烟盒，构思着提前离开的借口。忽然，花丛响了，你出现了。你化了淡淡的妆，月色之下的你比屏幕上更美，虽然比我记忆中的略逊半分。我很惊讶，你还能脱口喊出我的名字。我感到天色仿佛一下子变亮了，喉头涌起一股咸味。我清了清嗓子才问，你最近怎样了，我指的是，除了娱乐网站上能看到的那些。你笑着说，你也没有比各大媒体更多的私家料了，他们报道的比真实还多了许多。你说话时压低了声音，大概是怕旁人听到。我忽然觉得我们像在共同守一个秘密似的，就像当年到你家筹办生日派对前，我们一起为了请假而跟老师撒谎。尽管心跳不断加速，但我努力把持着情绪，刻意表现得不再是个懵懂的少年。可是，你的一句话，立刻打破了我的努力。你问我还记不记得当年约过你一次看电影。我怎么可能不记得？你说为了报答当年我的情谊，明天就请我去看电影。

有意思。电影的女主角居然亲自跑到电影院观看。那短短的 120 分钟，点燃了我追求幸福的愿望。

从我们恢复联系起，我就像被困在一口甜蜜的井中，一如当年。我做的所有事，都是为了一个不敢告诉别人的幻想。我不顾一切地要出人头地，至少终有一天挽着你的手出现在记者面前时，他们报道的侧重点不会是我低微的身份。你无法想象一个没有家势、没有背景的年轻人，得付出多少，才能在野兽横行的新城金融区迅速站稳。但，当我在金融峰会上作为最年轻的嘉宾上台前，我看到对面马路公交站台上的电影海报，我明白，自己做得还远远不够。

喜来登、两年前

你找到了裙子，却用它捂住眼睛，仰面又倒回宾馆的床上。你嫌我啰嗦那些陈年旧事，很浪费时间。你不傻，我那时的心思，你一直都很清楚。要说唯一不清楚的是，我变成机械躯体后的心思。

你承认，自己一直都不明白，一个机躯人竟会有这么强烈的感情。

"因为这个机械躯体是因你而有的。"我缓缓地说，"正是为了'配得起你'这种古老而可笑的想法，我逼自己更努力，抓紧每一个机会，甚至包括集资的机会。最后，我终于跟你同一天上了网站首页。可惜，那也是我最后一次。我还记得那条标题是《惊天非法集资案，令人脑洞大开》。换在20世纪，我这种罪是要判死刑的。但这个年代，我只需要被洗一次脑。精通意识神经学的法警把我送进手术室。我还记得自己问他，洗脑会不会把所有爱恨情仇都洗掉。他说不会，只有我策划作案到受刑这段时间的记忆，以及犯罪技能会被删除干净，以后我一听到集资两个字就会反胃。我又问，洗脑就去洗好了，为什么要把犯人的躯体全换了？他有点不耐烦了，反问机躯处理应用于司法已经三四年了，你上网一搜一大把，怎么还一无所知？脑信息定点删除得搞几个小时，这个过程需要完全断开脑部和躯体的神经连接，你见过有人被砍头半天后，躯体内脏还能正常的吗？受刑以后，我才知道，原来他们也会在我躯体内植入'预防犯罪装置'。"

我拉着你的手摸到后背的一个位置，告诉你，如果切开人工皮肤的话，你会看到里头藏着一个重启键，一旦他们发现我再有犯罪倾向，就会把我抓回去，按下这个键。当然，在应急的情况下，他们也可以远程操作。然后，我胸腔内的洗脑装置就会工作，可它没有法警手上的那套精密，无法定向洗脑，只能让整个大脑遗忘掉最近一年的事情。大概，司法专家觉得犯罪的念头多半是一年内萌生的。

对我的付出，你再次重申，你很感动。

我把碟里的苹果洗干净，用刀削皮分了一半给你。

你不要，说赶时间。房间开到明天中午，我要是累的话，可以休息一下再走。

我告诉你，机躯体不会累，只会厌倦。不过，有一件事我不会厌倦，就是回味你的一切。

你指出，很多人都会这样，回味你的某个镜头、某句对白。

我回味的不是那些虚假的东西，而是我和你之间真实的点点滴滴。从少年时认识你那天开始，到取得你的电话、被你取笑、与你重逢，直到今天。

你高高在上地吻了我一下，说我要是表现得好的话，还有机会跟你再聚一次。

不，每次跟你相聚，都有不同的回忆，我会把录像放出来一分钟一分钟地回看。

你立即放下手袋，问："什么录像？"

我坦承，我们每次聚会我都录下来，到现在已经有几十 T 的文件了。

你看着房间的四周，大叫起来："你居然在宾馆偷装摄像头？"

我提醒你，我的机械眼本身就是个摄像头啊。

你急切要知道，文件存放在哪里。

在胸腔的磁盘里。机躯人比普通人方便的，就是不会忘事儿，他们随时可以启动录像程序，让经历的一切录在磁盘中，需要的时候，大脑通过生化接口读回数据，往事就会如在目前。

立即把文件删掉，你喝令我。

我直摇头，这是司法机关的一种设定，一旦录下就无法删除。这样，也方便他们在我再次犯事后获得证据——虽然一般来说，谁也不会那么傻在蓄谋犯罪时启动录像。

你跳起来说，还会有别的人看到我们在一起的事情？

我请你放心，我不会再犯罪；而且，即使犯罪了，我再一次被洗脑时，磁盘中的数据也会被清零，他们不会让犯人的思想再受到作案历史的污染。

你脸色苍白地看着窗帘外，不知道是自言自语，还是在埋怨我：一旦有记者知道我和你的关系，他们会不惜一切代价读取你磁盘里的东西，那将会是 21 世纪娱乐圈最大的丑闻。

我安慰你："他们没有权限，读不出数据的。"

你责备我对狗仔们的手段一无所知。

爱情怎么是丑闻？明星不是人吗？我反问。

你大声喝我住嘴，你几乎要哭出来了。

我要拥抱你，让你冷静，被你一手推开。

你骂我是个伪君子、卑鄙小人。你的前途和命运，全都被我这个弱智的混蛋操控住了。

我摇着头，站到窗边拉开帘子。

你尖声叫我别站在那里，小心被人看到。

我觉得你太敏感了。

我看着窗外无边无际的大海，就像听不到你说话似的。你不知道，我心里也像蔚蓝的海面一样翻着波涛；你不知道，我双手在颤抖；你不知道，我在祈祷一切顺利；你不知道，我在为接下来的事忏悔；你不知道，我在憧憬遥远的将来。

突然，我感到后背一凉。

你动手了。

我从玻璃窗的倒影看到你咬着牙关、用尽全力，把水果刀刺向我背后重启键的位置。

也许在这个动作的几秒钟前，你反复考虑过几种方案。抄起椅子砸向我的头顶？可金属颅骨很硬。把我从高楼踹下？可磁盘数据很难被外力破坏。把我浸在水里？可机躯人的防水是达到深水级的。还是直接向重启键下手更稳妥快捷。只要我的意识被重启到一年前，也就是我们重逢后的第一次单独约会前，那么，你对于我来说，便永远只是一个青涩的回忆。而我和你近来交往的种种记录，也将同时清零。

但，接下来发生的事情，你万万没想到。

刀子刺入我后背，渗出来的是红色的液体。

是血。

你抛下刀，哆嗦着问，怎么会有这么多血？

我忍着痛，苦笑着说，可能刺穿了动脉，或者什么内脏。

你说无法想象，机躯人会有动脉和内脏。

我说，我也是。

你忽然明白了，大声叫起来："原来你不是机躯人！你是人！"

我艰难地点点头。

"为什么？"你沾血的双手插在头发里，喊道，"你为什么要装成机躯人？"

我叫你猜。

你是这么猜的：我因为知道自己配不上你，所以干脆冒充机躯人。机躯人和普通人永远都没法正常地在一起，这样，我就不可能有非分之想，而你则可以放心地和我交往。根本来说，这是欺骗！

我点了点头，随即又摇了摇头。

你拉开门，惊慌失措地跑了出去。

居然忘了给我叫急救。

这的确是欺骗，我暗自想，但根本来说，这是爱。

庭审、两年前

你并不意外,法庭外蜂拥而来的传媒比任何一次首映礼还多,随着审讯的进展,关注的人不减反增。

这桩谋杀未遂的案件一开始就失控了。

我们之间交往的大量细节被公之于众。甚至连我们母校的师生都成为媒体追逐的对象,其中一位不堪其扰的老同学还被控殴打堵在他家门口的记者。那桩案件的开庭被插在你的两次庭审之间,而且还是在同一个法庭。

你被描绘成一个人前装清纯、人后玩心计、不择手段上位而又冷酷无情的女人。请别介意我这么说,两年前的你,只怕比网站报道的更可怕。小报上给你冠上的称号五花八门,每个都以一个"女"字旁的字收尾。

你否认所有罪行,但没人相信你的话。开始时,大概你会觉得,我会设法给你脱罪。你通过各种间接渠道向我暗示这一点。

然而,这么多年来,你第一次没把我控制在股掌之间。

我指控你,为了保护自己清纯玉女的公众形象,多次阴谋除掉我这个地下情人。你的辩护律师很精明,立刻质疑假如我真的早知有危险,为什么不一早离开你。我用一种哀痛的语调答道,我只把那些事情视为意外,直到背后挨了一刀才想明白自己一直都身处危险之中。

辩护律师继续进逼:假如她真的那么看不起你,甚至恨你,为什么又一次次地找你?

我把准备已久的答案抛出来：因为嫌疑人总在人前戴着面具，令她的人性早就扭曲了。她经常对我说，那个圈子就像一个你死我活的战场，谁都不知道下一步踏出去，踩到的是不是地雷。所以，她需要一个人帮她把绷紧的神经逐条舒梳回来；如果这个人是在大众面前隐形的，那就最好了。总而言之，我对她的存在意义，就像一个无可替代的慰安妇。

这个词像深水炸弹一样，把你严密的铁甲炸开个巨大的口子，黑沉沉的海水呼啸而入。你一下子崩溃了，披头散发地向着证人席高声叫骂，你说后悔没有真的早动手把我这个心怀怨恨的混蛋杀掉。你推开辩护律师、用头顶撞法警，还出言威胁法官。

在下一次审讯中，辩护律师花了好大劲想为你的失态圆场。但你又一次陷入歇斯底里。因为你见识到了我几个月来精心策划的成果，每一条证据都经过我事先反复推敲，足以让最仁慈的法官，坚信只有洗掉你大脑的某些部分，才能让你的心灵变得像外貌那么美好。

盛夏小院、此际

不，别用这样的眼光看着我。别激动，也别害怕。我不会伤害你的，过去不会，现在也不会。先把刀给我，好。

我承认，是我一步步把你导入预设的轨道中。但你不觉得，这样才是你最合适的人生吗？你不用再藏在那厚厚的面具下做人，不用受困于那近乎疯狂的控制和践踏的欲望。

没错，你骂得对，这里头也有我自私的成分。当你变成机躯人之后，你那股咄咄逼人的傲意消失得无影无踪。我能理解你的苦楚，人们面对机躯人，就像18世纪的美国人看到黑人一样。尽管不断有团体呼吁消除对机躯人的歧视，但这些宣传本身又加深了公众与机躯人的隔阂。而法警把你犯案前一年的记忆全部洗掉，又恰好把你对我最颐指气使的那一段历史抹得干干净净。于是，一年前，当我再次出现在你跟前，你才会那么容易接受我。

然后，你继续走在我预设的轨道中——哦，不，是我们。我们手挽手来到这荒无人烟的山林里，享受着清新的空气、蔚蓝的天空、苍翠的视野。我如今在金融界已是举足轻重的人物了，你几辈子也不用愁柴米油盐的事，因为非法集资罪取消了。

我也给你削个苹果吧，嗯，这刀，你认得不？就是你刺向我后背的那把。为什么没在司法机关的证物档案里？

因为我给换了一把。

来，瞧清楚些，这是一把伸缩刀，刺入皮肤几厘米后，在碰到内脏之前，刀尖就已经定住了。法医给我检查时还连声说我走运。其实，静脉是被你刺伤了，血也流了不少，说危险么，也有点，可是不大可能伤及性命。你离开房间后，我立刻就把伸缩刀换成有你以前指纹的水果刀。虽然二者的纹饰外观都有点出入，但我料定在法庭上，你绝不可能、也没心思辨认出来。本来，这种伤势不算致命的伤人罪，可以轻判，但你在向法官咆哮时，就已经放弃了这个机会。

这些事，在我心里积淀了一阵子，又压得我有点喘不过气来了。

大半年前，第一次出现这种状态时，我几乎要找个神甫或者心理医生来哭诉了。后来我想到，何必这么傻，世界上，还有比你更好的诉说对象吗？你不记得，很正常。这事，其实我已经跟你倾吐过好几次了。

啊，回来我身边吧，我只是想拥抱你，度过接下来的这一分钟。我想在这宁静的山间，看着天使般的你，从沉睡中苏醒过来的样子，那多么像一幅文艺复兴的油画。

你去哪里？要找电话？告发我？

何必多此一举呢？

在山间生活的这一年来，难道不是你一生中最快乐，最安稳的时光吗？

好了，坐下来，深呼吸，听我说一句话，就一句：你的机躯胸膛里有个磁盘记录着你的所见所闻，你知道的吧？

你知道，好。你也该明白，这事我也知道。

不用护着你的后背。即使你已经启动了录像，也无济于事。

我两年前接的一个风险投资项目就是做远程机躯控制的，你认为，我还需要用外力强行按下那个重启键吗？

看到我手机屏幕没有？还剩下 20 秒。是你重启程序的倒数。

所以我建议你就坐在椅子上别动，免得脑部被冲击时，身体摔倒在水泥地板上。

放心，我会呵护你的。

再一次醒来的时候，等待你的依旧是苍翠的山峰、幽静的别墅、世外桃源的生活，和永远爱你的人。

明暗之间

文\张 芊

一

隐隐一声雷动,把我从纷繁的思绪中拉扯出来。

抬头一看,天空中,云团又翻滚起来了。像是铺开的墨晕一样,色深的地方说不清是黑色蓝色,色浅处也说不清是灰色白色,唯一能确定的是,顶多还有五分钟,又一场雨就会下起来。

地上还积着上场雨的水,柏油路的街面一片小海洋,路标线反射着暗黄色的光,从水底透上来,有几分人工智能大觉醒以前的古旧时代的味道。不知道是下水道清理系统又出了什么问题,还是机器人们觉得让人类淌淌水也挺有趣,所以故意不来清理。

撒豆子般的声音倏地响起，夏天的大雨说来就来。我赶紧后退两步，站到医院大门的屋檐下面躲避。瞧瞧手表，又转头看看门诊大厅，盘算着还有多长时间容我赶到办公室。

在这个物质达到极大丰富的年代，依靠福利机构的基本保障，本来已经可以过上不错的生活。有人选择工作，不是为了精神的满足，就是要支付一份额外开销。我属于哪种呢？或许也有精神的追求，但缺钱是肯定的。

身怀哲学和数学双博士学位，我找了两份工作，上午在市三中教初中生数学，下午在社科院地方调研室做研究。今天周六，学校是不用去，可调研办公室有个加班却躲不了。

雨下大了，砰砰砰砰的，好像要把玻璃顶篷打穿。风卷进来几粒雨点，砸在我额头上，霎时炸成一片水花，拿手抹去，立刻又是几颗打上来，我只好再后退两步。不经意地一瞥，只见旁边一个姑娘同样被雨赶着退了进来。

见她也注意到了我，我赶忙点点头，示意问候，她也紧张地躬身回应，目光望向地面躲避我，白净的脸庞带着几分羞涩。似乎我们的行为都让彼此有点惊讶了，于是我们各自转头等起了自己要等的人。

清儿还没有出来，我再看手表时，又是十分钟过去了。已经快要十二点四十，两点半我就得到办公室，这一路过去可不近，最多再等她十分钟。

我叹了口气，脑袋里开始胡思乱想。但是有些事不想则已，一想起来就是千头万绪，叫人痛苦，我只好狠狠甩了甩头，逼自己暂时放下。我好像真的老了，区区头痛也难以忍受了。想到身边有个年轻姑娘，我决定看一看她，来转移思绪。

　　大雨正酣，我装作打量四面环境，眼光朝姑娘那边探了探。她专心等待之余，又好像在想着什么，时而秀眉微蹙，时而长吁一口气、动作轻柔地左右远望。那个幸运的人迟迟不来，姑娘一头长发随着窈窕清瘦的身子晃动，五十厘米的黑色短裙是那么引人注目，纱衣染了雨水，稍稍地贴向肩背，露出她青春躯干的线条……

　　我知道这样看一个女孩子不礼貌，但是她不知道我在看她，就算不伤害她了吧。这行为在不伤害她的同时满足了我，不算是一个良好的决策吗？不不……

　　"哥，你怎么不往里走点啊。"

　　我脑海里正在为我的偷窥辩护，清儿已经出来，走到了我身边。她伸手摸了下我的衣服，看我淋湿没有。

　　我把她的手拿下来，说没有关系，一边打量她。

　　清儿个子要有我高了，十七岁，本该是她一生中最为青春闪亮的时候啊！可她却脸上戴着面纱，只露出双老鼠般的小眼睛，看得我心中不住刺痛。

　　她歪过头，目光越过我，落在旁边那避雨的姑娘身上，"姐姐，你要去哪儿啊，我们送你去吧？"

　　"哦，不用了，非常感谢。"姑娘一怔，随即微笑着对我们的友好致谢。

　　她也趁机得以仔细观察我妹妹。她应该早想看了吧？——清儿长裙拖地，长袖衣服遮身，头上面纱包裹严实，大夏天里，这样的装束，实在不能说不怪异。其实唯一露在外面的眼睛更招人注目，异常得小，眼角的轮廓也变了形，看一眼就足以让人心生厌恶……我下意识地把清儿挡到了身后。

"我男朋友一会儿就来了，谢谢你们。"姑娘再次向我们鞠躬，摆手示意告别。

我挤出个笑给她，转过头启动了手表上的呼叫程序。

飞梭从雨幕中破空而来，在医院广场上减缓了速度，然后降低到离地约三十厘米的高度，划着水痕飞过来悬停在医院门口。

前车门打开，我的人工智能管家老猛撑着伞走了过来，他像模像样地嘟囔道："你们人类真是麻烦，淋点雨又不会短路，为什么每次都要我打伞来接。"

我回呛道："理论上你们铁皮人要真正懂人类情感，至少还得五十年呢，骄傲个什么劲儿！"

老猛撑着伞，我抱起清儿上了车。

清儿的身体愈发差了，抱起她时，我悄悄捏了捏她小腿，她没有反应，肌肉僵硬得像是超市里的冻货。背部的脊骨也好像变尖了，经她一米七的个头一压，刺得我胸膛发痛。我的心更痛，一时竟不知道是该悲伤她的身体状况，还是该庆幸她还在我怀里。

飞梭离地而起，上升到C类飞行器允许的七米到十四米高度，老猛在前排驾驶，铁皮脑袋里发出猥琐的笑声："我看那位小姐很漂亮啊，肤白貌美，三维标准，你没有考虑追求一下她？"

"是挺美的，可惜人家有男朋友了呢。"清儿说。

我心情烦躁，忍不住怒道："你的铁皮脑袋能不能别整天不干人事儿？非要我把摄像头给你拆了才爽，是吗？"

老猛"哦"了一声，低落地闭上了嘴。

清儿摸着他的铁头安慰他，一边为他辩护道："哥你别这么说嘛，其实老猛说得也不错，你都三十四了，我都要成年了，你这么老是单着也不行啊。我有病你又没病……"

"你如果能安心接受手术，把身体治好，我还会有这些问题吗……"我话没说完，忽然听到一声低低的啜泣，清儿花生米大小的眼睛里淌出了泪水，打湿了面巾。

我忙改口道："当然了，你接受不了那个，我也是理解的……其实我单着也不怪你，主要是没遇着合适的嘛，我喜欢的姑娘又看不上我，没办法啊……你放心，我会努力的。"

我语无伦次的安慰没什么用，说出去的话收不回，必然又深深刺痛她了。她会以为是自己耽搁了我而陷入自责，又跨不过心头那道阻碍，最终在"伤害哥哥"和"伤害别人"的矛盾中不断折磨自己……

我这个该死的人啊！我只能把她搂过来，抱在怀里，轻轻地拍着，哄孩子一样，听她的啜泣声慢慢变小。从小到大就是这样。

老猛忽然想起了什么，又"哦"了一声，又不敢多说话，默默按下了烘干按钮。脚下传来轻微的响动，温暖的风斜吹过我们后背和脚踝，烘干着被雨水打湿的衣服和鞋子。

"总算办了件人事儿。"我夸奖说。

"嘿嘿，为您服务，鞠躬尽瘁。"老猛发出谄媚的笑声，不失时机地解释道,"其实咱啊,就是说话冒失了些,正在努力学习改进中。可咱对您的爱情的关心是真切而忠实的,这一点可不比清儿少……"

老猛的絮絮叨叨把清儿也逗笑了,他们慢慢又聊了起来,我在爱来爱去的一堆词汇中忽然灵光一炸,回头向远郊医院看去,可那避雨的地方早已消失在天际线尽头了。

二

7月过半,梅雨季节悄然结束。太阳已经连着把大地烘烤了一周,办公室外面的树都蔫嗒嗒的没了力气。按照本地的气候规律,接下来两三个月,炎热的日子还将占大多数,直到秋季来临。

我走出办公室,心力交瘁。看着血色晚霞染红了半边天,沉默无边的黑暗一点点从地底下升了上来。同事们三三两两从楼里走出,我一个人,多少还是有些孤独。

主任老邓最后出来,他拍了拍我肩膀,问我是不是没带车,是否需要送我一程。我说不用,我想自己走走路。他安慰几句,没有再多劝,随后飞梭腾空而起,尾部喷着淡蓝色的荧光远去了。

我又待了一会儿,待天色完全黯淡下来,转身向北边走去。

这个星球上的城市早已失去了拥有夜晚的权利,通明的霓虹灯蛮横地照亮着每一个角落,无论是有用的还是没用的。我常常反思人类的这一做法,更倾向于批判。谁赋予了人类永久照亮地球的权利?毕竟有的人还有颗欣赏黑夜的心。

大大小小的飞梭在头顶川流不息，运货的，载人的，私家的，公家的，各自占领着不同的高度和轨道，地面上少有人走。社会高度发达让聪明勤奋的人有了空前的机遇，但也同样造就了更多赖在家里的闲汉，所以街上常常空空的。

不多时，我来到一栋摩天大楼前。这栋大楼玻璃外墙呈黯淡的蓝色，足有八十五层，论高度在我们城市排名第一。楼层外表光滑，封闭严实，不像居民楼那样家家有个阳台供自家飞梭泊入。它是这个城市的先进医疗研究中心。

我缓步踱入，大厅里只有一个老王值班，我跟他打了声招呼。在这样发达的时代，老王选择门卫工作，不是为了钱，而是为了一份情结。情结这东西，在自己身上就天经地义，在别人身上却是那么难以理解，这点我很明白，又很不明白。

人工智能瞬间扫描了全楼的状况，确定短时间内再无别人有使用电梯的需求，遂将我的身体加以固定，只用了分半钟便将我送到75楼。当然这一切都是在我同意之后进行的，虽然人工智能大觉醒后，电脑能初步处理人类意愿，但与此同时，人权至上主义也空前严肃。

75层没有护士值班，只有两位女医生，穿着白大褂，坐在护士站处理科研数据，我与她们也算是老熟人了。

短暂交谈几句之后，我来到7509号房间门前，摄像头采集了我的面部信息，房门悄然划开。我走进屋子，墙边亮着淡蓝色的光，隐约照亮着屋内的情况。我没有打开大灯，对接下来要看到的那一幕，灯光黯淡些或许更适合。

屋里空气比较干燥，吸第一口差点呛到我，不过反正也没什么活人在这里长住，这样的干湿度还是比较合适的，至少可以减少微生物滋生。四周弥散着淡淡的麦香味，其实是消毒剂的味道。

我走向蓝光闪烁的隔离室，透过厚厚的玻璃层，看望安睡其中的美丽女孩。她穿着宽松的睡衣，长发铺在背后，鹅蛋脸白净又匀称，睫毛浓密而修长。

这双眼睛睁开后，会有多么明亮动人呢？不，甚至都不需要睁开。她就这么安静地睡着，便让人无比怜爱了。要是清儿是健康地长大，这时差不多也是这样子吧……

我情不自禁伸出去的手，被玻璃所阻隔，这把我从幻梦中拉回到现实来。屋里忽然间变得让人无比压抑，我起身走到窗边去，窗玻璃自动开出一个口子，我把半个身子探出去，点燃了一支烟。

我以前并不抽烟，是几天前才开始的。几天前看一本百多年前的小说，封面上那个胖作家抽烟的神情吸引了我。他叫路遥，名字又短又长。他抽起烟的时候，神情困顿而满足，痛苦而坚韧，那正是我所需要的力量。

烟雾缭绕中，我看着城市里永恒的光。近地处的飞梭、远处的飞机和更远处的飞船占满了天空，我想在书上读到过的所谓"星光"，此生恐怕都难在地球上看到。

这些人造的光明和温暖，究竟是好还是坏呢？如果是坏，难道要再让贫瘠地区的人民回到过去衣不蔽体食不果腹的时代才好？可要说好，又叫我如何能承认——十五年前，可控核聚变经历了历史上的最后一次失败，辐射泄漏，夺走了我双亲的生命，不到两岁的妹妹清儿也因为遭受核污染开始全身畸变……从那以后，能源危机彻底解决，世界亮起来了，我的人生却永坠黑暗之渊。

三

11月，又一个加班日。

晚上十点多，老猛才载着我降落在自家阳台上，车门刚开，一股寒风就迎面扑来，冷得我直打哆嗦，赶紧钻进屋子里。

换了鞋子，挂好衣服，洗过手，看到桌上摆好的饭菜。保温系统正运行着，不时发出滴滴的提示音。我放轻脚步，走到清儿屋外，想要推开门进去看看她，不料这天她却上了锁。

"哥，你回来了？"她还没睡着。

"是呀，还没睡着吗？"我说。

"我……我睡了，饭菜给你热着呢，你早点吃完睡觉哦，晚安。"

我不禁一愣，这很反常！

清儿怕孤独，以前无论是加班，还是因为想去先进医疗研究中心而谎称加班，我都提前告诉她。她做好一桌饭菜，总要等我回来才肯睡，偶尔实在累了先睡，也从不会锁上房门，要等我回来给她说晚安……

我知道，有些事情在发生了！

我随口扒了几口饭菜，回到屋里打开电脑，登录到先进医疗研究中心的网站。点开监控页，左边旋转着一个三维建模的人体图像，右边是相关的一些波形图。信息显示,"三妹"很健康,各项指标正常,年龄达到 16.4 周岁。她在培育室里的发育速度是正常人的八倍,在两个月后将达到 17.7 周岁……

我的心抑制不住狂跳起来。但想到一切还没有结束,一切也可以说还没开始,能不能走好最后一步,我实在难以把握。我思量着,不能被动等待,每个计划总有失败的可能,我得做好多手准备。

清儿粘我少了,抱着手机聊天的时间越来越多。她常常是坐在我身边,忽然地就爆发出一阵娇笑,我侧头去看她,她小小的老鼠般的眼睛面对着我,露出不自知的羞涩与躲闪。

我微微一笑,往她脑门儿上敲敲,喝口茶,又继续在可能世界里演绎着所有可能的情况。

我依旧有时加班,有时谎称加班,挨到很晚才回家。回到家里时,她总是房门紧锁,有时装作睡着了,故意不回答我,却不知道即使隔着门我也能听出她呼吸频率的差异。

12 月 24 日,我对清儿说要通宵加班,她若是害怕,就去小刘姐姐家借宿一晚。小刘姐姐是清儿在远郊医院的主治医师,也是我们兄妹俩为数不多的朋友之一。清儿满口答应。

次日早晨,我早早从先进医疗中心 75 层出来,走到公司楼下,老猛开着飞梭来把我接回了家。清儿不在,打电话问小刘医生,也没在她那儿。这时候我心里不能说不担心。

老猛询问要不要报警,我说先不麻烦警察,自己找找再说。

我发动所有认识的人帮忙,终于在傍晚时分找到了她。她趴在城南一家酒吧门外的露天桌上，睡着了。

冬日萧瑟的树干下，落叶满地，酒瓶子堆了一桌，满身包裹严实的清儿趴在那里，不像一个人，像是一堆凌乱的衣衫。

我让朋友们保持距离，独自一人走上前去，抬起清儿的脸观察，她变形的五官之间满是泪痕，这一夜一天，不知流了多少眼泪。我心头绞痛，但也知道，关键的时刻来临了！我替她拉上面纱，给她披上了我的衣服。她迷迷糊糊地睁开眼睛，一看眼前是我，再看周围的环境，瞬间清醒过来，慌忙伸手摸脸，摸到脸上的面纱，反复确认后，恍惚的小眼睛才流出浓浓的悲伤来。

"哥……"她一头扎在我怀里，撕心裂肺地哭了出来。

我轻轻地拍打着她瘦弱的肩膀，如同无数个惹她哭泣的往常一样。

接下来的一个星期，清儿恍如丢了魂，整日没完没了地发呆。我跟她说我向两个单位都告了假，会一直陪着她。其实我已经辞掉了工作。

她要喝酒，我一点不加阻拦，陪她喝，所以整整一星期下来，无论白天黑夜，她都在半醉之中度过。我问她到底怎么了，她分好几次，间断地给我讲了事情的原委：

两个多月前，一个叫阿勇的男孩突然闯进了她的生活。阿勇也才十七岁，还在挪威留学，笑起来像阳光一样灿烂。他们在一个RPG游戏论坛里结识，阿勇被清儿的谈吐和思想所吸引，在网上聊了几天后，竟然提出要跟她交往的要求。

清儿沉默了一会儿，坦然地告诉对方，自己小时候被核辐射污染，身体发育得比地球上最丑的动物还要丑十倍……阿勇说，这不成问题,他可以帮助她进行躯体转移手术。

这手术我再了解不过了——通过培养疾病患者的细胞,诱导分化出健康的人类躯体,但不产生意识。待新躯体快速发育到匹配年龄后,将患者的大脑连同神经系统整个移植进去,患者经历一段时间的适应,掌握崭新的躯体,则旧躯体上的一切病变自然不复存在。

只可惜,对天生善良的清儿来说,这项技术却是她决不能接受的禁忌之术。

"培养一具完整的身体,却不给她意识,这不等同于谋杀吗?"她问我。

"这怎么能是谋杀呢?现代社会已经完全承认了它……这是一项伟大的医疗技术!新躯体的意识根本就没存在过,没诞生过的生命何谈谋杀?最多也就是流产……"我说。

"难道流产就不是谋杀了?"清儿蜷缩在床上,抱着双膝说,"哥,别为我费心了,就让我平静地死去吧……这些年拖累你够多了。"

人权至上的年代,清儿需要十五岁成年后亲自确认,才可进行躯体转移这种大手术,因为这种手术可能给患者心理带来终生的巨大影响。而她,选择了拒绝。

清儿拒绝手术那天说出的话,让我体验到一种无力挣脱的难受。虽然从懂事开始她就一直说不能接受这个手术,我却万万没料到她如此坚决,任我哀求也好,讲道理也好,她就是不接受。

诱导躯体在培育箱里的发育速度是普通人的八倍,她一直拒绝手术,躯体很快就在年龄上超过了她,算准时间诞生的"二妹"不得不报废，我还没敢告诉她。

这一次面对青春少年的爱情诱惑，清儿还是没有动摇内心，她回应道，自己接受不了躯体移植手术的伦理基础，请求阿勇收回他的错爱。

然而阿勇的顽固也超出了清儿的想象。他甚至没有沉默犹豫，便坚持表示，这年代许多事情都有相应的机器人可以帮忙，正是前所未有的好时候。即使身体不便，他至少要跟清儿谈一场精神的恋爱，圣洁的柏拉图式的恋爱！

清儿终于被打动，在幸福的泪水中答应了他。他们一天天聊着说不完的话题，阿勇给她看北欧的风光和民俗，看极光下的动物和花草，加之都瞒着家长，日子里充满了甜蜜和刺激混调的幸福。

时间过得飞快，阿勇说他圣诞回国，约清儿平安夜见面，正巧这天我值班不回家，清儿便收拾了一番，只身赴约。

"他说他想吻我，可是一解开面纱……他吐了……当着我的面他……谁不想漂漂亮亮的呢？哥你知道吗，即使是我，也好想好想……做个美丽的女孩儿啊……"

在清儿梦呓般的倾诉中，我的神思飘回了她小的时候。我怎么会不知道呢？那个从小在梦里吵着要做公主的可怜孩子，我当然知道你多么渴望美丽，可上天却连健康都没舍得给你。

阿勇高估了自己的接受能力，他终究没做成柏拉图式的圣人，甚至在落荒而逃时本性暴露地喊了一句"我靠"……

这日夜不分的一周里，小刘医生来过几次，我没让她见到清儿。我很感谢她为清儿所做的一切，但一切都结束了，我从远郊医院为清儿办理了退院手续。

一周后，元旦到了，凌晨四点，街上电子爆竹声噼噼啪啪地响，我抬眼看向窗外，全息烟花以假乱真，绚烂得如同要诞生一个新世界的宇宙大爆炸。

新一年的到来让我心跳加速，手也忍不住颤抖了一下。

清儿从宿醉中睁眼醒来，我用沙哑的声音对她说："宝宝，咱们去做那个手术好吗？就算不为了美貌，你的生命也已经很危险了。没有你，哥哥可怎么活啊？"

清儿失神的眼睛定定地看着我，我握着她消瘦的小肩膀，直视她的双眼，眼泪涌了出来。

沉吟良久，她终于伸出变了形的小手，搭到我脸上："哥，我答应你。"

我不禁双手发抖，但及时控制住了。

一个人沉浸在悲伤和恍惚中的时候，许多意识都会变得模糊，包括道德意识，或者不如说，世界观。

"信息确认完毕，手术预约成功！"人工智能确定是她本人同意，手术眨眼间便预约成功。

天亮了，我安抚清儿睡下，然后出去拿了最烈的伏特加，推开窗户对着寒风狠狠地灌下了一大口。

四

"三妹"冲我微笑的那一瞬间，我的心好像骤停了一下。

其实这张脸，几年前看"二妹"时就已习惯了，可当她会笑，会皱眉头，会嘟嘴，带上了表情，活生生地在我面前时，我心里那份感觉真是很难说清到底是个什么样。

这场躯体转移手术历经53个小时，在人工智能辅助下，换了3班医生才完成，花光了我所有积蓄，还让我不得不向社会福利保障机构申请了一笔数额不小的医疗贷款，不过这些都不算什么事。

比起容貌的天壤之别，清儿的声音倒是没多大变化，她有些费力地笑着跟我说："哥，突然变美了，感觉好不习惯呐，我怎么觉得，变这么美有点过分呢？"

我在她身边坐下，把她的手轻轻握着："傻孩子，这就是用你的脐带血分化来的，这才是你本来的样子啊。"

虽然笑得苍白，但看见她在努力笑，我心里就轻松了许多。一切都会过去的，就算她将来再陷入所谓谋杀的负罪感中，毕竟也木已成舟，我相信我可以用赎罪好过自弃之类的道理让她好好活下去。

走出先进医疗中心，白雪已覆满了大地，傍晚的城市华灯初上，照亮着洁白的大地，也在一些角落里投下异常漆黑的影子。

我掏出手机给神秘人Y发了条消息："多谢帮忙，虽然最后采取备用方案，曲折了些，但我很满意。东西明天快递过来，不留备份。"

"你就不怕有天我再找上你妹妹，告诉她是你让我骗她的？" Y很清楚我不想让清儿知道真相。

"你可以试试啊。"我不怕他威胁，但也不介意费些口舌让他好受些，"你拯救你姐姐，我拯救我妹妹，没有什么交易比这更公平正义了。"

"我姐再怎么样，没有影响到你，你却用她要挟我，这就是你的公平正义？"他犹有不甘。

我不禁叹了口气，这半年来发生的事情在我心头一幕幕滑过。

我决心用爱情来骗清儿接受手术，那是亘古以来威力最大的东西，有很大机会成功。

可茫茫大街上，连人都难得见到一个，谁能帮我做这麻烦事呢？这时候，老猛那对乐于乱拍乱摄的"眼睛"给我提供了一些信息，却是在我意料之外。

很难想象，在这光明灿烂的年代，还有人出来做一些不道德也违法的工作。那个梅雨天，同我一起在远郊医院避雨的女人，她包口露出的药盒和手机屏幕上的消息泄露了她的身份。我没有兴趣去研究她是什么心态，但调查到她正好有个弟弟，便以向社会曝光相要挟，让少年Y替我做了这件大事。她倒是自始至终不知道内情。

这公平正义吗？我当然也不觉得。其实我甚至认同清儿的观点，流产无异于谋杀，手术其实很残酷，然而一想到她痛苦的童年与青春，我不能不怀疑我这样想是否错了。

"少年啊，活在世间，谁的身上不背负着一些罪孽呢？我说我是天灾，是想你好受些，你非要当我是人祸，那我就是吧。"我没再多回复，直接把他拉进了黑名单。

时代更替，文明日益发达，世界到底是变光明了，还是更黑暗了？这个问题已经困扰着我很久了。但为了所爱的人，在这明暗之间，总要永恒地挣扎下去啊。